सम्पत सरल

अपने तीखे वैचारिक व्यंग्यों से सामाजिक-राजनीतिक विसंगतियों को उजागर करने वाले सम्पत सरल का जन्म 8 अप्रैल, 1962 को गाँव मणकसास, झुंझनू, राजस्थान में हुआ। वे हिन्दुस्तानी व्यंग्य लेखकों में अपनी अलग पहचान रखते हैं। दुःख और करुणा को हँसते हुए रचना बना देने का फ़न बहुत मुश्किल है, लेकिन उन्होंने इसे न सिर्फ़ बड़ी सरलता से साधा है, बल्कि नए मुहावरों और नए प्रतीकों के साथ व्यंग्य की नई ज़मीन भी खोजी है।

लेखन और वाचन दोनों माध्यमों से हिन्दी व्यंग्य को वैश्विक बनाने में महत्त्वपूर्ण भूमिका निभाने वाले सम्पत सरल को पढ़-सुनकर हठात् जो मुस्कान उभरती है, वह भीतर तक उद्वेलित भी करती है।

ई-मेल : sampatsaralshow@gmail.com

एक मंजिला मकान में लिफ्ट

सम्पत सरल

राजकमल पेपरबैक्स

राजकमल पेपरबैक्स में
पहला संस्करण : 2023

राजकमल पेपरबैक्स : उत्कृष्ट साहित्य के जनसुलभ संस्करण

राजकमल प्रकाशन प्रा.लि.
1-बी, नेताजी सुभाष मार्ग, दरियागंज
नई दिल्ली-110 002
द्वारा प्रकाशित

शाखाएँ : अशोक राजपथ, साइंस कॉलेज के सामने, पटना-800 006
पहली मंजिल, दरबारी बिल्डिंग, महात्मा गांधी मार्ग, प्रयागराज-211 001
वेबसाइट : www.rajkamalprakashan.com
ई-मेल : info@rajkamalprakashan.com

यश प्रिंटोग्राफिक्स
नोएडा-201 301 (उत्तर प्रदेश)
द्वारा मुद्रित

मूल्य : ₹250

EK MANZILA MAKAN MEIN LIFT
Satire by Sampat Saral

ISBN : 978-81-19028-00-9

तीनों बेटियों

रिद्धि, सिद्धि, समृद्धि

के लिए

एक मंजिला मकान में लिफ्ट

क्रम

अपनी बात

मूर्तियाँ आकाश छू रही हैं और लोकतंत्र रसातल में जा रहा है। दिन-रात झूठ बोलने वाले 'हरिश्चन्द्र अवॉर्ड' से पुरस्कृत किए जा रहे हैं। सांसारिकता के सर्वाधिक मजे वे ही लूट रहे हैं जो अपने प्रवचनों में संसार को निस्सार बताते नहीं थकते। पूँजी और तकनीक के गठजोड़ ने घोषणा कर डाली है कि सृष्टि में प्राणियों को नहीं, सिर्फ ग्राहकों को ही जीने का अधिकार है। मीडिया अपनी साख इस हद तक गँवा चुका है कि वह बेहद जरूरी सूचना भी दे तो लोग अफवाह मानकर हँसने लगते हैं।

व्यंग्य का भविष्य उज्ज्वल है।

—सम्पत सरल

असत्य के प्रयोग

बाजारवाद ने राष्ट्रवाद को ऑफर दिया, "तुम मुझे स्पेस दो, मैं तुझे स्टेबिलिटी दूँगा।"

ऑफर पाते ही राष्ट्रवाद बाजारवाद के चरणों में दंडवत गिरकर बोला, "नेकी और पूछ-पूछ।"

राष्ट्रवाद से वांछित प्रतिक्रिया पाकर बाजारवाद गर्वित भी हुआ और उदास भी। गर्वित यह जानकर हुआ कि जिसने जार को उखाड़ फेंका, वह तक बाजार के आगे घुटने टेक चुका। चूँकि सत्य, अहिंसा और सादगी बाजारवाद के झाँसे में नहीं आते, सो वह उदास यह सोचकर हुआ कि गांधी से कैसे पार पाऊँगा?

राष्ट्रवाद ने बाजारवाद की मनःस्थिति भाँपकर आश्वस्त किया, "गांधी तो कभी का मारा जा चुका है और मरा हुआ प्राणी कभी लौटकर नहीं आता।"

राष्ट्रवाद की समझाइश के बावजूद बाजारवाद जानता था कि गांधी में एक बड़ा भारी ऐब है। वह जितनी भी बार मारा जाता है, उतनी ही बार फिर जी उठता है।

साम्प्रदायिकता ने बस्ती जला दी, गांधी मारा गया। सद्भाव ने हिम्मत नहीं हारी, गांधी फिर जी उठा।

आदेश के लहजे में कहा गया, 'जाके प्रिय न राम वैदेही/ तजिये ताहि कोटि बैरी सम, जदपि परम स्नेही', गांधी मारा गया। निर्मल हृदय ने भजन

गाया, 'वैष्णव जन तो तैने कहिए, जे पीर पराई जाणे रे', गांधी फिर जी उठा।

परिवार ने लुभावनी स्कीमों के लालच में फाल्स परचेजिंग कर-करके घर को डिपार्टमेंटल स्टोर बना लिया, गांधी मारा गया। माता-पिता ने गुल्लक भेंट करते हुए बच्चों को छोटी बचत का बड़ा महत्त्व समझाया, गांधी फिर जी उठा।

आवेश ने विनय के गाल पर चाँटा जड़ दिया, गांधी मारा गया। विनय ने अपना दूसरा गाल़ भी आगे कर दिया, गांधी फिर जी उठा।

अध्यापक ने बिना पढ़ाए वेतन उठा लिया, गांधी मारा गया। नौकरी-पेशा युवक ऑफिस से लौटने के बाद शिक्षा से वंचितों को पढ़ाने लगा, गांधी फिर जी उठा।

यहाँ-वहाँ गन्दगी फैलाई गई, गांधी मारा गया। साफ-सफाई के लिए श्रमदान हुआ, गांधी फिर जी उठा।

अपने कार्टून से तिलमिलाए व्यक्ति ने कार्टूनिस्ट को मानहानि का नोटिस भिजवा दिया, गांधी मारा गया। व्यंग्य का निशाना बने उसी व्यक्ति ने व्यंग्यकार का आभार माना कि उसने उसे और फिसलने से बचा लिया, गांधी फिर जी उठा।

संशय ने दावा किया—'ईश्वर ही सत्य है', गांधी मारा गया। ज्ञान विनम्रता से बोला—'सत्य ही ईश्वर है', गांधी फिर जी उठा।

बाजारवाद आशंकाओं से उबर नहीं पाया। उसने चिन्ता प्रकट की, "सच है कि गांधी मारा जा चुका है, लेकिन मुझे तो चौक-चौराहों पर लाठी लिए लँगोटी बाँधे, जो नंगे बदन गांधी खड़े हैं, उनका भी डर सताता है।"

राष्ट्रवाद ने बाजारवाद को धीरज बँधाया, "चौक-चौराहों पर खड़े गांधी कोई जीवित गांधी नहीं हैं। वे मात्र उसकी प्रतिमाएँ हैं और मैं सार्वजनिक तौर पर स्वीकारता भले ही नहीं हूँ, किन्तु जानता सब हूँ कि प्रतिमाओं में प्राण नहीं होते।

जल्द ही गांधी की एक-एक़ पहचान विस्मृत कर दूँगा। उसकी लाठी और चप्पलें तो विरोधियों को हड़काने के लिए मैं खुद अपने हाथों में रखता ही हूँ। बाकी निशानियों से भी बेफ़िक्र रहो।

जहाँ तक नोटों पर छपे गांधी का सवाल है तो चिन्ता मत करो। तुम्हारे सहयोग से इकॉनमी को कैशलेश करके इस समस्या से भी मुक्ति पा ली जाएगी।"

बाजारवाद ने पूछा, "लेकिन साबरमती आश्रम और राजघाट?"

राष्ट्रवाद ने हँसकर कहा, "मुझ पर भरोसा रखो, वे सिर्फ पर्यटनस्थल रह जाएँगे।"

राष्ट्रवाद द्वारा गांधी-भय से पूर्ण सुरक्षा की गारंटी मिलते ही बाजारवाद ने झट उदारीकरण का भेस धरा और 'रामराज्य' में ऑनलाइन घुसकर फैल गया।

कालान्तर में बाजारवाद के अन्तर्जाल से मुक्ति हेतु *हिन्द स्वराज* और *सत्य के प्रयोग* पढ़ने के लिए गांधी के चश्मे की खोज-बीन शुरू हुई। तब ध्यान आया कि गांधी का चश्मा तो कभी का स्वच्छ भारत अभियान का लोगो बनाया जा चुका।

लघु कथाएँ

सदाचार

पिता बिजली विभाग में है और पुत्र जलदाय विभाग में। दोनों ने शहर की एक कॉलोनी में बराबर ही में अपना-अपना नया मकान बनवाया है। पिता को मकान में नल कनेक्शन चाहिए और पुत्र को बिजली कनेक्शन। जबतक पिता घूस नहीं देगा, बेटा उसके यहाँ नल नहीं लगने देगा। जबतक बेटा घूस नहीं देगा, पिता उसके यहाँ बिजली कनेक्शन नहीं होने देगा।

पिता-पुत्र में जूतम-पैजार चाहे हजार होती हो, किन्तु भारतीय संस्कारों में अभी इतनी गिरावट नहीं आई है कि पिता-पुत्र ही परस्पर रिश्वत माँगने लगें। सो, बेटा बिजली की चोरी करता है और बाप पानी की।

ग्लोबलाइजेशन

महल के मुख्यद्वार की दिशा में अपार जनसमूह का शोर सुन कर राजा राम ने लक्ष्मण से प्रश्न किया, "ये कैसी आवाजें आ रही हैं अनुज? कौन लोग होंगे?"

उत्तर मिला, "भगवन, सब अयोध्यावासी ही हैं। जब से राज्य में

ग्लोबलाइजेशन आया है, प्रत्येक नागरिक धनुष-बाण खरीदने को लोन लेना चाहता है, ताकि वह भी सोने का हिरण मार सके।"

सुन्दरवन में चुनाव

सुन्दरवन में लोकतंत्र था, भले ही कहने को लोकतंत्र था। आम चुनाव की घोषणा हुई। यों तो कई वन्य प्राणी चुनावी अखाड़े में थे, लेकिन मुख्य मुकाबला मुखियापद पर आसीन लकड़बग्घा तथा उसके धुर विरोधी हिरण के मध्य था। लकड़बग्घा का चुनाव चिह्न था—'जबड़ा' और हिरण का—'आँख।' लकड़बग्घा पुनः मुखियापद पर काबिज रहने के मूड में था।

उसने चुनाव प्रभारी सियार को बुलाकर पूछा, "तुझे चुनाव प्रभारी किसने बनाया था?"

सियार बुदबुदाया, "हूजूर, आप ही ने।"

लकड़बग्घा ने कहा, "तो अब तेरी जिम्मेदारी है कि सुन्दरवन में चुनाव की रस्म भी हो और फिर से मुखिया भी मैं ही चुना जाऊँ।"

सियार ने शीश झुका कर आश्वस्त किया, "आप निश्चिन्त रहें मालिक।"

गरीब लोकतंत्र में खर्च कम करने के पवित्र उद्‌देश्य से चुनाव बजाय मतदान के पाषाण का सिक्का उछालकर कराया गया।

परिणाम घोषित हुए। लकड़बग्घा भारी मतों से विजयी हुआ।

हिरण ने अपनी हार के कारणों की पड़ताल के बाद सियार से शिकायत की कि पाषाण के सिक्के के दोनों ओर 'जबड़ा' ही क्यों छापा गया?

लेकिन लकड़बग्घा की जीत के नगाड़ों के बीच हारे हुए सियार की चीख कौन सुनता?

जागरण

उसने सादा फुलस्केप कागज पर थाना प्रभारी के नाम शिकायत लिखी और सुबह ही सुबह थाने पहुँचा।

दरअसल, आसपास ही कहीं रात नौ बजे शुरू हुआ जागरण सुबह पाँच बजे तक चला और माइक की तेज आवाज ने उसे रातभर सोने नहीं दिया।

उसने रात में कई बार पुलिस नियंत्रण कक्ष को वन डबल जीरो पर फोन किया, लेकिन हर बार नतीजा डबल जीरो निकला।

उसने गार्ड को शिकायती पत्र दिखाते हुए थाना प्रभारी से मिलने की अनुमति माँगी।

गार्ड ने झिड़का, "बाद में आना। साहब सो रहे हैं और ग्यारहेक बजे के बाद ही उठेंगे।"

उसने झल्लाते हुए आश्चर्य प्रकट किया, "साहब सो रहे हैं और ग्यारहेक बजे के बाद ही उठेंगे?"

गार्ड बोला, "और नहीं तो क्या? साहब सुबह पाँचेक बजे तो जागरण से लौटे हैं।"

हें हें हें हें

ज्योंही मुगल सम्राट जलाल-उद्दीन मोहम्मद अकबर हिन्दुस्तान के अधिकतम भूभाग का अधिपति हुआ, त्योंही कवि कुम्भनदास ने अब्दुर्रहीम खानखाना को फोन मिलाया।

रहीम ने पहली ही घंटी में फोन उठाया, "कहो कुम्भनदास जी, आज हमारी याद कैसे आई?"

फारसी, संस्कृत, हिन्दी के उद्भट विद्वान व कवि, आलमपनाह अकबर के मुख्य सेना नायक और नवरत्नों में से एक, रहीम के मुख से बिना किसी पूर्व परिचय के यों अपना नाम सुनकर कुम्भनदास को विस्फोटक आश्वस्ति हुई

कि जब रहीम की फोनबुक में नाम फीड है तो गुडबुक में भी हुआ ही समझो।

कुम्भनदास ने पूछा, "आजकल बादशाह सलामत दिल्ली में हैं, आगरा में हैं कि फतेहपुर सीकरी में हैं?"

रहीम, "जी, फतेहपुर सीकरी में हैं।"

कुम्भनदास, "तो आलमताब के सानिध्य में जमाओ शीघ्र ही सीकरी में कविसम्मेलन?"

रहीम, "लेकिन कुम्भनदास जी, जहाँपनाह तो कविता वगैरह समझते ही नहीं हैं?"

कुम्भनदास, "यह तो और अच्छी बात हुई।...हैलो, सीकरी में कवि सम्मेलनों का सिलसिला सदैव के लिए चल पड़ेगा। बस, आप तो शहंशाह हुजूर तक यह रहस्य पहुँचा दो कि काठ से बँधकर ही पत्थर तैर सकता है। कवि ही की कलम में वह धार होती है कि जघन्य जन संहारों को भी दुनिया धर्मयुद्ध मानने लगती है। कवि ही की वाणी में वह जादू होता है कि राजा की प्रत्येक मूर्खता को उसकी 'लीला' सिद्ध कर दे।"

रहीम, "लेकिन कुम्भनदास जी, आप तो कभी अपने एक पद में 'सन्तन को कहा सीकरी सों काम' कह चुके हैं?"

कुम्भनदास, "वह तो मेवाड़ के महाराणा ने एक कविसम्मेलन में बुला लिया था, सो कहना पड़ा। हें हें हें हें।"

समस्यापूर्ति से खानापूर्ति

लम्बे समय से अधिकतर हिन्दी मंच के कवि और हिन्दी अखबार दो महत्त्वपूर्ण रचनात्मक कामों में मन-प्राण से लगे हुए हैं। कवि समस्यापूर्ति में और अखबार खानापूर्ति में।

टेलीविजन के नहले और सोशलमीडिया के दहले से हिन्दी अखबार भारी दबाव में हैं।

बहुत बड़े हिन्दी अखबार के प्रधान कार्यालय से प्रधान सम्पादक का फोन आया कि हम गत पाँच दिनों से प्रतिदिन किसी प्रसिद्ध चित्रकार के बनाए चित्र के साथ किसी प्रसिद्ध कवि की काव्य-पंक्तियाँ प्रकाशित कर रहे हैं। कल प्रकाशित होने जा रहे चित्र के लिए क्या आप काव्य-पंक्तियाँ लिखकर दे सकते हैं?

चूँकि एक तो मैं ऑर्डर पर नहीं लिख पाता। दूसरा, जैसा मैं लिखता हूँ, वैसा वे छापते नहीं (मनीप्लांट के गमले में कौन समझदार कैक्टस लगाता है) और जैसा वे छापते हैं, वैसा मैं लिखता नहीं। सो, मैंने उन्हें विनम्रतापूर्वक मना कर दिया। दरअसल, वे मुझे कविता के लिए समस्यापूर्ति देना चाहते थे, ताकि मैं उन्हें खानापूर्ति के लिए मसाला उपलब्ध करा सकूँ।

घोर आत्मप्रचार के इस युग में कई पाठक मेरे निर्णय को मेरी मूर्खता ही मानेंगे।

दोष अकेले हिन्दी अखबार वालों का भी नहीं है। हिन्दी मंच के

अधिकांश कवि पंचांग ध्यान में रखकर ही कविताएँ लिखते हैं। दीपावली पर काम आने वाली रचनाएँ मकरसंक्रान्ति के आसपास लिखकर धर लेते हैं। कविता सरस्वती लिखवाती है, इसलिए पता नहीं लक्ष्मीपूजन की व्यस्तता के चलते दीपावली पर कविता वाली फीलिंग आए कि नहीं आए। होली विशेषांकों के लिए हास्यकवि इस होली के अगले दिन से ही सक्रिय हो उठते हैं, ताकि अगली होली पर झट से चिकोटी, गुदगुदी, खिलखिलाहट शीर्षकों वाली कविताओं की आपूर्ति कर सकें।

श्रोताओं को हड़काते हुए काव्यपाठ करने वाले कवियों के तो कहने ही क्या? उनके शान्तिकाल में रचे वीरकाव्य में उन युद्धों का सजीव चित्रण होता है, जो कभी लड़े ही नहीं गए। वैसे, ऐसे उन्मादी कवियों के दुस्साहस की दाद देनी पड़ेगी। संग्रहालयों में धरे उन हथियारों का इस्तेमाल बखूबी कर लेते हैं, जो दशहरे पर पूजन के अलावा कभी किसी और काम नहीं आते।

शृंगारिक रचनाएँ तो शृंगार रस का हर नया-पुराना कवि अग्रिम लिखकर रखता है। प्रत्येक कवि के पास संयोग और वियोग शृंगार की रचनाओं के दो अलग-अलग सेट होते हैं। जिनमें नायक-नायिका भेद, नख-शिख तथा षड्ऋतु वर्णन, अली-कली, जिया-पिया टाइप गीत-कविताएँ जमा रहती हैं। जो वयोवृद्ध कवि शृंगार की नई रचनाएँ नहीं लिख पाते, वे युवावस्था की रचनाओं में 'है' को 'था' करके अपडेट रहते हैं।

जब मैंने शहीदाना अन्दाज में अपने एक शुभचिन्तक से इस घटना का जिक्र किया तो उन्होंने मुझे बाकायदा धिक्कारा कि आपने अखबार का ऑफर ठुकराकर अक्षम्य गलती कर दी है। पछतावे के लिए उकसाते हुए बोले, "सुबह ही सुबह सेलिब्रेटी पेंटर की शानदार पेंटिंग के साथ तुम्हारी काव्य पंक्तियाँ मय तुम्हारे फोटो-परिचय के छपतीं तो ऐसी झाँकी जमती कि प्रतिस्पर्धी कवियों की भीड़ में राजा बनने के लिए तुम्हें एक आँख अलग से नहीं फुड़वानी पड़ती।"

उनका मैत्रीभाव मैं समझता था, लेकिन जिस फायदे के नुकसान की तरफ उन्होंने संकेत किया था, वस्तुतः वैसा कुछ होता नहीं। मैं भुगत चुका हूँ।

एक बार होली के समय की बात। मेरे पास पिछली होली के अगले दिन की लिखी हुई हास्यरस की गुदगुदाती कविता तैयार पड़ी थी। मैंने मय

फोटो-परिचय एक दैनिक अखबार में भेज दी। बहन पीहर जाने की सोच रही थी कि भाई लेने आ गया। अखबार ने तुरन्त छाप डाली। अपनी रचना, नाम, फोटो सब देखा तो प्रातः ही नशा-सा छा गया। सोचा, आज तो दिनभर परिचितों के बधाई सन्देशों से फोन घनघनाएगा। चाय-नाश्ते की तैयारियाँ भी रखीं कि कोई बधाई देने घर भी आ सकता है। पर, ज्योंही दिन के दो पहर बीते, नशा उतरने लगा। थककर मैंने खुद जान-पहचान वालों को फोन लगाए।

शर्माजी ने कहा, "भाईजी, कविता पढ़ी तो थी, लेकिन चूक यह हुई कि जल्दबाजी में न रचनाकार का नाम पढ़ा और न फोटो पर नजर पड़ी। मैं तुरन्त बधाई जरूर देता, पर कविता ठीक-ठाक सी लगी तो सोचा कि आपने क्या लिखी होगी? अब आप बता रहे हो कि वह कविता आपकी ही है तो बधाई हो।"

वर्माजी बोले, "माफी चाहता हूँ, आपकी कविता पढ़ नहीं पाया। एक तो आज अखबार ही देर से आया। फिर संयोग से उसी समय रद्दी खरीदने वाला आ गया। बेटा अखबारों की रद्दी तुलवा रहा था। दस किलो में पचास ग्राम कम पड़ी तो उसने ताजा अखबार भी पलड़े में पटक दिया।"

सक्सेनाजी ने अर्धांगिनी पर दोष मढ़ते हुए कहा, "सुबह ऑफिस जाने की जल्दी थी। शाम को लौटकर घर आया तो पता लगा कि श्रीमती ने दिन में रसोईघर के पुराने अखबार बदलकर नए बिछा दिए। अब निकालूँगा तो रसोई के सब डिब्बे उलट-पलट करने पड़ेंगे। फिर श्रीमती ऐसा करने भी नहीं देंगी। आप तो खुद महिलाओं का स्वभाव जानते हो। कल ऑफिस जाकर यदि आज का अखबार मिल गया तो जरूर पढ़ूँगा। हाँ, कल भी तभी पढ़ पाऊँगा जब आप ऑफिस टाइम में मुझे एक बार फोन कर याद दिला दोगे।"

सिंह साहब से बात हुई। वे कहने लगे, "आज अखबार पढ़ ही कहाँ पाया? दरअसल, पड़ोसी के दादा जी का परसों निधन हो गया था। आज के अखबार में उनके तीये की बैठक का विज्ञापन छपा है। उनके यहाँ अखबार आता नहीं, सो वे माँगकर ले गए। शोक का घर है। वापस भी नहीं मँगा सकता।"

मनमोहन को फोन मिलाया। वह अखबार का नियमित और गम्भीर

पाठक है बल्कि बरसों पुराने अखबार भी इस मनोयोग से पढ़ता है जैसे ताजा अखबार पढ़ रहा हो। उसने सफाई दी, "अखबार रोज पढ़ता हूँ और आज भी पढ़ रहा था, लेकिन हुआ यों कि मैं अखबार जमीन पर फैलाकर पढ़ता हूँ। मैंने अखबार जमीन पर फैला रखा था। इतने में किसी का फोन आ गया। मैं उस झमेले में लग गया। पास में चाय का कप रखा था। मेरे ही पैर के टल्ले से कप की चाय अखबार पर गिर गई। चाय गिरी भी वहीं जहाँ तुम्हारी कविता छपी थी। ऐसा मूड उखड़ा कि फिर न चाय पी और न अखबार पढ़ा। वह हादसा नहीं होता तो न सिर्फ तुम्हारी कविता पढ़ता, बल्कि कमियाँ भी बताता।"

कभी सहपाठी रहे राजेश को इस उम्मीद से फोन कर पूछा कि सम्भवतया उसने पढ़ी हो और जीवन की आपा-धापी में मुझे बधाई देना भूल गया हो।

राजेश ने भी मजबूरी जता दी, "क्या कविता पढ़ता यार? सप्ताहभर से नागपुर वाले मामाजी आए हुए थे। आज सुबह की ट्रेन से वे वापस गए हैं। मम्मी ने उनके खाने के पैकेट के साथ आज वाला अखबार रख दिया।"

सोचा, चाय की दुकान वाले से पड़ताल करूँ। उसने स्वयं या उसके यहाँ चाय के बहाने आए किसी काव्यप्रेमी ने आज के अखबार में मेरी कविता पढ़ ली हो और भूल-गलती से चर्चा भी चल गई हो। मैं खुद तंगी के दिनों में रोज उसी के यहाँ जाकर अखबार पढ़ता था। वह कविता वगैरह सुनने-सुनाने में भी रुचि रखता है। असल में तो वह कवि ही बनना चाहता था, लेकिन जल्द ही काव्यकर्म को घाटे का सौदा मानकर चाय की दुकान खोल ली थी। आज उसकी स्थिति देखकर सोचता हूँ कि उसने सही समय पर सही निर्णय ले लिया। उसने कहा, "अखबार आते ही मैंने तुम्हारी कविता देख ली थी। बस, पन्ना पलटता ही कि कई ग्राहक आ गए। चाय की दुकान पर अखबार के चक्कर में सुबह से शाम तक लोगों की भीड़ मक्खियों की तरह रहती है। तुम तो खुद आते रहे हो। एक-एक पन्ने को कई-कई सज्जन छीन-झपटकर पढ़ते हैं। एक टैक्सी वाला चाय पीने रुका था। चाय पीकर भाई ने उसी पृष्ठ से गाड़ी का शीशा साफ कर लिया, जिसमें कि तुम्हारी रचना छपी थी। बाद में उसने सॉरी कहा और चाय के पेमेंट के साथ अखबार के उन दो पृष्ठों के भी पैसे दे दिए तो मैंने भी बात आगे नहीं बढ़ाई।"

फोन पर दो कवियों से जिक्र किया तो दोनों छूटते ही बोले, "हम कभी दूसरों का लिखा नहीं पढ़ते।"

जब सब जगहों से निराश हो गया तो जिस दुकानदार के यहाँ से हम किराना का सामान खरीदते हैं, दोपहर बाद उसके यहाँ बेसन लेने गया। इस उम्मीद से कि शायद उसके यहाँ वही अखबार आता हो और उसने मेरी कविता पढ़ी हो। साहित्यिक ग्राहक को सामान के संग स्कीम में 'वाह-वाह' भी दे दे, लेकिन उसकी दुकान से भी केवल बेसन लेकर लौटा। घर आकर देखा कि उसने बेसन उसी अखबार के लिफाफे में तौलकर दिया था, जिसमें मेरी कविता छपी थी।

शाम को अपना अखबार खोजा कि कविता काटकर कतरन फाइल में लगा लूँ। आज नहीं तो कल मूल्यांकन होगा। पता लगा कि कविता के उल्टी तरफ वाले हिस्से पर 'करोड़पति बनें' इनामी प्रतियोगिता का कूपन छपा था। और इनामी कूपन अपने पीछे मेरा एक तिहाई परिचय, आधा फोटो और पौन कविता लिए सुबह ही अखबार से कटकर बच्चों की फाइल में लग चुका था।

वाह! वाह! क्या खूब कहा है

फॉलोअर्स की बुद्धि, मन, चित्त, अहंकार और समस्त इन्द्रियाँ अपने हीरो के सुख के साधन होते हैं। यही कारण है कि अपने हीरो के ट्वीट करते ही फॉलोअर्स की दशा वही हो उठती है, जैसी भुवन मोहन कन्हैया के बाँसुरी बजाते ही गोपियों और गायों की हो जाती थी। प्रस्तुत है हीरो का ट्वीट और फॉलोअर्स के कमेंट्स की बानगी—

हीरो ने ट्वीट दागा— · (डॉट)

—आपका ट्वीट कोई शून्य-वून्य नहीं है। यह माँ भारती के भाल की बिन्दी है। जय भारत, जय भारती।

—आप इसी तरह नियमित लिखते रहा करें सर। आपका लिखा हुआ पढ़कर बड़ा मार्गदर्शन मिलता है सर।

—हाय! खूबसूरत गर्लफ्रेंड से ब्रेकअप के बाद की मनोदशा का खूबसूरत चित्रण। डोंट वरी, नई ढूँढ़ लो।

—शून्य। मतलब पूर्ण में से पूर्ण निकालो, तब भी पूर्ण बचता है। वाह! एक लघु चिह्न में ही सम्पूर्ण *गीता* समेट डाली।

—आह! पत्नी के पीहर चले जाने के बाद के खालीपन की कारुणिक अभिव्यक्ति। लगता है, भाभी जी घर पर नहीं हैं। सही पकड़े हैं?

—दो विपरीत भाषाओं के वैमनस्य का सटीक उद्‍घाटन। हिन्दी में रिक्त स्थान, अंग्रेजी में पूर्ण विराम।

—जिस आर्यभूमि ने संसार को शून्य दिया, आज संसार में उसी आर्यभूमि की हैसियत शून्य हुई जा रही है। क्या करारा व्यंग्य फेंक के मारा है साहब आपने।

—जय हो आपकी। संसार की असारता को प्रकट करता ट्वीट। पढ़कर आत्मा हलकी हुई और मन भारी।

—अपरिवर्तनीय आकृति। शून्य का दुनिया की किसी भी भाषा-बोली में अनुवाद करो, लिपि नहीं बदलती।

—शून्य अर्थात् किसी भी सरकारी जाँच आयोग का स्थायी नतीजा।

—शून्य ही है जो इकाई को दहाई और दहाई को इकाई बनाने का सामर्थ्य रखता है। आपके ट्वीट से निश्चित ही वित्तमंत्री को बजट बनाने में मदद मिलेगी।

—शुक्रिया। हिन्दी का अनुस्वार उर्फ़ उर्दू का नुक़्ता। साम्प्रदायिक सद्भाव का बेमिसाल नमूना।

—आकृति एक, अर्थ अनेक। वाहन का पहिया, मशीन का बियरिंग, कुम्हार का चाक, शिशु का डिठौना, चन्द्रमुखी का तिल...।

—आपने भी ना 'अच्छे दिन-काला धन—खाते में पन्द्रह लाख' वाले जुमलों की खूब खबर ले डाली। एक नन्हे से गोल चिह्न की गेंद से पूर्ण बहुमत वाली सरकार को क्लीन बोल्ड कर डाला।

—इस ट्वीट को सतत् दोहराते रहें सर। ताकि दुनिया अंक गणित में भारतीय योगदान को स्मरण करती रहे। इन दिनों बाजारू अंकगणित में शून्य के बढ़ते चलन के बावजूद भारत विस्मृति के खतरे से जूझ रहा है।

—भाषायी मितव्ययता का अनुपम उदाहरण। अन्य जहाँ पिंडभर भाव के लिए ब्रह्मांडभर शब्द जाया कर रहे हैं, वहीं आपने ब्रह्मांडभर भावों के लिए मात्र पिंडभर भाषा इस्तेमाल की है। आपके पांडित्य को प्रणाम।

—बधाई हो आपको। ट्विटर इतिहास का लघुतम ट्वीट। गिनीज बुक ऑफ वर्ल्ड रिकॉर्ड वालों को तुरन्त संज्ञान लेना चाहिए।

उपर्युक्त सिलसिला चल ही रहा था कि हीरो ने फिर ट्वीट किया, "मेरा डॉगी मेरे स्मार्ट फोन से अठखेलियाँ कर रहा था। जाने कैसे की-बोर्ड पर

उसके पंजे से · (डॉट) वाला खटका दब गया। ट्वीट के नाम पर जो हुआ, किन्तु अपने प्रति आपकी श्रद्धा और प्रेम से मैं अभिभूत हूँ।"

मजे की बात रही कि इस ट्वीट पर भी हीरो को सैकड़ों कमेंट्स मिले और हजारों रीट्वीट हुए।

शासन की तमाशाई शैली

प्रजा के लिए बिना कुछ किए-धरे, प्रजा ही के श्रमधन से प्रजा पर राज करने की तीन शैलियाँ होती हैं—आसुरी, दैवीय और तमाशाई।

राजा छँटा हुआ तमाशेबाज था।

वह न सिर्फ राजा होने के मजे जानता था, बल्कि यह भी जानता था कि मजे सिर्फ प्रजा के दम पर ही किए जा सकते हैं। प्रजा है तभी हरम सुन्दरियों से अटा पड़ा है। प्रजा है तभी दरबार में मुजरों की झमाझम है। सामान्य छींक भी आ जाती है तो दर्जनों सेवादार रूमाल लिये दौड़ते हैं। पता नहीं राजा किस पड़ोसी राजा से चौपड़-पासे खेलने कब, किस द्वार से निकल पड़े, सो महल के हर द्वार पर हर पल रथ सजाए सारथी तैनात रहते हैं। सब प्रजा से वसूली जाने वाली दौलत की बदौलत ही तो है।

राजा जानता था कि जमाना पहले-सा नहीं रहा। आसुरी शैली शासन चलाने में बाधक ही नहीं, घातक भी होती है। शिक्षा ने सब मटियामेट कर दिया। चार अक्षर सीखे हुए नागरिकों को बहलाया ही जा सकता है, दबाया नहीं जा सकता। किसी एक पर भी हलका सा हाथ उठा लो तो सलाम बजाने वाले असंख्य हाथ मुट्ठियों में तब्दील हो जाते हैं। तैश में आकर किसी की ओर अपने दो जूते फेंको तो चार लौटते हैं। नागरिकों को बैल समझकर हाँक भी नहीं सकते, कमबख्त सींग उठा लेते हैं। गोलियाँ दागकर दस-बीस के प्राण हर लो तो जीवित बचे लोग मृतकों की अस्थियों से वज्र बना लेते हैं।

उसने एक बार को यह भी सोचा था कि अबाध राज-काज के लिए सम्पूर्ण राज्य को प्रजामुक्त भी किया जा सकता है, लेकिन फिर परिणाम जानकर निराश हुआ कि जब प्रजा ही नहीं रहेगी तो मुझे राजा कौन पुकारेगा? बिना प्रजा के राजा का मतलब होता है ऐसे स्कूल में मास्टरी करना जिसमें एक भी विद्यार्थी नहीं हो। किसकी फीस से मास्टर को वेतन मिले? कौन मास्टर को करबद्ध प्रणाम करे? किस मूर्ख को मास्टर बैंत से सबक सिखाए?

वह जानता था कि राज करने की दैवीय शैली अवश्य ठीक-ठाक है, पर असुविधाजनक बहुत है। यों तो राजा धरती पर ईश्वर का प्रतिनिधि होता है। अतः स्वयं को देवता घोषित करके प्रजा के हाथों में आरती का थाल थमाया जा सकता है। धर्मभीरु प्रजा आरती का थाल सहर्ष थाम भी लेती है, लेकिन राजा के लिए बारहों मास हर घड़ी देवता बने रहना आसान नहीं होता। आखिर देवता की भी अपनी प्राइवेट लाइफ होती है। कोई देवता आरतीकर्ताओं की मनोकामनाओं की पूर्ति का प्रेशर कब तक झेले? जिसकी इच्छापूर्ति नहीं करो, वही आरती का थाल फेंककर आँखें दिखाने लगे।

देवता बनकर दर्शन दे देने भर से दर्शनार्थियों की जठराग्नि शान्त नहीं की जा सकती। यह बात देवता भले ही न जानते हों, राजा जानता था। आरती का दीया बिना घी के नहीं जल सकता। दीये के लिए घी का जुगाड़ करो तो मथने के लिए दही चाहिए और दही जमाने के लिए दूध। इस तुच्छ काम के लिए दूध की सप्लाई होने लगी तो क्षीर सागर सूख जाएगा और रोज निर्जल ताजा दूध से लबालब क्षीर सागर में किलोल नहीं करो तो फिर कोई राजा क्या ऐसी-तैसी कराने के लिए बनता है?

देवता के थोथे वरदानों से कभी रोटी पैदा नहीं हो सकती, यह राजा को अच्छी तरह मालूम था। भूखी प्रजा किसी दिन बगावत कर बैठती है, यह तो और अच्छी तरह मालूम था। भूखा भक्त देवता को दो टूक कह देता है—'यह ले तेरी कंठी माला, भूखे भजन न होय गोपाला'। दीये की सूखी बाती कपूर के संग मिलकर मशाल बन जाए तो और आफत। राजाजी देवता बनने के चक्कर में राजापने से ही हाथ धो बैठें।

राजा ऐसा शासन चाहता था कि प्रजा बिना ना-नुकुर किए कमाई की अन्तिम पाई तक उसे टैक्स भी देती रहे और हँसते-मुस्कराते अन्तिम साँस तक उसे महान शासक भी मानती रहे।

राजा ने प्रजा की नब्ज पहचान ली थी कि प्रजा को विकास से कतई सन्तुष्ट नहीं किया जा सकता। रावण ने लंका सोने की बना दी थी, फिर भी वह विभीषण का पैदा होना कहाँ रोक पाया था?

अत: राजा ने सुशासन के लिए तमाशाई शैली अपनाई।

राजा जानता था कि तमाशाई शैली न सिर्फ आसुरी और दैवीय शैलियों का फ्यूजन है जो जरूरी कन्फ्यूजन क्रिएट कर लेती है, बल्कि तमाशाई शब्द से करिश्माई की रिद्म भी निकलती है।

तमाशाई शैली में राजा-प्रजा में ऐसी ट्यूनिंग बन जाती है कि राजा माथा पीटने की बात कहता है और प्रजा ताली पीटने लगती है। राजा को यही तो चाहिए था।

उसके पूर्ववर्ती राजाओं ने भले ही फूट डालकर राज चला लिया था, किंतु समय के साथ वह फॉर्मूला निरापद नहीं रह गया था। उसने सोचा कि राज करने का मजा तब है, जब सब प्रजाजन एक भी रहें और नेक भी रहें। चूँकि वह बाल्यकाल से तमाशेबाजी करता रहा था। अत: वह तमाशेबाजी की ताकत जानता था। वह प्रजा के मनोविज्ञान से अवगत था कि कैसा भी तमाशा दिखाओ, महिला-पुरुष, छोटा-बड़ा, धनी-निर्धन, अज्ञ-विज्ञ, सज्जन-दुर्जन, साधु-गृहस्थ, साक्षर-निरक्षर, अल्पसंख्यक-बहुसंख्यक, अगड़ा-पिछड़ा सब घुस के देखते हैं।

राजा ने सम्पूर्ण राज्य में मुखबिर छोड़ रखे थे। अकसर स्वयं भी भेस बदल-बदलकर बस्तियों की रैकी करता रहता था।

एक दिन राजा को भनक लगी कि दिनोदिन पेट्रोल की बढ़ती कीमतों से प्रजा में आक्रोश है। राजा महल के छज्जे पर खड़ा हुआ। मुख में पेट्रोल भरकर तीली लगाई और लगा फेंकने मुख से आग के छल्ले। तमाशा कामयाब रहा। प्रजा न सिर्फ पेट्रोल की कीमतें भूल गई, बल्कि अपने वाहनों में महँगा पेट्रोल भरा-भराकर तमाशा देखने उमड़ पड़ी।

लोगों ने दरबारियों से बिजली न आने की शिकायत की। तुरन्त राजा ने मोर्चा सँभाला। वह शिकायतकर्ताओं की बस्ती में गया और बिना दस्ताने पहने बिजली के नंगे तारों से लटककर एक से दूसरे खम्बे तक चार ट्रिप कर डाले। दर्शकों के तन-मन में प्रसन्नता का ऐसा करंट दौड़ा कि धरती का कागज, समुद्र की स्याही और हिमालय की कलम बना लो तो भी वर्णन नहीं किया जा सकता था।

महँगाई की वजह से नागरिकों की गृहस्थी का बैलेंस बिगड़ने लगा। राजा ने महल के सामने वाले मैदान में दस मीटर का फासला रखते हुए दो बल्लियाँ गाड़ीं। बल्लियों के ऊपरी सिरों से एक रस्सा बाँधा। फिर सिर पर मटका धर, हाथों में बाँस पकड़, ढोल की ताल पर रस्से पर चलते हुए, ऐसी नट-कला का प्रदर्शन किया कि नागरिकों के एक मिनट में समझ में आ गया कि बैलेंस कैसे साधा जाता है।

नगर सेठ ने कारखाना डालकर ढेर एलईडी बल्ब बना लिये। पाँच करोड़ रुपयों का मुनाफा था, मगर खपें तब तो? घरों में लोग ट्यूबलाइट वापरते थे। नगर सेठ ने तरकीब से काम लिया। उसने राजा को एक करोड़ रुपया भेंट किया। राजा ने डूंडी पिटवाकर शुभ मुहूर्त में सब लोगों को इकट्ठा किया। महल में से आधा दर्जन ट्यूबलाइटें उतारकर लाया और ट्यूब लाइटों को तोड़-तोड़कर गपागप खाना शुरू किया। लोग साँस रोककर तमाशा देखते रहे। ज्योंही तमाशा सम्पन्न हुआ, लोगों ने नगर सेठ की दुकान का रुख किया। जल्द खत्म होने की आशंका के चलते सबने एमआरपी की अनदेखी करके ब्लैक में खरीद-खरीदकर एलईडी बल्बों का पूरा स्टॉक खत्म कर दिया। घर पहुँचकर तमाम ट्यूब लाइटें उतारीं और वहाँ एलईडी बल्ब लगा दिए।

राज्य के एक भू-भाग में भयंकर आग लग गई। कुछ लोग आग बुझाने में जुटे और कुछेक दमकल बुलाने दौड़े। पता लगा कि दमकलें तो बरसों से कागजों में आग बुझा रही हैं। दरअसल, दमकलों का बजट तो राजा ने विभिन्न मॉडल की महँगी कारें खरीदने पर उड़ा दिया था। क्रोधित भीड़ देखकर राजा को चिन्ता हुई कि समय रहते उपाय नहीं किया तो आग की लपटें महल को घेर लेंगी।

वह अग्नि-स्थल पर पहुँचा। महल से निकलते समय उसने तीनेक फुट व्यास का अंगुलीभर मोटी लोहे की छड़ का एक गोल-चक्र, जिस पर तेल में भीगा हुआ कपड़ा लिपटा था, ले लिया था। राजा ने जलती आग से स्पर्श करके गोल-चक्र में आग लगाई। लम्बे चिमटों के सहारे जलता गोल-चक्र दो कारिन्दों को थमाया और तेज गेंदबाजों की तरह लम्बी-लम्बी दौड़ लगाते हुए, लगा उसमें से आर-पार निकलने। अपना सब कुछ जलता हुआ देखकर जो लाचार दहाड़ें मार-मारकर रो रहे थे, जलते गोल-चक्र में से राजा का आरपार निकलना देखकर वे बुक्का फाड़-फाड़कर हँसने लगे।

प्यासे लोगों ने पानी माँगा तो राजा ने बहती नदी पर पुष्पक विमान उतार दिया। तमाशा देखकर सब न सिर्फ प्यास भूल गए, बल्कि अपनी नाजायज माँग का स्मरण कर शर्म से पानी-पानी हो गए।

बेरोजगारों ने राजा को चिट्ठी लिखी कि महाराज, महँगी शिक्षा के बावजूद खाली बैठे हैं। जिन्दगी पत्थर धरे सीने-सी हो गई है।

राजा ने झट तमाशा दिखाकर समस्या का निदान कर दिया। उसने बेरोजगारों से खचाखच भरे स्टेडियम में नंगे बदन लेटकर सीने पर दो-तीन भारी पत्थर रखवाए और उन पत्थरों को तगड़े पहलवान के हाथों भारीभरकम हथौड़े से तुड़वाया। बेरोजगार दर्शक हतप्रभ कि पत्थर चूर-चूर हो गए, पर राजा के सीने पर खरोंच तक नहीं आई! कुछ मिनट के तमाशे से राजा ने कई करोड़ बेरोजगारों को जीने की कला सिखा दी।

राजा आंगिक ही नहीं, वाचिक तमाशेबाजी में भी निष्णात था।

उसने पुस्तकों के माहात्म्य पर ऐसी आकाशवाणी की कि निरक्षर जन भी पुस्तकें खरीदने दौड़ पड़े।

भले ही राजा की स्वयं की डिग्रियाँ सन्देहास्पद थीं, किन्तु उसने पन्द्रह मिनट तक परीक्षार्थियों को परीक्षा में शतप्रतिशत अंक लाने के ऐसे-ऐसे नुस्खे बताए कि सब ने पाठ्यसामग्री कबाड़ियों के हवाले की और प्राप्त राशि से सिनेमा देख आए। परीक्षार्थी इस उम्मीद से परीक्षा ही टाल गए कि हो न हो एक दिन राजा डिग्रियाँ प्राप्ति का नुस्खा भी जरूर बताएगा।

राजा ने गणित पर गजब ज्ञान पेला तो प्रजा बेचारी त्राहिमाम-त्राहिमाम

कर उठी कि हे भगवान, राजाजी कहीं आज नए शून्य या बड़े दशमलव का आविष्कार न कर बैठें?

तमाम तमाशेबाजी के बावजूद राजा को यह अहसास जरूर था कि सुशासन हेतु तमाशाई शैली की अपनी खूबी है तो खामी भी है। खूबी यह कि तमाशा दिखाने के बाद प्रजा मूल समस्या भूल जाती है, पर खामी यह कि हर बार नया तमाशा दिखाना पड़ता है।

पटरियों से दूर रहें

पटरियाँ बिछाने का एकमात्र उद्‌देश्य होता है, यात्रा का रास्ता और गन्तव्य तय कर दिया जाना।

पटरियों पर चढ़ा दिए जाने पर वहीं जाया जा सकता है, जहाँ ले जाने के लिए पटरियाँ बिछाई जाती हैं।

एक बार पटरियों पर चढ़ जाने के बाद निर्धारित रास्ते और गन्तव्य से बचने का कोई उपाय नहीं बचता। पटरियों वाला मार्ग कभी त्यागा भी नहीं जा सकता, क्योंकि पटरियाँ बिछाने वाला पटरी-वाहन को लोहे के चक्के लगा देता है, जो बिना पटरियों के चलना तो दूर, हिल ही नहीं सकते। यदि पटरियों पर चलने वाले का रेगिस्तान भ्रमण का मन है, लेकिन वहाँ जाने के लिए पटरियाँ नहीं हैं तो वह वहाँ कभी नहीं जा सकता।

हाँ, पटरियों पर चलने वाला बीच रास्ते ठहरना चाहे तो ठहर सकता है, लेकिन पटरियों ही पर। वह भी तभी तक जब तक आगे-पीछे वाले चाहें। आगे बढ़ना हो या पीछे लौटना, पटरियों पर चलना ही उसकी नियति होती है। पटरियों पर चलने वाले के लिए आगे बढ़ना और पीछे लौटना, दोनों एक-सा होता है।

जिधर जाना है, पटरियाँ उधर के लिए नहीं बिछाई जातीं, बल्कि पटरियाँ जिधर ले जाने के लिए बिछाई जाती हैं, उधर ही जाना पड़ता है।

पटरियों पर चलने वाला सुरंग से गुजरकर भी पहाड़ नहीं घूम सकता। उसके लिए पुल पार करते हुए नदी का स्पर्श असम्भव है। उसे उन्हीं दृश्यों

से सन्तुष्ट रहना पड़ता है, जो पटरियों के साथ-साथ दाएँ-बाएँ होते हैं, बल्कि दायाँ हिस्सा बाएँ दृश्य नहीं देख सकता और बायाँ हिस्सा दाएँ। पटरियों पर चलने वाले के लिए धरती उतनी ही बड़ी होती है, जितनी पर पटरियाँ बिछी होती हैं। वह समुद्र तभी देख सकता है जब वहाँ तक पटरियाँ जाती हों।

कुल मिलाकर पटरियों पर चलने का मतलब है, हदबन्दी।

पटरियों पर चलने वाले एक-दूसरे से जुड़े तो होते हैं, पर परस्पर जुड़ाव नहीं होता। आगे वाला सोचता है, पीछे वाले को मैं खींच रहा हूँ तो पीछे वाला सोचता है, आगे वाला मेरे धक्के से बढ़ रहा है। ड्राइवर मानता है कि सब मुझ पर निर्भर है तो गार्ड समझता है कि ड्राइवर सहित सब मेरे आज्ञापालक हैं, जबकि ड्राइवर और गार्ड खुद पटरियों से इतर नहीं चल सकते हैं।

पटरियों पर चलने वाले सिग्नल का आदेश मानने को बाध्य होते हैं। सिग्नल नहीं मिलने पर जंगल में भी खड़ा रहना पड़ता है और सिग्नल दे दिए जाने पर स्टेशन पर भी खड़े नहीं रह सकते।

एक बार पटरियों पर चढ़ा दिए जाने के बाद उतरने की रत्तीभर गुंजाइश नहीं बचती। टायर बाल भर भी फैलाओ-सिकोड़ो, तुरन्त ठोक-पीट कर पटरियों के अनुकूल कर दिए जाते हैं।

पटरियों पर चलने वालों को देखकर जो गर्व से कहते हैं कि वाह! क्या अनुशासन है। वे पटरियों पर चलें तो पता चले कि तथाकथित अनुशासन कितना भयावह बन्धन है कि ताउम्र चल कर भी सिर्फ उतना ही आया-जाया जा सकता है, जितनी पटरियाँ बिछी होती हैं।

पटरियों पर सवार कर दिए जाने पर औरों को लगता है कि इनकी जिन्दगी तो पटरी पर आ गई है, लेकिन भुगतभोगी जानते हैं कि अब पटरियाँ ही जिन्दगी हैं।

पटरियों पर चढ़े की गति ड्राइवर के हाथ होती है तो ड्राइवर की प्रगति गार्ड के। गार्ड सिग्नल का आदेश मानने को मजबूर होता है और सिग्नल वही देता-दिलवाता है जो पटरियाँ बिछाता-बिछवाता है।

शुभविवाह का व्हाट्सएप ग्रुप

(शुभविवाह के व्हाट्सएप ग्रुप में हुई सम्वादगिरी (चैटिंग) का कोई घण्टेभर का अंश प्रस्तुत है। ग्रुप एडमिन दूल्हा मनमोहन है।)

Manmohan created group 'manmohan VS pari'

मनमोहन—(अपनी शादी का कार्ड पोस्ट कर) मेली छादी में जुलूल-जुलूल आना।

बड़े मामाजी का बेटा—(कार्ड से मनमोहन-परी की फोटो कटपेस्ट) Waaaaw. cutest couple (ए वन प्रकटन वाले दो चिह्न)।

चाचू—(मनमोहन का लिखा कटपेस्ट) इसे इतराना समझें या पढ़ाई-लिखाई का निचोड़ (स्माइली)।

बड़े मामा जी—(मनमोहन के लिखे को कटपेस्ट करके) घोड़ी चढ़ने जा रहे हो, अब तो बचपना छोड़ो भांजे जी (स्माइली)।

मँझले मामाजी—(आँसू बहाती दो स्माइलियाँ) जिम्मेदारियाँ सारा बचपना झाड़ देंगीं। (अपनी शादी की घुड़चढ़ी और अपने दोनों बच्चों को कमर पर बिठा कर आँगन में घुटनों के बल घुड़सवारी कराते की दो तस्वीरें साथ पोस्ट कर) पुरुष घोड़ी पर बैठता है घण्टेभर और बनता है जिन्दगीभर (फिर आँसू बहाती दो स्माइलियाँ)।

छोटे मामाजी—हा हा हा हा (लॉफ्टर का स्टिकर)

जीजाजी—(कार्ड से दूल्हा-दुल्हन की फोटो कटपेस्ट) hamara sala

rajkumar h to pari aani hi thi (गुलदस्ता और थम्सअप)।

जीजाजी—h को hai पढ़ा जाए (क्षमा का चिह्न)

बुआजी का बेटा—शादी में नाश्ता-भोजन बिल्कुल नहीं रहेगा क्या (स्माइली)?

मनमोहन—(नाश्ता-भोजन का मेनू पोस्ट कर) क्यों नहीं रहेगा, भरपूर रहेगा। कई प्रकार के जायकों वाला रहेगा (गम्भीर स्माइली)।

बुआजी का बेटा—तो फिर कार्ड पर आमंत्रण की जगह निमंत्रण लिखना था ना भाई?

मनमोहन—ओह (भूल-गलती वाली दो स्माइलियाँ)

बुआजी का बेटा—'ओह' नहीं 'ओह!' होता है।

बुआजी का बेटा—निमंत्रण पत्र के प्रूफ किसने देखे थे? 'पीला चावल' में 'पीला' शब्द 'पिला' छपा हुआ है। पापाजी इस रस्म के बारे में कई बार पूछ चुके (पैग और स्माइली)।

मनमोहन—भैया हिन्दी अध्यापक हो तो आप जैसा proud feel. (गर्व का स्टिकर)।

बुआजी का बेटा—तुम्हारी पारखी नजर को सलाम (गर्व और विनम्रता के एक-एक चिह्न)।

मँझले मामाजी का बेटा—(कार्ड से मनमोहन-परी की फोटो कटपेस्ट) गुनगुनाते रास्तों की दिलकशी अपनी जगह और इस सबके दरम्यान शादी की गुदगुदी अपनी जगह। शादी में पक्का आ रहा हूँ।

मँझले मामाजी का बेटा—(यूट्यूब लिंक पोस्ट Radhe Tune Bansuri Churayi# Mohammad Rafi—Beti Bete 1964)

मनमोहन—वाह!

बुआजी का बेटा—वाह! वाह! अबकी 'वाह!' एकदम शुद्ध लिखा है।

मनमोहन—(गर्व वाली स्माइली)

मौसाजी—ब्याह की सूचना तो कार्ड छपने से पहले ही मिल गई थी, लेकिन तीन दिन पहले बाथरूम में गिर गया था। कूल्हों के दर्द में रिलीफ रही तो ही आना होगा। मनमोहन इस ग्रुप में अपनी मौसी को भी जोड़ लो।

मनमोहन—मौसाजी दीदी ने महिलाओं का ग्रुप अलग से बनाया है, मौसीजी उसमें जुड़ेंगी। (नर्तक का फोटो) आपसे ही रौनक रहेगी। जरूर-जरूर आना मौसाजी, मौसीजी को संग लेकर।

मौसाजी—अकेला तो मैं सब्जी खरीदने तक नहीं जाता बावले (सब्जी खरीदते हुए की पति-पत्नी की सेल्फी)।

मनमोहन—jhakaaaaaaasss. mausa ji waiting for more photos. (स्माइली)।

मौसाजी—बैंड कर लिया क्या?

मनमोहन—बैंड नहीं, डीजे किया है मौसाजी।

मौसाजी—(नर्तक-नर्तकी का स्टिकर) जोड़े से आ रहे हैं।

फूफाजी—मामाओं, भात में कितना क्या ला रहे हो?

बड़े मामाजी—आपने खुद अब तक कितनेक भात भर दिए जी? (स्माइली)

फूफाजी—आप तो तीन भाई हो और आपका यह पहला भात है। मैं तो अकेला आधा दर्जन भर चुका और हर भात के आगे नरसी का भात फीका लगता था।

मँझले मामाजी—आपकी सारी कुंडली है मेरे पास। खुद की शादी की फोटोग्राफी के साढ़े तीन सौ रुपये तो साढ़े तीन साल बाद चुकाए थे (एक आँख दबाती हुई स्माइली)।

फूफाजी—This message was deleted

Fufa ji left.

added Fufa ji

पापाजी—आप तो सब पधारो। बहनोई जी लेनदार हैं और तीनों साले देनदार (हाथ जोड़े के चार चिह्न और एक स्माइली)।

फूफाजी—(विक्ट्री के दो चिह्न)

फूफा जी—इस ग्रुप में अपनी बुआ को मत जोड़ लेना मनमोहन (क्षमा का चिह्न)।

मनमोहन—बेफिक्र रहो फूफा जी। वैसे भी महिलाओं के लिए दीदी ने

अलग ग्रुप बना लिया। बुआ जी वहाँ जोड़ी जाएँगी ससम्मान।

फूफाजी—(खाली पैग के आगे आधा दर्जन प्रश्नवाचक चिह्न)

(पाँच मिनट तक किसी की कोई प्रतिक्रिया नहीं) Fufa ji left.

added Fufa ji.

पापाजी—(विभिन्न ब्रांड की शराब की दर्जनभर बोतलों के फोटो) चीयर्स, सुस्वागतम, मोस्ट वेलकम।

फूफाजी—(चीयर्स का चिह्न) लड़की वालों के यहाँ बारात पहुँचने का समय 8 pm एकदम सही रखा है।

मामाजी—(एक आँख दबी दो स्माइलियाँ)

फूफाजी—This message was deleted.

Fufa ji left.

added Fufa ji.

छोटे मामाजी—भात लेकर आने वालों की संख्या कितनी तक रखें?

चाचू—यह इस पर निर्भर है कि माल-मत्ता कितना ला रहे हो? (स्माइली)

फूफाजी—(दर्जनभर तालियाँ और एक आँख दबाती स्माइली)।

मँझले मामाजी—This message was deleted.

फूफाजी—आतिशबाजी खूब करनी है। जनवासे से तोरण तक बारात की चढ़ाई धमाकेदार रहनी चाहिए। ठाँय-ठाँय (दुनाली बन्दूक के दो चिह्न)।

बड़े मामाजी—आपके बारात में रहते आतिशबाजी की अलग से कहाँ जरूरत पड़ेगी साहब (एक आँख दबाती स्माइली)।

फूफाजी—This message was deleted.

फूफाजी—This message was deleted.

Fufa ji left.

Fufa ji added.

भक्तों की अभद्रता और आराध्यों का मौन

हम दोनों के मध्य देशव्यापी असहिष्णुता को लेकर विमर्श चल रहा था। उसने आक्रोश व्यक्त किया, "भाजपाई विकास का एजेंडा कहकर आए थे, कुर्सी मिलते ही एजेंडे के विकास में लग गए। सवाल खड़े करो तो भक्तगण जूते निकालते हैं। तार्किक आलोचना पर भी ऐसे फटते हैं जैसे गोले हों।"

मैंने उसे समझाया, "ऐसे लोग गोले नहीं, ओले होते हैं। फसल की बर्बादी के लिए इन्हें गिरकर स्वयं का गलना तक स्वीकार रहता है।"

उसने खिन्नता प्रकट की, "असहमति के प्रति अशिष्टता करने पर क्या उनके आकाओं को उन्हें नहीं टोकना चाहिए?"

मैंने *रामचरितमानस* की अर्धाली से कार्यकर्ताओं के प्रति नेताओं का ऋण बोध उजागर किया-

रहति न प्रभु चित चूक किए की।
करत सुरति सय बार हिए की॥

(प्रभु के चित्त में अपने भक्तों की की हुई भूल-चूक याद नहीं रहती। वे उसे भूल जाते हैं और भक्तों की अच्छाई अर्थात् चुनाव के समय मिली हुई सेवाएँ सौ-सौ बार याद करते रहते हैं)

वह बोला, "ऐसा क्यों हो रहा है कि विरोध को शत्रुता समझा जा रहा है। अभिव्यक्ति पर ताले जड़ने की कोशिशें की जा रही हैं। यह लोकतंत्र है?"

मैंने कहा, "यह लोकतंत्र नहीं, परलोकतंत्र है। अब चुनावों में जनप्रतिनिधि

नहीं, आराध्य चुने जाने लगे हैं। और आराध्यों से कभी सवाल नहीं पूछे जा सकते। कोई सवाल पूछने का दुस्साहस करे भी तो भक्तों को खुली छूट होती है कि वे मन, वचन, कर्म से उससे सीधे निपटें।"

वह झुँझलाया, "विडम्बना है कि स्त्री को माँ व देवीस्वरूपा बताने वाले सोशल मीडिया पर स्त्रीविषयक अपशब्द कहते हैं। ऊपर से त्रासद यह कि अपने भक्तों की उद्दंडता पर उनके आराध्य बोलते तक नहीं?"

मैंने उसे सान्त्वना दी, "शास्त्र पढ़ो मित्र। आराध्य कभी बोलते नहीं हैं। हाँ, भक्तरंजन के लिए यदा-कदा आकाशवाणी कर, मन की बात कर लें, सो उनकी कृपा।"

उसने उदाहरण देकर आराध्यों की दायित्वहीनता पर चोट की, "स्वयं को दाँव पर लगाकर सत्य का समर्थन और असत्य का विरोध करने वाले विभीषण को रामभक्त तक 'घर का भेदी' कहते हैं। क्या मर्यादा पुरुषोत्तम को ऐसों को उनकी मर्यादा का भान नहीं करना चाहिए?"

मैंने उसे नीति और राजनीति का भेद समझाया, "बात तुम्हारी न्याय संगत होते हुए भी तर्क संगत नहीं है। तंत्र बहुमत से चलता है। एक विभीषण के बदले अनेक वानरों-भालुओं से पंगा लेकर कोई कब तक सिंहासनारूढ़ रह सकता है?"

वह झल्लाया, "तो क्या भक्तों का विरोधियों के प्रति दुर्व्यवहार और उनके आराध्यों की चुप्पी यथावत रहेगी?"

मैंने वार्तालाप का पटाक्षेप किया, "जब कोई एक बार किसी को अपना आराध्य मानकर उसका भक्त बन जाता है तो उसका तन-मन उसका अपना कहाँ रह जाता है? भक्त के हाथ आराध्य के आगे जुड़ने के लिए, पाँव उसकी परिक्रमा के लिए, नेत्र उसके दर्शन के लिए, कान उसकी महिमा श्रवण के लिए और जीभ हर घड़ी उसका नाम जपने के लिए रह जाते हैं।

और जब भक्त इतना समर्पित हो तो आराध्य की स्वत: नैतिक जिम्मेदारी बन जाती है कि हजारों ऐबों के बावजूद वह भक्त का संरक्षण करे। दुर्ग के कपाट तीखे-जहरीले कीलों को इसीलिए तो अपने तन पर स्नेहपूर्वक आमूलचूल धारे रहते हैं कि वे उनको छूने-खोलने वालों का भंजन करते रहें।"

थ्रस्टी क्रो की असली स्टोरी

देवलोक में मोती उद्योग जब नई आर्थिक नीतियों की वजह से भयंकर महँगाई की चपेट में आ गया तो विवश हो सरस्वती को अधिक मोती खा, कम माइलेज देने वाले अपने हंस को हटाना पड़ा। जिसे वीआरएस प्रचारित किया गया। सत्य भी है, जब ईंधन के भाव रोज आकाश छू रहे हों, ऐसे में ज्यादा मोतियों की खपत के बदले कम एवरेज वाला हंस सरस्वती तो क्या, स्वयं ब्रह्मा भी अफोर्ड नहीं कर सकते।

यों अचानक की सेवामुक्ति और बेकारी से हिले हुए हंस ने मृत्युलोक में आकर 'नीर क्षीर विवेक' वाला अपना परम्परागत काम शुरू किया। किन्तु न्यायिक प्रक्रिया से जुड़े लोगों और दूधियों की लॉबिंग के चलते, बेचारे को काम की श्री के साथ ही इति करनी पड़ी।

चूँकि 'जिसकी खाये बाजरी, उसकी बजाये हाजरी' सिद्धान्त के अनुरूप हंस को सरस्वती वन्दना ऑलरेडी आती ही थी तथा मोती खाना छूटने पर वह व्यवस्था विरोधी व्यंग्य भी कहने लगा था। सो, उसने काव्य रचना और काव्य पाठ प्रारम्भ किया। शनैः-शनैः अपने काव्य पाठ द्वारा उसने अपना एक श्रोता वर्ग तैयार कर लिया। वह नाम और दाम दोनों कमाने लगा। सारांश यह कि वह काव्यमंच के ढलवाँ रास्ते पर चलकर हंस से हंस जी हो गया।

पाठक इसे कथा का भटकाव न समझें। यह तो आधुनिक हिन्दी कहानी का बाँकपन है, जिसके अनुसार कौए की कथा कहनी हो तो हंस की भूमिका बाँधनी पड़ती है।

हंस के पड़ोस में एक काला स्याह कौआ निवास करता था। वह जितना काला स्याह तन से था, उतना ही मन से था। धूर्तता को इतनी सफाई से मैनेज करता कि सब चतुराई समझते। पीठ थप-थपाकर टँगड़ी मारने में माहिर। भला चाहकर नुकसान कर देने वाला। मैत्री की ओट में सामने वाले की हथेलियों की रेखाएँ मिटा देने का भाव लिये हाथ मिलाने में पारंगत। जो शरण दे, उसी को शरणार्थी बनाकर छोड़े। उसकी उड़ान इतनी कपट भरी होती थी कि ग्लोब घुमाकर कह देता कि पृथ्वी का चक्कर काट आया हूँ। यहाँ-वहाँ से उठाए माल को अपना सिद्ध कर देने वाला पांडित्य। ऑटोग्राफ-भर लिखने वाले लेखक-सा ।

कवि कर्म द्वारा हंस को धन और यश दोनों कमाता देख, कौआ भी हंस की चाल चल पड़ा, अर्थात् कवियाने लगा।

श्रोता जब एक काग के मुख से अनाचार, रिश्ते, संस्कार, मूल्यहीनता जैसे गम्भीर विषयों पर अटपटी अदाओं से चटपटी काँव-काँव सुनते तो हँसते-हँसते लोट-पोट हो जाते। उसने तिकड़म भिड़ाकर मीडिया की बैसाखियाँ पकड़ीं और अपनी तमाम अपंगताओं के बावजूद दौड़ में हंस पर बढ़त बना ली। आत्ममुग्ध कौए का आत्मविश्वास बढ़ता चला गया। बहुत खूब! वाह-वाह! क्या बात है! श्रोताओं को हँसने से मतलब था और कौए को जमने से। उसका पारिश्रमिक और कार्यक्रमों की संख्या सतत् बढ़ने लगे। कौआ एक ऐसा ब्रांड बन गया कि काव्य मंचों का गणित और काव्य की भाषा-परिभाषा सब बदल गए।

उधर कौए की हरकतों को अनदेखा कर, हंस ने अपने काम से काम रखा।

कुपात्र को वांछित भौतिक संसाधन अनायास मिलते चले जाएँ तो वह उग्र महत्त्वाकांक्षी हो उठता है। कौए की महत्त्वाकांक्षाएँ उग्र हो उठीं, किन्तु बाजार पर पूरी पकड़ के मार्ग में हंस का गहरा ज्ञान, मौलिक कृतित्व और सादा व्यक्तित्व उसके लिए सबसे बड़ी बाधा थे। येन-केन-प्रकारेण प्रसिद्धि तो उसने बटोर ली थी, लेकिन प्रतिष्ठा अब भी हंस के पास थी। उसे काव्य मंचों पर हंस की क्षणिक उपस्थिति भी खटकने लगी। वह इसी उधेड़-बुन में

रहने लगा कि हंस कैसे निपटे? उपेक्षा और निन्दा जैसे हथियार कारगर न होते देख, कौआ हंस की हत्या की योजना में जुट गया। उसने हंस की प्रत्येक गतिविधि पर नजर रखना और पीछा करना शुरू कर दिया।

भीषण गर्मी में एक दिवस हंस जंगल में भटक गया। उसे जोरों की प्यास लगी। काफी खोज-बीन के पश्चात् उसे एक घड़ा दिखाई दिया। किन्तु उसमें पानी बहुत कम था। चोंच से मोती उठाने का अनुभव उसके काम आया। पास ही एक कंकरों का ढेर था। हंस मोती की साइज वाला एक-एक कंकर ला-लाकर घड़े में सावधानीपूर्वक डालने लगा। थोड़े समय में घड़े में पानी का स्तर तो ऊँचा उठ गया, किन्तु गर्मी और थकान से चूर हंस में तुरन्त पानी पीने की ताब न बची। वह पुनः शक्ति संचरण का विश्वास लिये, घड़े के पास ही निढाल हो, धूप में ही सुस्ताने लगा।

अरसे से कौआ हंस का पीछा कर ही रहा था, सो वह भी वहीं आ गया। कौए ने घड़े के शीर्ष पर बैठ, मरणासन्न हंस को देखा। फिर घड़े को देखा। उसने मिनटभर में घड़े की अवस्था और हंस की दुरावस्था को कई-कई बार देखा। कौआ कौएपन पर उतर आया। हंस द्वारा कंकर डाले जाने से घड़े में पानी का स्तर कौए की धूर्तता के स्तर तक उठ ही चुका था। उसने पहले तो छक कर पानी पिया। फिर अपनी मनोकामना को मूर्त रूप देने में जुट गया। कौए ने उसी ढेरी से एक मोटा कंकर अपनी चोंच से उठाकर घड़े में इतनी ऊँचाई से पटका कि घड़े के पेंदे में छेद हो गया। लाचार हंस सब देखता रहा। जब घड़े से सम्पूर्ण जल बह चुका और धरती ने सोख लिया, तब मिशन की पूर्ण सफलता से आश्वस्त हो, हंस के ऊपर से उड़ान भरता हुआ कौआ, यह जा-वह जा।

अचानक काली घटाएँ घुमड़ीं और झूमकर बरसीं। जीवन की आशा छोड़ चुके हंस ने न सिर्फ प्यास बुझाई, बल्कि नहाया भी।

नैतिक शिक्षा—बाजारवादी दौर में हंसों को सिर्फ अपने गहरे ज्ञान, मौलिक कृतित्व और सादा व्यक्तित्व के भरोसे ही न रहकर, कौओं की धूर्तताओं से भी सतर्क रहना चाहिए।

सवाल से उपजे कई सवाल

टकसालिए और ढलाईबाज जानते हैं कि जिस रूप-आकार की मूर्तियाँ चाहिएँ, साँचे वैसे ही बनाओ।

पाँचवीं कक्षा में पढ़ रही बिटिया गणित की परीक्षा देकर लौटी। उसने प्रश्नपत्र दिखाते हुए कहा कि वह यह वाला प्रश्न छोड़ आई है। सवाल था कि आँधी से खम्भे का 2 मी. 45 से.मी. ऊपरी भाग टूट गया। गड़े रह गए शेष खम्भे की ऊँचाई 3 मी. 55 से.मी. है। टूटने से पूर्व खम्भे की कुल ऊँचाई कितनी थी?

हालाँकि, गणित मुझे आज भी इतनी भर ही आती है कि छन्दों की मात्राएँ गिनकर दोष निकाल सकूँ, बशर्ते छन्द औरों के हों। दो का पहाड़ा भी मेरे लिए सदैव पहाड़ रहा है। मुझसे जब भी सम संख्या की परिभाषा पूछी गई है, मैं घोर विषम स्थिति में फँसा हूँ। तो भी मैंने महान गणितज्ञ की भाँति कहा, "छोड़ा क्यों? प्रश्न साधारण ही तो था। आँधी से टूटकर गिरे हुए टुकड़े की लम्बाई और गड़े रह गए शेष खम्भे की ऊँचाई का योग कर देना था। उत्तर निकल आता?"

वह बोली, "पिताश्री सवाल उतना आसान है नहीं जितना आसान आप समझ रहे हैं। प्रश्नपत्र वर्ष भर पूर्व भी आउट कर दिया जाए तो हम बच्चों को तो छोड़ो, हल करने बैठें तो बड़े से बड़ा गणितज्ञ भी हनुमान चालीसा दोहराने लगे। जिस देश में सदियों से कुतुबमीनार खड़ी है, वहाँ एक खम्भा आँधी से

टूटकर दो टुकड़े हो गया? यह हल का नहीं, जाँच का विषय है।"

सुनते ही, एक नन्हे से लगने वाले सवाल से कई बड़े सवाल पैदा होते चले गए। सवाल की भाषा और लक्ष्य पर गौर किया तो उस भूल-भुलैया में खोता चला गया, जिसमें कि जिसे निकास द्वार समझकर घुसो, वह किसी अन्य खाने का प्रवेश द्वार होता है। माना कि सम्पूर्ण गणित का छप्पर जोड़, बाकी, गुणा, भाग के चार खम्भों पर टिका है, किन्तु इस सवाल की आँधी के आगे तो ये चारों खम्भे ही टुकड़े-टुकड़े हो गए।

सोचा, जिस मिलावटी या कमजोर खम्भे से जिन बच्चों का कोई वास्ता नहीं, उसे सवाल बनाकर उनसे क्यों जुड़वाया जा रहा है? सिर्फ इसलिए कि शैशव को भ्रष्टाचार का अभ्यासी बना दो, ताकि भविष्य में जब भी भ्रष्टाचार का कोई मामला दिखे, वह बजाय उसके प्रतिरोध के उसकी अनदेखी या जोड़-बाकी में लग जाए। आज के बच्चे कल के नागरिक होंगे ही। भ्रष्टाचार की आँधी से खम्भे टूटेंगे ही। तब वे तटस्थ रहेंगे कि भ्रष्टाचार-व्रष्टाचार व्यर्थ की बातें हैं। आँधी से खम्भे टूटते ही रहते हैं। हम यह सब पाँचवीं कक्षा में ही पढ़ चुके हैं।

मैं खम्भे वाले सवाल में धँसता चला गया। खम्भा बिजली का था या टेलीफोन का, अथवा *गीता* के निष्काम भाव से गाड़ा गया था? क्या खम्भे पर तार भी थे या वह बेतार ही था? यदि तार भी थे तो खम्भा टूटने के बाद उन तारों का क्या हुआ? खम्भा अकेला ही था या और भी खम्भे गड़े थे? यदि खम्भे और भी गड़े थे तो वे आँधी से क्यों नहीं टूटे? कई खम्भों में आँधी ने सिर्फ इसी खम्भे को टारगेट क्यों बनाया?

खम्भा जंगल में था या बस्ती में? जंगल में था तो कहीं किसी ने कमीशन के चक्कर में तो नहीं गड़वा दिया था? क्योंकि नेता, अफसर अकसर ऐसा करते रहते हैं। खम्भा बस्ती में था तो क्या उसके आँधी के टूटने पर जन हानि हुई? और यदि खम्भा टूटने के बावजूद जन हानि नहीं हुई तो फिर उसे बस्ती में गाड़ा ही क्यों गया?

एक शंका यह भी उठती है कि आँधी से खम्भा उखड़ सकता है, मुड़ सकता है, किन्तु टूट नहीं सकता। कहीं ऐसा तो नहीं कि गाड़ने वाले ने लकड़ी

की बल्ली गाड़ दी हो और रिकॉर्ड में खम्भा लिख दिया हो? क्योंकि सरकारी कामकाज में ऐसी 'लापरवाही' होती रहती है कि सफेद कागज पर पेंसिल से काली लकीर खींची और रिकॉर्ड में सड़क निर्माण दर्ज कर दिया। आरी का बजट डकारकर फनर की खरीदी रुटीन का सत्य है।

जिस परीक्षक के पास खड़े और टूटकर पड़े टुकड़ों का माप मौजूद था, आखिर वह भी तो खम्भे की कुल लम्बाई ज्ञात कर सकता था? और यदि नहीं ज्ञात कर सकता था तो फिर ऐसे अज्ञानी को किसने और क्यों परीक्षक बना दिया? क्या वह अब भी अपने पद पर है और मुफ्त की तनख्वाह उठा रहा है? क्यों नहीं उसे हटाकर किसी योग्य को परीक्षक बनाया जाए? एक अज्ञानी परीक्षक को अपदस्थ न करने के पीछे प्रशासकों की क्या मंशा और लाचारी है? कहीं सरकार ने ही तो परीक्षकों को आदेश नहीं दे रखा है कि सवालों की भाषा-शैली ऐसी चमत्कारी बनाओ कि सरकार कुछ भी करे, कोई उसके कामकाज को लेकर सवाल न करे?

मैं, जिसने कि अपने स्कूली समय के दौरान स्वयं अपनी गणित की किताबें खोलकर नहीं देखी थीं, बिटिया से उसकी गणित की किताब मँगाकर देखी। तुरन्त सारी 'गणित' मेरी समझ में आ गई। सभी सवालों की भाषा सत्ता और बाजार द्वारा निर्देशित थी। त्रिज्या, व्यास, क्षेत्रफल, परिधि, कोण, भुज, लाभ-हानि, ब्याज, औसत, प्रतिशत वगैरह की शब्दावली फाइनेंसरों और शेयर मार्केटियों द्वारा गढ़ी हुई थी।

शैक्षिक पाठ्यक्रम और उनकी भाषा-शैली से न सिर्फ भविष्य के नागरिक तय होते हैं, बल्कि नागरिकों का भविष्य भी तय होता है। सवाल हो—मान लो, आपने किसी से दस हजार रुपये बारह प्रतिशत की ब्याज दर से उधार लिए। दो वर्ष पश्चात आप उसे ब्याज रूप में कितनी राशि चुकाओगे?

अब उपरोक्त सवाल को यों पूछा जाए—मान लो, किसी ने आपसे दस हजार रुपये बारह प्रतिशत की दर से उधार लिए। दो वर्ष पश्चात उससे आप को ब्याज के रूप में कितनी राशि प्राप्त होगी?

जब 'आप उसे ब्याज के रूप में कितनी राशि चुकाओगे' वाली भाषा होगी तो सवाल हल करने वाला जीवन में ऋण लेने से बचेगा। बचत का

महत्त्व समझेगा। जितनी चादर होगी, उतने ही पैर पसारेगा। और यदि प्रश्न की भाषा 'उससे आप को ब्याज के रूप में कितनी राशि प्राप्त होगी' हुई तो वह विद्यार्थीकाल से ही जान जाएगा कि भरपूर कमाई का आसान तरीका है कि पैसे से पैसा खींचो। एक दिन वह फाइनेंस और ब्याज-बट्टे के धन्धे में कूदेगा।

अमरीकी कांग्रेस में सम्पत सरल का भाषण

बहनो और भाइयो!

माननीय अध्यक्ष जी और सम्मानित सदस्यगण।

इस वाचाल समय में जब मनुष्य अपनी ही आत्मा की आवाज नहीं सुनना चाहता, आप मुझे सुन रहे हैं, यह विश्वशक्ति की ओर से विश्वगुरु का सम्मान है। यह ग्लोबलाइजेशन की ओर से वसुधैव कुटम्बकम् का अभिवादन है। यह सुपर सोनिक की ओर से पुष्पक विमान को दंडवत है। यह वाट्सएप की ओर से मेघदूत को बधाई सन्देश है। यह गूगल की ओर से वेद-उपनिषद का आराधन है। यह ड्रोन मिसाइल की ओर से अग्निबाण को साष्टांग है। यह हाइड्रोजन बम की ओर से ब्रह्मास्त्र को नमन है। यह फेसबुक की ओर से भारतीय वाङ्मय की प्रशस्ति है। यह माइक्रोसॉफ्ट की ओर से जुगाड़ टेक्नोलॉजी का आभार है।

चूँकि अमरीका एकाग्रता, सम्मान और तालियों के साथ सिर्फ अपने ग्राहकों को ही सुनता है। अतः मुझे बताते हुए गर्व है और आपको सुनते हुए हर्ष होगा कि भारत आज एक सौ पच्चीस करोड़ नागरिकों का देश नहीं, अपितु एक सौ पच्चीस करोड़ ग्राहकों का देश है।

आप विश्व के महान लोकतंत्र हैं। हम विश्व के बड़े लोकतंत्र हैं। दोनों हाथ मिलाने से धुलते हैं। धुलते हैं कि नहीं धुलते हैं? बहनो और भाइयो धुलते हैं कि नहीं धुलते हैं? आपके मार्टिन लूथर किंग ने हमारे महात्मा गांधी से

अहिंसा का सिद्धान्त लिया था। ऐसे में हमारी भी जिम्मेदारी बनती है कि हम आपसे हथियार खरीदकर आपको हुए नुकसान की भरपाई करते रहें।

प्रभु जी तुम चन्दन हम पानी। आपका और हमारा तमस से ज्योतिर्मय होने का पैटर्न भी समकालीन और एक-सा रहा है। हमें एक-दूसरे के लिए किसी तीसरे ने ढूँढ़ा है। जब भारत के लिए कोलम्बस ने अमरीका की खोज की थी, तभी अमरीका के लिए वास्को डी गामा ने भारत की खोज की थी। हम साथ-साथ बढ़े-भटके हैं। यह अलग बात है कि बढ़े आप हैं और भटके हम हैं।

आपकी जिम्मेदारी है कि आप करने के लिए हम से योग लें, क्योंकि हम भी तो योग (टोटल) करने के लिए आप से कम्प्यूटर और कैलकुलेटर ले रहे हैं। आपके लिए हमारी ओर से एक शानदार ऑफर और है। आज की भागती-दौड़ती जिन्दगी में तो स्वयं पतंजलि भी नियमित योग करने के लिए समय नहीं निकाल सकते थे। अत: हम चाहते हैं कि अमरीकी कंपनियाँ भारत में निवेश कर, ऐसे उद्योग लगाएँ जहाँ योग पीड़ितों के लिए योगा कैप्सूल, योगा टेबलेट, योगा सिरप, योगा इंजेक्शन, योगा ड्रिप आदि तैयार किए जा सकें। यही हमारी मेक इन इंडिया स्कीम है।

भारत की अपनी एक महान संस्कृति है जिस पर हमें गर्व है। हमारी जिन बातों को दुनिया हमारी कमजोरी समझती है, असल में वे ही हमारी ताकत हैं। आपके यहाँ बिजली जितनी सी देर जाती है, हमारे यहाँ उतनी सी देर आती है। भारत में बिजली की कमी से जनरेटर उद्योग को भारी सम्बल मिलता है। जैसे ही बिजली जाती है, स्वत: जनरेटर स्टार्ट हो जाता है। और यही तो मेरा 'स्टार्टअप इंडिया' है।

मेरा देश बदल रहा है। आगे बढ़ रहा है। बदल रहा है कि नहीं बदल रहा है? बहनो और भाइयो बढ़ रहा है कि नहीं बढ़ रहा है?

आतंक से पीड़ित मानवता को अमरीका और भारत ही मिलकर शान्ति की राह दिखा सकते हैं। हमारे पड़ोस में तो आतंक का गढ़ है। नाम क्या लेना आप स्वयं जानते हैं। दाई से पेट थोड़े छिपा है। भले हमारा पड़ोसी कितना ही परमाणु शक्ति सम्पन्न होने का दिखावा करे, शायद उसे हमारी शक्ति का सही

से अन्दाजा नहीं है। उसकी जितनी कुल जनसंख्या है, उससे दो गुना लोग तो हमारे यहाँ हर समय सोशल मीडिया पर चैटिंग करते रहते हैं।

भारत ही क्या, पूरी दुनिया अमरीकी अर्थशास्त्र का लोहा मानती है। आपकी ऋणनीति के आगे आपके विरोधियों की हर रणनीति ने पानी भरा है।

अन्तिम बात कहकर अपनी वाणी को विराम दूँगा। अमरीका सुपर पावर है और भारत सुपर बाजार। आपका और हमारा सम्बन्ध कलम और स्याही वाला है। जितना यह सच है कि आपका साथ न मिलने पर हम दवात में भरे रहेंगे। उतना ही यह भी सच है कि हमारा साथ न मिलने पर आप भी जेब में धरे रहेंगे। अत: थोड़े कहे को ज्यादा समझें। अर्थात् मिले सुर मेरा तुम्हारा तो सुर बने हमारा।

हाँ, मैंने नोट किया है कि मेरे सम्मान में आपने नौ बार खड़े होकर और चौबीस बार बैठे-बैठे तालियाँ बजाई हैं। बजाई हैं कि नहीं बजाई हैं? बहनो और भाइयो बजाई हैं कि नहीं बजाई हैं? यदि समापन पर एक बार और घनघोर तालियाँ नहीं बजाईं तो मैं इसी भाषण को दुबारा शुरू कर दूँगा।

पुन: आभार आप सबका। जय अमरीका, जय भारत।

विशेष—मेरे भक्तों का कर्तव्य है कि अमरीकी कांग्रेस में दिए मेरे उपर्युक्त भाषण की तुलना अमरीका में सर्वधर्म सम्मलेन में दिए स्वामी विवेकानन्द के भाषण से करते हुए मुझे उनके समकक्ष प्रतिष्ठित करें, क्योंकि एक तो हम दोनों ने अपने-अपने भाषण की शुरुआत 'बहनो और भाइयो' के सम्बोधन से की। दूसरा, स्वामी विवेकानन्द के भाषण का विषय 'शून्य' था और मेरे भाषण का परिणाम 'शून्य' है।

लो, मिमिक्री भी अपराध हो गई

मस्तिष्क क्या संकीर्ण हुए, सारी संकीर्णताएँ सतह पर आ गईं।

एक हास्य कलाकार ने सन्त राम रहीम के सिनेमाई स्वरूप की मिमिक्री कर दी और बेचारा पुलिस द्वारा गिरफ्तार कर लिया गया।

बड़ा तंग दौर आ गया। भांडों, नक्कालों और बहुरूपियों की दीर्घ परम्परा वाले देश में सामान्य मिमिक्री अपराध हो गई!

मिमिक्री अभिनय है। यदि सन्त 'सन्ताई' का अभिनय कर सकते हैं तो अन्य व्यक्ति सन्तों का अभिनय क्यों नहीं कर सकते? समझ से परे है।

सन्त तो स्थितप्रज्ञ होता है। जो सामान्य मनुष्य की भाँति अपनी निन्दा-स्तुति का नियमित लेखा-जोखा रखे, वह तो संसारी हुआ, सन्त कैसे हुआ?

ढाबों-होटलों में अनगिन लाचार बच्चे चाय बेच रहे हैं! भय है कि कहीं उन पर यह आरोप न जड़ दिया जाए कि कमबख्त बचपन में चाय बेच-बेचकर हमारे माननीय प्रधानमंत्री श्री नरेन्द्र मोदी की मिमिक्री कर रहे हैं? परिवारों में उपेक्षित वृद्धों को भाजपा के मार्गदर्शक मंडल की मिमिक्री का दोषी न ठहरा दिया जाए? आशंका है नाटकों, धारावाहिकों, फिल्मों में अदालती कार्यवाही के दृश्य न्यायिक प्रक्रिया की मिमिक्री न मान लिये जाएँ। स्कूली बालसभाओं में जूतम-पैजार कर लिये जाने पर विद्यार्थी कहीं संसद-विधानसभाओं की मिमिक्री के अपराधी ठहराकर गिरफ्तार न कर लिये जाएँ? देशी प्रतिभाओं की अवहेलना कर, मेक इन इंडिया का लोगो विदेश में बनवाया गया है।

कहीं अपनी सरकार अपनी ही सरकार होने की मिमिक्री तो नहीं कर रही है?

किसी की मिमिक्री होना उसके महत्त्वपूर्ण होने का प्रमाण है। वे भाग्यशाली होते हैं जो मिमिक्री के पात्र बनते हैं। अन्यथा हम सब ने ऐसे युगपुरुष देखे ही हैं जो अपने ज्वारकाल में करोड़ों की करबद्ध भीड़ से घिरे रहे और भाटा आने के बाद बेचारे मिमिक्री के लायक भी नहीं समझे गए।

यदि किसी को अपनी मिमिक्री बुरी लगती ही है तो उसे अपने आचरण से कुछ ऐसा करना चाहिए कि लोग उसकी मिमिक्री करने के बजाय उस जैसा बनना शुरू कर दें।

वस्तुतः दर्पण दिखाए जाने पर वे ही बिदकते हैं जिनके चेहरों पर कलुष लगा हो। मिमिक्री हंस की, कौए की, बगुले की अर्थात् सबकी होती आई है, किन्तु अखरती सिर्फ बगुलों को है। क्यों? क्योंकि बगुला जैसा दिखता है, वैसा होता नहीं है—

तन उजरा मन गादला, बगुला जैसा भेक।
ऐसे से कागा भले, बाहर भीतर एक॥

आश्चर्य की बात है कि पूरे घटनाक्रम को लेकर केन्द्र और राज्य की भाजपा सरकारें 'सन्त' के चरणों में नतमस्तक रहीं।

किसी शासक की महानता का मूल्यांकन इससे नहीं होता कि उसने ताकत के बल पर कितना स्पेस घेरे रखा, बल्कि इससे होता है कि उसके शासन काल में आलोचना और हास्य-व्यंग्य के लिए कितना स्पेस था। अकबर के नाम के साथ 'महान' विशेषण इसीलिए भी लगाया जाता है कि उसके नवरत्नों में एक बीरबल भी था।

सोशल मीडिया क्रान्ति : एक लघु निबन्ध

प्रस्तावना

सोशल मीडिया से तात्पर्य फेसबुक, ट्विटर, व्हाट्सएप, यू-ट्यूब, स्काइप, इंस्टाग्राम, ब्लॉग, लिंक्डइन आदि-आदि के उस ई-प्लेटफॉर्म से है जहाँ अकेले या एकाधिक इंटरनेटधारी दृश्य अथवा अदृश्य रूप से जुड़कर निरर्थक क्रिया-कलापों से भी जीवन को सार्थक बनाए रखते हैं।

'सोशल मीडिया' शब्द अंग्रेजी के 'सोशल' और 'मीडिया' दो शब्दों के योग से बना है। जिसका हिन्दी अर्थ है 'सामाजिक माध्यम।' यों तो मनुष्य अक्ल की उत्पत्ति काल से ही सामाजिक प्राणी होने का अभिनय करता रहा है, किन्तु वर्तमान में जो सामाजिक प्राणी सोशल मीडिया का सदुपयोग नहीं करता उसे वन्य-प्राणी माना जाता है।

सोशल मीडिया का महत्त्व

सोशल मीडिया अपनाकर मनुष्य घर बैठे भी आवारागर्दी कर सकता है। मुफ्त की सलाह और अर्धज्ञान के आदान-प्रदान जैसे खुदरा काम को थोक में परिवर्तित करके सोशल मीडिया ने सामाजिक हित में बड़ा काम कर डाला है। बासी लतीफा सेंड करके बदले में रेडीमेड स्माइली रिसीव करने जैसी फास्टेस्ट लॉफ्टरदायक सेवा सोशल मीडिया ने ही सम्भव की है। सोशल

मीडिया की वजह से बेरोजगारी पूरी तरह खत्म हो ही चुकी है, क्योंकि हर हाथ को काम मिल चुका है।

सोशल मीडिया की रेंज इतनी व्यापक है कि हम सात समन्दर पार तक कि सूचनाओं और अफवाहों से अपडेट रहते हैं, भले ही पड़ोस में हुई चोरी का पता अगले दिन अखबारों से लगे।

सोशल मीडिया की बदौलत मूक बोलने लगे हैं, बधिरों को सुनने लगा है और पंगु गिरी लाँघ रहे हैं। दिग्गज लेखक तक बुक पढ़ने-लिखने के बजाय फेसबुक पढ़-लिख रहे हैं।

वानप्रस्थी हो चुके दम्पती स्मरण करें अपने लजीले और कशमकश भरे दिन-रात। जब बेचारे संयुक्त परिवार में एकान्त तलाशते सिनेमा के विरह गीत गुनगुनाने को विवश रहते थे। भला हो सोशल मीडिया का जिसकी कृपा से आज पति-पत्नी एक ही बिस्तर पर लेटकर भी एक-दूसरे को पीठ दे, अपने-अपने चाहने वालों से चैटिंगरत रह पा रहे हैं।

मैं तो सोशल मीडिया का लोहा उस दिन मान गया जब एक सज्जन ने यू-ट्यूब पर मेरी कविसम्मेलनीय प्रस्तुति की एक ही क्लिप को साल में सौवीं बार सुना और मय गाली-गलौज कमेंट लिखा कि लानत है सम्पत सरल को। रचना तो छोड़ो, नालायक ने सालभर से कपड़े तक नहीं बदले।

सोशल मीडिया भाषाओं की भी अद्‌भुत सेवा कर रहा है। YOU को U लिखकर न सिर्फ़ लेखक स्पेस बचा लेता है, बल्कि पाठक का समय भी बचाता है। मैंने अपना नाम लिखा—सम्पत सरल। गूगल ने झट अंग्रेजी अनुवाद किया—Sampat Simple, वाह! सोशल मीडिया ने सब कुछ कितना सरल सिम्पल कर डाला है।

सोशल मीडिया भ्रान्ति नहीं, क्रान्ति है—

सोशल मीडिया भ्रान्ति नहीं, क्रान्ति है। हरित-श्वेत क्रान्तियों से भी रंगारंग क्रान्ति।

सोशल मीडिया द्वारा अखिल विश्व के प्रत्येक मनुष्य से जुड़ने की इच्छा रखने वाला व्यक्ति भी बस-ट्रेन-हवाई जहाज में यात्रा के दौरान स्वयं

की सीट के अतिरिक्त सभी सीटें खाली देखना चाहता है। क्या यह भ्रान्ति है? क्या यह क्रान्ति नहीं है?

इकसठ वर्षीय पुरुष सोलह वर्षीय किशोरी बन, फेसबुक पर भरी दुपहरी में गुड-नाइट लिख देता है और हजारों दीवाने रात-रातभर जाग-जागकर लाइक और कमेंट करते रहते हैं। सोचिए, कितनी बड़ी क्रान्ति है?

सोशल मीडिया के कारण से रूप-यौवन, बनाव-सिंगार आइनों के मोहताज नहीं रहे। सेल्फी अर्थात स्वयं खींचित फोटो दर फोटो सोशल साइट्स पर अपलोड करो। दर्शक मुग्ध, खुद आत्ममुग्ध। मैंने कई रूपसियों के फोटो सोशल मीडिया में देखे। मेरी दशा वही हुई जैसी दर्पण में पद्मिनी का चेहरा देखकर अलाउद्दीन खिलजी की हुई थी। यह अलग बात है कि प्रत्यक्ष दर्शन हुए तो जिन्हें मैं पद्मिनियाँ समझता रहा, वे अलाउद्दीन खिलजी निकलीं। यदि यह भी क्रान्ति नहीं है तो फिर क्रान्ति किसे कहते हैं?

भीख माँगते, कचरा बीनते, जूठन खाते व्यवस्था के मारों की तस्वीरें खींचकर भद्रजन सोशल मीडिया द्वारा प्रचारित-प्रसारित करते हैं और इस खटकर्म को ही उनकी असली मदद भी मानते हैं। मजबूरी के वे दृश्य इतने आकर्षक होते हैं कि दर्शक के श्रीमुख से 'आह' की जगह 'अहा' निकलता है। तस्वीरों से जितनी अधिक लाचारी झरती है, प्रस्तुतकर्त्ता को उतने अधिक लाइक, कमेंट और शेयर मिलते हैं। वह छा जाता है। औरों के घाव दिखाकर अपनी पीठ ठुकवाना क्रान्ति नहीं तो क्या है?

सोशल मीडया की सुविधा लेने को मनुष्य ही नहीं, देवी-देवता भी लालायित रहने लगे हैं। एक समय था जब श्रद्धालु किसी देवी-देवता की कृपा हेतु उसके महिमामंडित सोलह पोस्टकार्ड लिख, प्रत्येक पाने वाले से वैसे ही और सोलह-सोलह पोस्टकार्ड लिखकर प्रेषित करने का डरावना आग्रह करते थे। सोशल मीडिया ने उस फूँक को आँधी में बदल दिया है। अब अपनी समस्या से सम्बन्धित विभाग का देवी-देवता गूगल से डाउनलोड करो और मनोकामना लिखकर सोशल मीडिया पर अपलोड कर दो। पलक झपकते ही वायरल। एक-आध घंटे में तो अपना पोस्ट किया हुआ देवी-देवता बदली हुई मनोकामना के साथ अपने ही पास लौट आता है। बिना पोस्टऑफिस गए,

बिना पोस्टबॉक्स में डाले श्रद्धा-भक्ति पोस्ट कर सकना क्या क्रान्ति नहीं है?

सोशल मीडिया की उत्पत्ति से पूर्व देवी-देवताओं का आशीर्वाद पाना कितना कड़ा तप था, सोचकर ही देवी-देवता याद आने लगते हैं।

पोस्टऑफिस जाना। एकमुश्त सोलह पोस्टकार्डों की खरीदी। किसी वार-घटी में ही लिखने और पोस्ट करने की पाबन्दी। सम्पूर्ण कार्य इस अतिरिक्त सावधानी के साथ और करना कि किसी पोस्टकार्ड का कोना-वोना खंडित न हो जाए। अन्यथा देवी-देवताओं को कुपित होने में कितना-सा समय लगता है? बजाय वरदान के शाप दे मारें। जैसे बेटे के लिए बहू चाही थी और खुद का तलाक करा बैठे।

फिर सोलह पोस्टकार्ड ऐसे सोलह परिचितों के नाम-पतों पर पोस्ट करना जो गुप्तचरों की मदद लेकर भी भेजने वाले का सुराग ताउम्र नहीं लगा सकें।

भक्तिभाव तब भी उफान पर था, सो पोस्टकार्डों की माँग, पूर्ति से अधिक रहती थी। अकसर तो सोलह पोस्टकार्डों के लिए सोलह पोस्टऑफिसों के सोलह-सोलह चक्कर काटने पड़ते थे। सब कुछ गोपनीय अलग से रखना पड़ता था। पोस्टमास्टर तक को भनक न लग जाए कि हम पोस्टकार्ड ले किस उद्‌देश्य से रहे हैं। सोलह पोस्टकार्ड एक साथ माँग लो तो पोस्टमास्टर मंशा ताड़ सकता था, क्योंकि उन दिनों पोस्टमास्टर भी वैसा ही कृपा-भक्ति फॉर्मूला अपनाते रहते थे। अतः एकमुश्त सोलह पोस्टकार्ड मिल भी रहे होते थे तो भी किश्तों में खरीदते थे अथवा अन्य के हाथों खरीदवाते थे। बड़ा श्रमसाध्य काम था देवी-देवताओं को रिझाना।

पन्द्रह पैसे प्रति की दर से सोलह पोस्टकार्डों के लिए दो रुपये चालीस पैसे जैसी बड़ी रकम। न एक के संग एक फ्री जैसी स्कीम। थोक खरीदी के बावजूद एक पाई का डिस्काउंट नहीं। खिड़की पर यह धमकी और लिखी होती थी कि पैसे खुल्ले ही दें। और हम सब जानते ही हैं कि हमारे देश में रेजगारी और ईमानदारी की किल्लत सदैव रही है। बँधे तीन रुपये देते तो पोस्टमास्टर के पास लौटाने को साठ पैसे खुल्ले नहीं होते थे। आज जैसा उदारीकरण था नहीं कि खुल्ले पैसे नहीं हैं तो ग्राहक को टॉफी-बिस्किट टिकाकर बहला दो।

सोशल मीडिया की कृपा से अब भक्त और देवी-देवता सब मजे में हैं। जहाँ भक्त 'पोस्टकार्ड अरदास प्रणाली' के झंझटों से मुक्त हैं, वहीं सोशल मीडिया पर आरूढ़ होकर देवी-देवता भी तीव्र और आरामदायक विहार करते हुए अपनी स्लीपवेकेशन तक का मोह त्यागकर चौबीसों घंटे तीन सौ पैंसठ दिन राउंड पर रहते हैं। बोलो, सोशल मीडिया क्रान्ति मैय्या की जय!

सोशल मीडिया का भविष्य

हमारे यहाँ हर चटपटे बोल के लिए कान उपलब्ध हैं और हर अटपटे दृश्य के लिए आँखें। अत: नि:सन्देह सोशल मीडिया का भविष्य उज्ज्वल है। सोशल मीडिया की उम्र अबाध लम्बी होती रहेगी, क्योंकि सोशल मीडिया इस्तेमाल करने वाले अपनी आयु उसे दे रहे हैं और देते रहेंगे।

उपसंहार

यह नकारात्मक लोगों का दुष्प्रचार है कि ऑनलाइन ने लाइन का रोमांच हर लिया। बलिहारी है सोशल मीडिया की, जिसकी वजह से किसी के भी घर मे ताक-झाँक वाली विंडो और डोर एक छोटे से स्मार्टफोन में खुले हैं तथा स्मार्टफोन प्रत्येक कर-कमल को सुलभ है ही।

सोशल मीडिया गुणों की खान है। तभी तो इस घोर कॉमर्शियल युग में भी हर उम्र, जाति, भाषा, धर्म, सम्प्रदाय के लोग बिना वेतन ओवरटाइम में जुते रहते हैं।

सोशल मीडिया का आशीर्वाद यों ही बना रहा तो वह दिन दूर नहीं जब धारा एक सौ चवालीस और कर्फ्यू की आवश्यकता ही नहीं पड़ेगी।

फिर वही दल लाया हूँ

जैसा कि भुगतभोगी जनता जानती है, आजादी के बाद से अबतक एक भी राजनीतिक दल अपने गठन के उद्‌देश्यों की कसौटी पर खरा नहीं उतरा है। छोटे-बड़े सभी दल कहते कुछ और हैं, करते कुछ और हैं। हर चुनाव के बाद लाचार मतदाता ठगा हुआ महसूस करता है।

चूँकि अब यह पाखंड बर्दाश्त के बाहर हो चुका है। अतः परिस्थितियों के मद्‌देनजर समान स्वार्थों वाले हम दो लोग मिलकर एक नया राजनीतिक दल बनाने जा रहे हैं। दल के नाम और चिह्न को लेकर मंथन जारी है। हाँ, चन्दे की रसीद बुकें छपने को दे दी गई हैं।

हमारे दल के होने और दिखने में कभी कोई अन्तर नहीं होगा। भविष्य में सदस्यता लेने और मत देने वालों में किसी प्रकार का भ्रम न रहे, सो दल के मोटा-मोटी उद्‌देश्य और नियम-कायदे प्रस्तुत हैं-

—दल का एकमात्र लक्ष्य 'हर हाल में सरकार बनाना' होगा।

—दल की सदस्यता निःशुल्क मिलेगी, लेकिन मेरे प्रति अन्धभक्ति मरने-मारने की हद तक अनिवार्य होगी।

—सदैव मैं पहले, पार्टी दूसरे और देश तीसरे नम्बर पर रहेंगे।

—किसी को भी मिसकॉल से मेम्बरशिप नहीं दी जाएगी। यह दल परीक्षाओं में ही नकल का हिमायती होगा, मिसकॉलों के सहारे बड़े बने दलों की नकल का नहीं।

—मेरे अलावा अन्य सदस्यों के लिए दल की गुप्त बैठकों में भी क्या, क्यों, कैसे या अन्य प्रश्नवाचक शब्दों का प्रयोग निषेद्ध होगा।

—दल में मेरे पास अधिकार होंगे और शेष सब के पास कर्तव्य। अधिकार वाले के कोई कर्तव्य नहीं होंगे और कर्तव्य वालों के कोई अधिकार।

—जाति, भाषा, धर्म, सम्प्रदाय, क्षेत्रीयता आदि की सदस्यता के समय अनदेखी की जाएगी, लेकिन संगठन में पदोन्नति और चुनावों में टिकट वितरण के वक्त ये कड़ाई से देखे जाएँगे।

—जहाँ तक दल की इकोनॉमिक पॉलिसी, फॉरेन पॉलिसी सहित अन्य नीतियों का सवाल है, दल हमेशा तदर्थवाद पर चलेगा कि 'आज का दिन ढल गया, कल की कल देखेंगे'।

—चुनावों में टिकट वितरण के समय अपराधियों को प्राथमिकता दी जाएगी। उम्मीदवार एक से अधिक होंगे तो चयन उनके आपराधिक कृत्यों की मैरिट के आधार पर किया जाएगा। यानी बैंक लुटेरा उपलब्ध होगा तो जेबकतरे पर गौर नहीं किया जाएगा।

—चूँकि यह दल 'डिजिटल-जीवन' का पक्षधर होगा, अत: एक सीट के लिए दो बैंक लुटेरे दावेदारी करेंगे तो टिकट पाने का हक उसे ही होगा जिसने सत्कर्म ऑनलाइन किया होगा। यदि दोनों ने ही बैंक लूट ऑनलाइन की हो तो एक छानबीन समिति जाँच कर उसका नाम प्रस्तावित करेगी जिसने बैंक लूट के लिए उन्नत तकनीक का उपयोग किया हो। ध्यान रहे, यहाँ बैंक लूट मात्र एक उदाहरण है, अत: अन्य अपराधों वाले गुणीजन निराश न हों।

—दल के प्रवक्ता पदों के लिए चार विषेशताओं की अनिवार्यता होगी— वाचालता, अज्ञानता, कुतर्क और बेशर्मी।

—दल में कुछेक सदस्यों के लिए दो अतिरिक्त सम्बोधन भी होंगे। खरीदकर हिन्दी अखबार देखने वालों के लिए 'बुद्धिजीवी' और माँगकर अंग्रेजी अखबार देखने वालों के लिए 'थिंकटैंक।'

—दल की एक विशाल आईटी सेल होगी। इसकी पात्रता के लिए

तीन अपरिहार्य शर्तें होंगी—स्मार्टफोन, सतत इंटरनेट और गाली-गलौच का बम्पर स्टॉक।

—आईटी सेल में नियुक्ति के लिए उन जाबाजों को प्रायॉरिटी दी जाएगी जिन्होंने कभी स्कूल, कॉलेज का मुँह नहीं देखा हो या फिर सिर्फ मुँह ही देखा हो।

—हर आईटी सेल सदस्य की अपनी कम से कम पाँच ईमेल आईडी होना जरूरी रहेगा। एक असली और चार फर्जी। फर्जी ईमेल आईडी चार से अधिक होंगी तो यह उसकी अतिरिक्त योग्यता मानी जाएगी।

—प्रत्येक आईटी सेल सेनानी को अपने सच्चे-झूठे सोशल मीडिया प्लेटफार्मों पर प्रतिदिन न्यूनतम दो दर्जन भड़काऊ और विवादास्पद पोस्ट राष्ट्रसेवा मानकर करनी होंगी। अधिकतम की कोई बन्दिश नहीं होगी। साथ ही सामाजिक विद्वेष फैलाऊ और मुद्दों से ध्यान भटकाऊ सामग्री का आदान-प्रदान, प्रचार-प्रसार निष्ठाभाव से दिन-रात करना होगा। उसे तोड़-मरोड़ वाले टूल्स की बेसिक समझ अवश्य होनी चाहिए, ताकि झूठ को सत्य का और सत्य को झूठ का मुखौटा तुरन्त लगा सके।

—आईटी सेल ही हमारे दल की रीढ़ होगी, अत: इसमें आत्माधारी कायरों की भर्ती कदापि नहीं की जाएगी।

—आईटी सेल के सदस्य यों तो अवैतनिक होंगे, लेकिन काम की महत्ता और गुणवत्ता के आधार पर उन्हें भुगतान भी किया जा सकेगा।

—मेरी और दल की जय-जयकार तथा हमारे विरोधियों की थू-थू करते रहने पर हमारा दल पाँचवें स्तम्भ की आजादी का घोर समर्थक रहेगा।

—हमारे दल का दृढ़ विश्वास रहेगा कि जिसने चोंच दी है वही चुग्गा भी देता है, ताकि कल को मेरी सरकार बनने पर संकटकाल में अपनी जान-माल की सुरक्षा को लेकर जनता मेरे भरोसे न रहे।

—चन्दा हमारे दल के सदस्य ही एकत्र कर सकेंगे। इसके लिए उन्हें कैशबैक जैसे ऑफर भी दिए जाएँगे। चन्दा सरकार बनने तक माँगेंगे और बनने के बाद वसूलेंगे।

—राष्ट्र के पुनर्निर्माण को समर्पित हमारे दल को खुलकर चन्दा दें,

खिलकर चन्दा दें। नाम केवल उन्हीं चन्दा-दाताओं के उजागर किए जाएँगे जो रसीद की माँग करेंगे।

—जनता का धन और समय व्यर्थ क्यों बर्बाद किया जाए, सो एक बार मेरी लोककल्याणकारी सरकार बन जाने पर भविष्य में चुनाव कराना गैरजरूरी माना जाएगा।

भारतमाता की जय।

तफरी बनाम अफरातफरी

जहाँ पनघट-सी चहलपहल थी, वहाँ मरघट सा सन्नाटा पसर गया। देश कोरोना महामारी और दिशाहीन नेतृत्व की चपेट में है।

कहीं से छींकने-खाँसने की ध्वनि आ जाए तो लगता है दुश्मन पड़ोसी देश ने सीज फायर का उल्लंघन कर दिया।

पहले एक दिन का जनता कर्फ्यू, तत्पश्चात लॉकडाउन। सरकारें तो खैर अपने यहाँ अपने गठन के साथ ही दिखना बन्द हो जाती हैं, लेकिन लॉकडाउन के बाद तो मनुष्य भी दिखना बन्द हो गए।

हालाँकि, सप्ताहभर पूर्व समस्या की भनक लगते ही भारत सरकार सख्त एक्शन मोड में आ गई थी। हमारे इलाके में भी एक पुलिसवैन में बैठे सात-आठ वर्दी-डंडाधारी सिपाही लगातार चेताते घूमने लगे थे कि कहीं भी पाँच लोग इकट्ठे न हों।

जनता कर्फ्यू की घोषणा के साथ ज्योंही कहा गया कि छूने-वूने से बचना है, त्योंही लोग छुआछूत से इस कदर बिदकने लगे कि हस्तरेखा विशेषज्ञों ने सवर्ण ग्राहकों के भी हाथ देखने बन्द कर दिए।

जब से सलाह दी गई है कि कोरोना वायरस के संक्रमण से बचाव के लिए व्यक्ति से व्यक्ति के बीच की दूरी न्यूनतम एक मीटर होनी ही चाहिए, तब से दो लोग दवा की दुकान तक भी यों जाते हैं जैसे मीटरगेज की रेल लाइन पर पटरी-पटरी चल रहे हों। परिवार के चार लोग ऐसे उठने-बैठने लगे

हैं, मानो एक बाई एक मीटर का वर्ग बनाना सीख रहे हों।

संकट का अन्दाजा आप इसी से लगा सकते हैं कि मेल-मिलाप की मनाही से कान में फुसफुसाकर निन्दा-चुगली करने वालों को कानों के लाले पड़े हुए हैं।

जो शोर के आदी रहे हैं, उनका शान्ति से दम घुट रहा है। जरूरी बात करने वाले की भी कतई न सुनने वाला, खुद ऐसे को तलाश रहा है जो उसकी थोड़ी सी तो सुन ले। इमरजेंसी कॉल आने पर मुँह बिचकाने वाले, फर्जी कॉल भी न सिर्फ पहली घंटी में उठाते हैं, बल्कि बातें भी ऐसे रस ले-लेकर करते हैं जैसे हजारों सालों के बिछुड़े प्रेमी-प्रेमिका संवाद कर रहे हों।

हवा थोड़े दिन और ऐसी ही साफ बहती रही तो आशंका है लोगों के फेफड़े खराब न हो जाएँ। मिलावटी मिठाइयाँ उपलब्ध न हो पाने से त्योहार जहर लगने लगे हैं। क्लाइमेट नीट एंड क्लीन हो जाने से अन्य बीमारियाँ खत्म हो गईं तो मेडिकल इंडस्ट्री केवल कोरोना के सहारे कब तक जिन्दा रहेगी?

हाँ, यह जरूर सकारात्मक हुआ है कि दैनिक व्यवहार में भारतीयता की वापसी हुई है। हाथ मिलाने के बजाय लोग हाथ जोड़ने लगे हैं। वह भी दूर से ही। जबकि इस दुर्घटना से पूर्व ऐसा हम सिर्फ उस वक्त ही किया करते थे जब कोई अपना दिया हुआ पैसा वापस माँगता था।

कभी शिकायत थी कि समय नहीं है। अब इस कदर बोरियत है कि समय को काटें कैसे? घर की चहारदीवारी में कैद लोग कभी-कभार खिड़की-झरोखों से ताक-झाँक कर पा रहे हैं बस।

काहे से टाइमपास करें? हमारे यहाँ दो समाचार पत्र नियमित आते हैं, भले ही दोनों में सिर्फ तारीख और वार नए होते हैं। समाचार पत्रों की साख तो पहले ही कम थी, राहत की बात है कि लॉकडाउन के बाद से विज्ञापनों के मुखौटों वाली खबरों और खबरों के भेस वाले विज्ञापनों की जगह वर्गपहेलियाँ छापी जा रही हैं और मालिकों ने पृष्ठ भी कम कर दिए हैं। टेलीविजन की तो जितनी प्रशंसा की जाए, कम है। कार्यक्रम देखो तो तीये की बैठक में महिला संगीत का मजा देते हैं। न्यूज़ चैनलों पर धर्मान्धता और राष्ट्रवाद की जुगलबन्दी निरन्तर है ही। रिमोट कठपुतलियों के हाथों में हैं और कंट्रोल उन्हें

नचाने वाले के हाथों में। अखबार-टीवी के पाठक-दर्शक दशकों से अपने ही पैसे से खुद की खरीद-बिक्री में मग्न हैं।

समय का रेगिस्तान सार्थकता से पार करना हो तो किताबों से श्रेष्ठ दूसरा कोई हमसफर नहीं होता, लेकिन किताबें तर्क करना सिखाती हैं और तर्क होता है जड़ता का बैरी। अतः मनुष्य को शैशव अवस्था में ही आगाह कर दिया जाता है कि अरे, इस किताबी अंगारे से दूर ही रहना। फिर भी कोई दुस्साहसी किताबों की संगत में पड़ ही जाए तो उसके उपहास और प्रताड़ना के लिए तीन सम्बोधन तय हैं—पढ़ेसरी, बुद्धिजीवी और अर्बन नक्सली। ऐसे में हर व्यक्ति अपने स्मार्टफोन से गुत्थमगुत्था है। और बेचारे की दशा उस मक्खी जैसी है जो शहद पर बैठती है, फिर उसी में फँसकर फड़फड़ाती रहती है।

सब अपने-अपने मकानों में कैद हैं, सो किसी परिचित को फोन कर यह तक नहीं पूछ सकते, "और आज कहाँ हो?"

उन निठल्ले कार और बाइक सवारों की राह में तो लाचारी का पहाड़ आ खड़ा हुआ है जो खाली सड़कों पर भी हॉर्न बजाते हुए चलते थे। सड़कें खाली पड़ी हैं और वे हॉर्न नहीं बजा पा रहे हैं।

सोचो, उन माता-पिता पर क्या गुजर रही होगी जो सुबह से ही भटकने और देर रात घर लौटने वाले सपूतों से यह नहीं पूछ पा रहे हैं कि बताओ दिनभर कहाँ-कहाँ और किस-किस के साथ रोते फिरे? स्कूल की कहकर सिनेमा जा पहुँचने वाले चकमाबाजों पर क्या बीत रही होगी, वे ही भुगत रहे हैं।

देखो, कैसी अघट घटी है? दफ्तर बन्द कर देने से कम्प्यूटरों में उलझी रहने वाली अंगुलियाँ घर बैठी गेहूँ-चावल बीन रही हैं। ऑफिसों में मातहतों को आँखें दिखाने वाले आँखें झुकाए बर्तन धो-मांज रहे हैं।

कर्मचारियों को सुबह दस बजे से शाम छह बजे तक भी घर का चाय-पानी, बिजली-डाटा खर्च करना पड़ रहा है। हाय! वे घर के बिस्तर पर दिनभर कितनी करवटें बदलते होंगे, जिन्हें दिन में ऑफिस की मेज-कुर्सियों पर ही सोने की आदत है। पान-मसाला की पीक थूकने के लिए दफ्तर के जीने का कोना कहाँ से लाएँ? घर में जीना-कोना सब है। पर, घर 'अपना' है, यह खयाल आते ही पीक हलक से नीचे उतर जाता है। लॉकडाउन ने सरकारी

नौकरी करने का मजा किरकिरा कर दिया।

मेले-उत्सव सब निषेध हैं। पहली बार जयपुर में पारम्परिक गणगौर की सवारी नहीं निकली। विवाहित पुरुषों को गणगौर के दिन भी उसी गणगौर के दर्शन करने पड़े, जिसके तीन सौ चौंसठ दिन करने पड़ते हैं।

सम्भव है, कई मुक्ति-आकांक्षी तो इस चोट से घायल होंगे कि कमबख्त सडनली इक्कीस दिन का लॉकडाउन अनाउंस हो गया, वरना गणगौर पर मिसेज पीहर जाने वाली थी। ओह माय गॉड! हमसे ऐसी क्या मिस्टेक हुई जो डबल लॉकडाउन झेलना पड़ रहा है।

विद्यार्थियों की परीक्षाएँ स्थगित हो गईं। कई परीक्षार्थियों के तो मात्र दो-एक प्रश्नपत्र शेष रह गए थे। जब तक वे प्रश्नपत्र सम्पन्न नहीं होंगे, उन्हें यों लगता रहेगा जैसे चौबीसों घंटे एग्जाम हॉल में बैठे हैं। जो विद्यार्थी फेल होने को लेकर शत-प्रतिशत आश्वस्त हैं, वे सरकार से नाराज होंगे कि इतनी भयंकर महामारी के बावजूद लॉकडाउन इतना कम क्यों रखा गया?

ट्रेनें रोक दिए जाने से उनकी जीवन यात्रा रुक गई जो ट्रेनों में सदैव बिना टिकट आवागमन किया करते हैं। वह बस कंडक्टर कैसे घर चला पा रहा होगा, जो सवारियों से किराया तो लेता है, लेकिन टिकट नहीं देता है।

रिश्वत का लेन-देन नहीं होने से पैरेलल इकोनॉमी का तो भट्ठा ही बैठा समझो। काम पर लौटने के बाद रिश्वत के रेट दुहरे-तिहरे करेंगे तो भी पैरेलल इकोनॉमी दुरुस्त करने में महीनों लग जाएँगे।

सरकार ने वचन दिया था कि दैनिक आवश्यकताओं की वस्तुओं वाली दुकानें खुली रखी जाएँगी, बावजूद इसके शराब के ठेके बन्द हैं। जो शराबी पीकर इधर-उधर झूमते-घूमते रहते थे, घर में टूटी खटिया पर बेचैन पड़े सरकार को धिक्कार रहे होंगे कि आजतक ऐसी झूठी सरकार नहीं देखी। लेकिन मुझे भरोसा है, भारतीय नेता अहसान फरामोश नहीं हैं। पियक्कड़ों के इस आकस्मिक नुकसान की भरपाई वे चुनावों के समय निश्चित करेंगे।

लोहा-रबर के सारे चक्के जाम हो जाने से सर्वहारा लोग गठरियाँ लादे सैकड़ों किलोमीटर दूर अपने नीड़ों की ओर पैदल चलने को मजबूर हैं। विपदा में अपने वे दो पैर ही काम आते हैं, जो बैठे समय पेट की ओर मुड़ते हैं।

प्रचारित किया जा रहा है कि चलो, कोरोना प्रकोप ने पारिवारिकता लौटा दी। यह सच-सा है, सच नहीं है। दरअसल, तमाम दुर्गुणों के बावजूद भय में एक गुण होता है कि वह सामूहिकता की चेतना जगाता है। अपने अंडों-बच्चों पर आया सांप-बिल्ली का खतरा भाँपते ही चिड़ियाएँ एकत्र होकर कैसे शोर मचाने लगती हैं? शोर में वे चिड़ियाएँ भी शामिल हो जाती हैं, जिनका उन अंडों-बच्चों से सरोकार नहीं होता।

जो धरती-आकाश बिछाते-ओढ़ते हैं, वे तो हर पल हर वायरस के खतरे से बेखबर-बेफिक्र रहते हैं। रोज कुआँ खोदकर पानी पीने वाले न कभी थकते हैं, न कभी टूटते हैं। वे जानते हैं कि रत्नगर्भा धरती इतनी निष्ठुर नहीं है कि गर्भ का पानी गर्भ से पैदा हुओं को देने से मना कर दे।

उच्चवर्ग मृत्यु को टाल तो नहीं सकता, लेकिन वह कॉन्फिडेंट होता है कि उसके जीवित बचे परिजन उसकी राख को कोरोना वायरस से बचाव की एकमात्र रामबाण भस्म बताकर बेच लेंगे।

सबसे अधिक छटपटाहट मध्यवर्ग में है। रंगमंच का पर्दा गिरा होने से वह पाखंडों का मंचन नहीं कर पा रहा है।

जैसा कि ऊपर जिक्र किया चुका है, लॉकडाउन से पूर्व एक दिन का जनता कर्फ्यू रहा। प्रधानमंत्री ने आह्वान किया कि जनता कर्फ्यू के दिन शाम पाँच बजे कोरोना वायरस से मुकाबला करने वालों के उत्साहवर्धन और सम्मान में ताली और थाली बजाएँ। तय समय पर बहुसंख्यक लोगों ने न सिर्फ ताली-थाली ही बजाई, बल्कि घंटी, शंख, चिमटा, झांझ, मजीरे, खड़ताल, नौबत, नगाड़े आदि नाना प्रकार के वाद्ययंत्र भी बजा डाले और डार्विन के सिद्धान्त को पुनः पुख्ता किया कि मनुष्य के पूर्वज बन्दर ही थे।

लॉकडाउन के दौरान उन मुनाफाखोरों की चाँदी हो गई जो मन्दी को मौके में बदल लेने की कलाकारी में माहिर होते हैं। वे दिन-रात एक के चार बनाने में जुटे हैं कि पता नहीं अगली महामारी का वायरस कब आए? यदि डार्विन यह नजारा देख लेता तो तुरन्त अपने शोध में संशोधन कर कहता, "माफी चाहता हूँ। मनुष्य के पूर्वज बन्दर नहीं, भेड़िए थे।"

जो विश्व में दहाड़ते फिरते थे, "अच्छे दिन आने वाले है", वे घर बैठे

मिमिया रहे हैं, "बुरे दिन चल रहे हैं।"

जब प्रजा की पसीने की कमाई उसके शिक्षा-स्वास्थ्य के बजाय मूर्तियों, हथियारों और जलसों पर लुटाई जाए तो नतीजे ऐसे ही निकलते हैं।

धर्मस्थलों के पट कस कर बन्द कर दिए गए हैं। जिसके लिए कहा जाता है कि वही दुनिया को हवा-रोशनी देता है। वह स्वयं हवा-रोशनी को तरस गया। दान-दक्षिणा पर ऐश करने वालों को प्रथम बार बोध हुआ है कि जगत मिथ्या ब्रह्म सत्य नहीं, ब्रह्म मिथ्या जगत सत्य है।

सूत जी राजा परीक्षित से कह रहे होंगे-

"हे राजन!
शेषनाग वाली बात
शास्त्रों में झूठ लिखी है,
धरती तो सदा से
केवल रोटी पर टिकी है।"

सब कुछ चाक-चौबन्द होने के बावजूद दो चिरफ़ुर्सतियों ने पता नहीं कैसे बीच सड़क गाली-गलौच का प्रोग्राम अरेंज कर लिया? शायद 'साइबर योद्धा' होंगे। स्मार्टफोन की इंटरनेट डाटा लिमिट चुक गई होगी और रिचार्ज की तजवीज नहीं बैठी होगी। दोनों ने सोशल मीडिया पर स्वयं द्वारा बरती जाने वाली लिखित गालियाँ एक-दूसरे को मौखिक दीं। खास बात यह रही कि दोनों ने मास्क भी नहीं उतारे और फासला भी एग्जेक्ट एक मीटर का रखा।

किसी ने चोरी-छिपे पूरी इवेंट का वीडियो बनाकर सोशल मीडिया पर चला दिया। क्रिएटिविटी को हम हाथोहाथ लेते ही हैं, सो वीडियो पलक झपकते ही वायरल हो गया।

उसके बाद तो दोनों गालीबाजों की जो जय-जयकार हुई—"देखो, इसे कहते हैं आर्यभूमि भारतवर्ष। पाकिस्तान हमसे क्या खाकर लड़ेगा? कौन माई का लाल हमको विश्वगुरु बनने से रोक सकता है? लॉकडाउन में भी न दोनों नित्यकर्म भूले और न कोरोना वायरस संक्रमण के मद्देनजर दोनों ने लक्ष्मण रेखा ही पार की। अत: भारतमाता की जय।"

अब तो उत्सुकता से उस अगले वीडियो एपिसोड की प्रतीक्षा है, जिसमें फासले की बाध्यता खत्म होते ही दोनों गालीबाज हाथ मिलाएँगे और पहला वीडियो बनाने वाले से हाथापाई करेंगे।

हाँ, यह देखना बड़ा रोचक लग रहा है कि नोटबन्दी को मास्टर स्ट्रोक बताने वाले भाई साहब पसीने से लथपथ, पुरानी खाकी निकर से बना थैला लिए, अर्धांगिनी से पूछ रहे हैं, "दो-चार सौ रुपये पड़े हैं क्या?"

खास समारोह में आम आदमी के सैंडल

नेताओं पर दो-चार मीटर से तो जब-तब जूते फेंके जाते रहे हैं, किन्तु यह पहला मौका रहा जब जूते हजार किलोमीटर दूर से फेंके गए और डिमांड ड्राफ्ट के रूप में फेंके गए।

अरविन्द केजरीवाल भारत के राष्ट्रपति भवन के एक समारोह में फ्रांस के राष्ट्रपति फ्रांस्वाँ ओलांद से सैंडल पहने ही मिल लिए। विशाखापट्टनम के एक युवक को बुरा लगा। उसने तीन सौ चौसठ रुपयों का डिमांड ड्राफ्ट केजरीवाल को भेजा कि वह अपने लिए बढ़िया ब्लैक फॉर्मल शूज खरीद ले।

खबर पढ़-सुनकर मेरे मन में कई सवाल उठ रहे हैं। जो दिल्ली का मुख्यमंत्री हो। जिसे दो लाख रुपये मासिक वेतन मिल रहा हो। जो भारत के राष्ट्रपति भवन में फ्रांस के राष्ट्रपति से मिल रहा हो। उसके पैरों में सैंडल होना लाचारी है, लापरवाही है, सादगी है या पाखंड है?

राहुल गांधी का आरोप हो सकता है कि मोदी राज में आर्थिक विषमता देखिए, सरकार तो हर घड़ी सूट-बूट से लैस रहती है और विरोधियों को सैंडल पर निर्वाह करना पड़ रहा है।

यह लो-प्रोफाइल जीवन का उदाहरण भी हो सकता है। जब गांधी जी चप्पलें पहने इंग्लैंड की राजाशाही और वायसरायों से मिल लेते थे तो केजरीवाल का सैंडल पहन कर फ्रांस के राष्ट्रपति से मिल लेना शो ऑफ कैसे हुआ?

कहीं हमारे प्रधानमंत्री ने ही तो केजरीवाल से आग्रह नहीं कर दिया होगा

कि हमारी तो भैया सूट-बूट वाली इमेज है। शौकिया भी सादगी अपना लें तो स्वयं को ही बुरा लगता है। अत: तुम सैंडल पहनकर ही फ्रांस के राष्ट्रपति से मिलना। शायद वे तरस खाकर ही हमें राफेल की कीमतों में कुछ छूट दे जाएँ।

फ्रांस्वाँ ओलांद हमारे गणतंत्र दिवस समारोह के मुख्य अतिथि थे। उन्होंने राजपथ पर भारत के विकास की अनेक झाँकियाँ देखीं। सम्भव है। सैंडल पहनकर उनसे भेंट करना केजरीवाल की तरकीब हो, राजपथ वाली दिखावटी झांकियों से इतर सच्चे भारत की असली झाँकी दिखाने की।

अरविन्द केजरीवाल का सैंडल पहनना मोदी सरकार को सीधी चुनौती और चेतावनी भी हो सकता है कि स्टाइलिश सूट पहनकर अमेरिकी राष्ट्रपति से मिलना भद्रता थी तो सामान्य सैंडल पहनकर फ्रांस के राष्ट्रपति से मिल लेना अभद्रता कैसे हुई? मेरी सैंडल जैसी भी हैं, मेरी अपनी हैं। मोदीजी मेरे सैंडल शासन को यूपीए जैसा खड़ाऊ-शासन समझने की भूल न करें। मेरा सैंडल पहनना यदि शो ऑफ है तो शेरवानियों पर गुलाब और कोटों-जैकेटों पर कमल टँके देखकर आम आदमी का भी मूड ऑफ है।

दो लाख मासिक वेतन और पैरों में सैंडलभर। सादगी कहीं पाखंड तो नहीं? मैंने सात सितारा आश्रमों में करोड़ों रुपयों से बनी घास-फूस के इंटीरियर डेकोरेशन वाली कुटियाएँ देखी हैं।

क्या घर में धर्मपत्नी सन्देह और सवाल नहीं करती होगी कि पति जब जूते ही ढंग के नहीं पहन रहा तो आखिर दो लाख रुपये महीना लुटा किस पर रहा है? भुगतभोगी पति जानते ही हैं कि धोखा आयकर विभाग को ही दिया जा सकता है, पत्नी को नहीं।

डिमांड ड्राफ्ट भेजने वाले ने खुद को केजरीवाल की भाँति मारवाड़ी भी बताया है। जाहिर सी बात है, घुटने सदा पेट की ओर ही मुड़ते हैं। जब एक गुजराती का लाखों का सूट नीलामी में दूसरा गुजराती करोड़ों में खरीद सकता है तो एक मारवाड़ी दूसरे मारवाड़ी के लिए जूते जुगाड़ने में भी मदद नहीं कर सकता?

जो हो, सस्ती चरण पादुकाएँ पहनने से यह लाभ तो होता ही है कि बाहर उतारकर धर्म स्थल में जाओ तो ध्यान सिर्फ़ ईश्वर में ही रहता है।

हैप्पी न्यू ईयर

एक जनवरी, नए साल का पहला दिन और वही हुआ जो कल तक होता रहा है।

दरअसल, कल शाम ही पति-पत्नी ने तीनों बच्चों की साक्षी में संकल्प लिया था कि नए साल के शुभारम्भ से दोनों किसी एक बुराई का त्याग करेंगे। त्याज्य बुराई के चयन के लिए दाम्पत्य जीवन में होने वाला गहन विचार-विमर्श अर्थात भारी तू-तू-मैं-मैं हुई थी कि एक-दूसरे को तो त्याग नहीं सकते, ऐसे में दूसरी कौन-सी बुराई है जिसका त्याग किया जाए?

तीनों बच्चों ने हँसते हुए सुझाया था कि क्यों नहीं इस आपसी तू-तू-मैं-मैं ही को त्यागा जाए। यों तो तू-तू-मैं-मैं त्यागने का प्रतिवर्ष इकत्तीस दिसम्बर की शाम संकल्प लिया जाता रहा है, लेकिन हो सकता है यह नव वर्ष सफलता प्राप्ति का वर्ष बन जाए।

माता-पिता के वार्षिक सलाह स्वीकारते ही, पाँचों लोग समवेत हँसे थे और तीनों बच्चों ने जोरदार करतल ध्वनि की थी।

पति को अकसर हलके खर्राटे आते हैं और पत्नी को कभी-कभार हलकी खाँसी। एक की वजह से दूसरे की नींद में व्यवधान न पड़े, इसलिए पति एकदम आगे बैठक के बगल वाले कमरे में सोता है और पत्नी एकदम पीछे मास्टर बेडरूम में। तीनों बच्चों का एक अलग कमरा होस्टल रूम की तर्ज पर है। उसी में पढ़ना-लिखना और उसी में सोना।

पति-पत्नी इकत्तीस दिसम्बर की रात इस संकल्प के साथ सोए कि न्यू ईयर में हैप्पी-हैप्पी रहना है, सो कल से आपस में कतई तू-तू-मैं-मैं नहीं करेंगे, जो हो जाए।

पत्नी सोने जाने से पहले रोज एक खाली बाल्टी नल के नीचे रखकर नल खुला छोड़ देती है, ताकि पानी आते ही पानी गिरने की आवाज सुनकर वह उठ सके।

लेटा हुआ पति तय करता रहा कि अबतक मैं अपनी गलती भी पत्नी के सिर थोपता रहा हूँ। नए साल में न सिर्फ खुद गलती से बचूँगा, बल्कि पत्नी की गलती भी अपनी मानूँगा।

नींद आने तक पत्नी भी प्रतिज्ञा करती रही कि कल से पति के व्यंग्यों के वार भी मैं मुस्कान या मौन से निष्प्रभावी कर दूँगी।

संकल्प की कसौटी पर खरा उतरने को भाँति-भाँति के उपाय सोचते-विचारते दोनों को नींद आने में काफी समय लग गया।

ताजा पानी का नल जिस बाथरूम में है, उसका दरवाजा तो दूसरी तरफ खुलता है, लेकिन नल वाली दीवार पति के शयनकक्ष के सिरहाने से लगी हुई है।

सुबह पति की आँख तब खुली जब नल का पानी बाल्टी में गिरते रहने से ओवरफ्लो की आवाज आई।

वह तुरन्त उठा और पत्नी के कमरे का किवाड़ खटखटाते हुए बोला, "पानी की आवाज से नींद न खुले तो अपने मोबाइल फोन में अलार्म लगा लिया कर। उसमें कौन सा डाटा फुँकता है?"

पत्नी ने रजाई में करवट बदलते हुए कहा, "यह ज्ञान आप नल बन्द करके भी तो बाँट सकते थे?"

एक-दूसरे का कहा सुनकर दोनों को यों लगा जैसे सर्द रात में बल्ब के बजाय पंखे का बटन दब गया हो।

पति ने नल बन्द किया।

गत शाम यह निर्णय भी हुआ था कि कल सुबह से चाय सदैव साथ बैठकर पिया करेंगे और घरेलू कामों में पति पत्नी का हाथ बँटाएगा। इससे

रिश्तों में मिठास बढ़ती है। पानी पत्नी भरेगी और चाय पति बनाएगा, लेकिन दोनों ने एक-दूसरे के काम में हाथ बँटाने के बजाय टाँग अड़ाई। फलतः पानी पति ने भरा और चाय पत्नी ने बनाई।

पति को चाय का कप थमाते हुए पत्नी ने पूछा, "पानी भरने के बाद बाथरूम में वाइपर फेरा कि नहीं फेरा? गीले फर्श पर फिसलकर कभी हाथ-पैर तुड़वा बैठोगे।"

पति गर्म चाय का घूँट भरकर बोला, "हो जाएगी, कभी न कभी तुम्हारी यह मनोकामना भी पूरी हो जाएगी।"

नए साल की पहली सुबह की पहली चाय दोनों ने अलग-अलग बैठकर पी।

पत्नी उठी। बाथरूम में झाँका और पति के पास से चाय का खाली कप उठाते हुए उलाहना दिया, "जब टंकी-वंकी सब भर लिए तो लोहे की बालटी भरकर रखने की क्या तुक थी? अब दिनभर पड़ी-पड़ी जंग खाएगी।"

पति सगर्व बोला, "लोहे की बाल्टी मेरी अपनी कमाई से खरीदी हुई है, कौनसी तुम अपने माँ-बाप के यहाँ से लाई थी?"

इधर बच्चे उठ गए और उधर बरामदे में अखबार गिरने की आवाज आई।

पत्नी अखबार उठा लाई। उसने अखबार पकड़ाते हुए पति से राय माँगी, "नाश्ते में क्या बनाऊँ?"

पति ने अखबार खोलते हुए कहा, "जो बच्चों को पसन्द हो। बस, मिर्च कम डालना।"

पत्नी यह कहकर रसोईघर की ओर चली कि जब अपने माँ-बाप से स्वभाव ऐसा पा लिया तो अलग से मिर्च खाने की जरूरत भी क्या है?

पत्नी बड़बड़ाती हुई नाश्ता बनाने में जुट गई और पति भुनभुनाता हुआ अखबार पढ़ने में लग गया।

माता-पिता के संकल्प का वार्षिक हश्र देखते ही, तीनों बच्चों ने जोरदार करतल ध्वनि की और पाँचों लोग समवेत हँसे।

यात्रीगण कृपया ध्यान दें

नाम कमाने के लिए लगातार कोशिशें करते हुए देखकर दावे से कहा जा सकता है कि उनको अपने नाम-प्रचार का चस्का नामकरण संस्कार के क्षण से ही लग गया था।

वे मानते हैं कि मनुष्य को नाम के लिए ही जीना चाहिए। बिना नाम के जीना पशु-पक्षी का जीवन हो सकता है, मनुष्य का नहीं। ईश्वर मनुष्य को पंचतत्व का शरीर सिर्फ अपने नाम को फैलाने के लिए ही देता है, मृत्युलोक में आकर इसे व्यर्थ के कामों में गँवाना मूर्खता है। वे मोक्ष के सख्त खिलाफ हैं। उनके अनुसार मजा इसी में है कि बार-बार जन्म लें और हर बार पहले से अधिक नाम-प्रचारित करें।

विचार आता है कि अपने नाम-विस्तार के लिए जो व्यक्ति हरदम प्रयासरत और उतावला रहता हो, उसने नामकरण संस्कार तक का समय कैसे काटा होगा? वे बताते हैं कि जब तक उनका नामकरण संस्कार नहीं हुआ था, उन्होंने रुदन का सहारा लिया था। उनके रोने का एक ही कारण होता था कि अतिशीघ्र मेरा कोई नाम रखो, ताकि मैं तत्काल उसे प्रचारित करने के काम में लगूँ।

नाम लिखना सीखने के बाद तो राह इतनी सुगम हो गई कि जब देखो तब अपना नाम ही लिख रहे हैं। कॉपी-किताबों से लेकर सार्वजनिक शौचालयों की दीवारों तक पर।

बचपन से जवानी तक कड़ी मेहनत करनी पड़ी उन्हें नाम को लोकप्रिय करने के लिए। अधेड़ावस्था में भी थके नहीं हैं। उनका मानना है कि रुचि का काम करते रहो तो थकान नहीं होती।

दादाजी गुजर गए। वे अड़ गए कि अखबारों में शोकसन्देश के विज्ञापन देने हैं। घरवालों ने समझाया कि अपने विज्ञापन जब मरने वाला खुद ही नहीं देख-पढ़ सके तो पैसों की बर्बादी का क्या तुक है? उन्होंने गूढ़ रहस्य उजागर किया कि अखबारों में छपे शोकसन्देश मृतक के लिए नहीं, उसके जीवित परिजनों के काम के होते हैं।

उन्होंने दादाजी के शोकसन्देश का मसौदा तैयार किया और पहुँचे एक विज्ञापन एजेंसी के दफ्तर।

मसौदा देखकर विज्ञापन एजेंसी वाला हर्षित हुआ। उसने फायदा बताया, "इन दिनों अखबारों में शोक-विज्ञापनों को लेकर 'उतनी ही राशि में अधिक स्पेस' वाली स्कीम चल रही है। चाहो तो कुछेक अक्षर बढ़ा सकते हो?"

उन्होंने कहा, "शोकसन्तप्तों में मेरा नाम दो बार लिख दो।"

एजेंसी संचालक ने उनके नाम के अक्षरों को गिन कर विवशता प्रकट की, "अक्षर सीमा से अधिक हो रहे हैं, असम्भव है।"

"तो दादाजी का नाम हटा देते हैं," उन्होंने सुझाया।

"नहीं, मृतक के पास शोकसन्देश के बहाने ही तो अन्तिम मौका होता है नाम कमाने का। फिर आपके भाई-बन्धु भी नाराज होंगे कि दादाजी के देहावसान का लाभ उन्हें कम क्यों मिला?" एजेंसी वाला बोला।

अन्ततः बीच का रास्ता यह निकाला गया कि उनके नाम के अक्षर मोटे और गहरे किए गए।

सभा-सम्मेलनों में जाते हैं। अकसर बिना बुलाए ही। चुपचाप श्रोताओं में बैठ जाते हैं। अपने नाम की गुंजाइश वहाँ भी निकाल लेते हैं। जारी कार्यक्रम में किसी के हाथ एक मुड़ी हुई पर्ची उद्घोषक के पास भिजवाते हैं। उद्घोषक पर्ची खोलकर उस पर लिखा नाम (गाड़ी के रंग, मॉडल, नम्बर के साथ अपना नाम जरूर लिखते हैं) और सूचना पढ़ता है कि श्रीमानजी ने अपनी गाड़ी गलत पार्क कर दी है। वह उनका नाम दोहराते हुए फिर निवेदन करता है कि कृपया

अपनी गाड़ी तुरन्त हटा लें। लो, बुल गया पाँच हजार की भीड़ में नाम। एक बार नहीं, दो बार। भले ही सुनने वालों ने गलत पार्किंग को लेकर उनकी लानत-मलामत की, पर उन्हें तो अपने नाम से मतलब था।

सुबह ही सुबह दो काम नियम से करते हैं। आकाशवाणी के फरमाइशी गीतों के कार्यक्रमों के लिए अपने नाम वाली चिट्ठियाँ लिखकर पोस्ट करना और तमाम अखबारों में तीये की बैठकों के शोक-विज्ञापन पढ़कर मरने वालों के परिजनों के नाम अपने नाम वाले शोकसन्देश तैयार करना। उन्होंने शोकसन्देश का एक स्थायी फॉर्मेट कम्प्यूटर में दर्ज करके रखा है। प्रिंट निकालने से पहले बस मृतक का नाम बदलना होता है। शोकसन्देश लिखकर मनोयोग से मृतकों के घर पहुँचाते हैं। रोज उनका नाम आकशवाणी के हर फरमाइशी गीतों के कार्यक्रम और हर शोकसभा, दोनों जगह बजता है।

अपने नाम का लिखा शोकसन्देश लेकर सर्वाधिक महत्त्वपूर्ण शोकसभा में तो वे खुद पहुँचते हैं। पंडितजी घंटाभर का ज्ञान देते हैं। जिनके वक्तव्य का सार हम सब को ज्ञात है ही कि यह संसार रोग-शोक का घर है। यहाँ कोई किसी का नहीं है। सब मोह-माया है। अतः जाने वाले ने समझदारी दिखाई कि समय से निकल लिया। दर्शन से लबालब वक्तव्य के पश्चात पंडित जी शोकसन्देशों का वाचन करते हैं। जब तक उनके नाम का शोकसन्देश नहीं पढ़ा जाता, उन्हें बड़ी बेचैनी बनी रहती है। उन्हें महसूस होता रहता है, जैसे अपनी ही तीये की बैठक में बैठने आए हैं। ज्योंही उनका नाम पढ़ा जाता है, कुम्हलाया फूल खिल उठता है। उन्हें पुनर्जन्म सा फील होता है।

दान-पुण्य छोटा-छोटा करते हैं, ताकि कम इनपुट से अधिक आउटपुट हासिल कर सकें। गायों को एक दिन चारा डालने पर अखबारों में एक ही दिन नाम छपता है। सो, बजाय दस किलो चारा एक दिन डालने के, दो-दो किलो चारा पाँच दिन डालते हैं। अखबारों में बराबर नाम छपने के बावजूद वे पशु-पक्षियों से बेहद नाराज रहते हैं कि सब उनका दिया डकार भी जाते हैं और खिलाने वाले का नाम तक नहीं लेते।

वे नेकी करके कुएँ में डालने के घोर विरोधी हैं। हाँ, नाम हो रहा हो तो नेकी के साथ कुएँ में खुद भी कूद सकते हैं।

पब्लिक प्लेस पर खड़े हैं। तरकीब सोच रहे हैं कि आसपास उपस्थित लोगों को कैसे अपने नाम से अवगत कराया जाए? तभी हाथ के हथियार का अचूक इस्तेमाल करते हैं। बन्द मोबाइल कान से लगाकर भीड़ में इधर से उधर टहलते हुए दो-तीन बार अपना नाम ऊँची आवाज में उच्चारते हैं कि हाँ-हाँ कहिए, मैं फलाँ बोल रहा हूँ। सामने वाले से आवाज साफ न आने की शिकायत करते हुए फिर दो-तीन बार अपना नाम दोहराते हैं। सब लोग चौंक कर उनकी तरफ देखने लगते हैं। बिना कॉल चार्ज लगे पहुँच गया सब तक उनका नाम।

महीने में एक-आध बार अतिरिक्त नाम कमाने के लिए अतिरिक्त खर्च भी उठाते हैं। नजदीकी बड़े रेलवे स्टेशन जाते हैं। बाकायदा प्लेटफॉर्म टिकट खरीदते हैं। ऐसा अभिनय करते हैं जैसे किसी को रिसीव करने आए हों। कागज पर अपना और काल्पनिक आगन्तुक का नाम लिखते हैं और अनाउंसर से आग्रह करते हैं कि मैं और आगन्तुक परस्पर पहचानते नहीं हैं। सम्भव है, उनके पास मोबाइल हो, लेकिन मैं आज अपना मोबाइल घर भूल आया हूँ। यह ट्रेन (कोई भी ट्रेन जो पहले आए) आने पर प्लीज यह अनाउंसमेंट कर दें। जैसे ही वह ट्रेन आकर प्लेटफॉर्म पर लगती है, अनाउंसमेंट होता है कि यात्रीगण कृपया ध्यान दें। इस नाम के सज्जन (काल्पनिक आगन्तुक का नाम) जो इस ट्रेन उतरे हैं, उन्हें लेने ये (उनका नाम) पूछताछ खिड़की के पास खड़े हैं।

न किसी को आना है, न किसी को लेना है। समय, परिश्रम और धन तो व्यय हुए, पर फैल गया पूरे रेलवे स्टेशन पर उनका नाम।

एयरपोर्ट पर अलग हथकंडा अपनाते हैं। बोर्डिंग पास लेकर बोर्डिंग गेट के पास बैठ जाते हैं। बोर्डिंग शुरू हुई। उनके अलावा सब यात्री फ्लाइट में बैठ चुके। अन्त में बारी-बारी से हिन्दी और अंग्रेजी में उनके नाम का सन्देश प्रसारित किया जाता है कि वे कृपया अविलम्ब विमान की ओर प्रस्थान करें। उनके लिए यह अन्तिम और आखिरी सूचना है। वे तब भी टस से मस नहीं होते, क्योंकि वे जानते हैं कि ऐसी अन्तिम और आखिरी सूचनाएँ हर एयरपोर्ट पर कई-कई बार दी जाती हैं। अन्त में वास्तविक अन्तिम और आखिरी सूचना सुनकर वे फ्लाइट की ओर बढ़ते हैं।

कौशल और धैर्य से की जाए तो जान-बूझ कर की गई देरी भी दिग-दिगन्त तक नाम गुंजा सकती है।

नाम कमाने का एक बेजोड़ किस्सा, जो उन्हीं के श्रीमुख से सुना। उन दिनों वे गाँव में रहते थे। रामलीला मंडली गाँव में रामलीला का मंचन कर रही थी। वे भी रोज देखने जाते थे। खेल-तमाशों में दानवीर अपने-अपने नाम के साथ इनामी राशि बुलवाते ही हैं। उन्होंने उस रात की प्रतीक्षा की, जिस रात रामलीला में दर्शकों की सबसे ज्यादा संख्या हो। एक रात रामलीला में मारीचवध का दृश्य चल रहा था। पांडाल दर्शकों से खचाखच भरा था। किसी दानवीर ने अब तक इक्यावन रुपये से अधिक के इनाम की घोषणा नहीं करवाई थी। वे स्टेज तक गए और दे आए अपने नाम का कागजी पुर्जा। एक सौ एक रुपये का इनाम लिखा। सुबह दे देने के मौखिक वादे के साथ। और हो गई उनके नाम की घोषणा। फट पड़ा पांडाल उनके नाम के जयकारों से।

अगले दो दिन तक तो रामलीला वाले इन्तजार करते रहे कि शायद भूल-चूक हो गई या बड़े समाजसेवी हैं, उलझ गए होंगे किसी काम-धाम में। जब तीसरा दिन भी पूरा निकल गया तो चौथी सुबह रामलीला मंडली के मुखिया ने राम बने पात्र पर ही यह जिम्मेदारी डाल दी कि भगवन, आपकी अदा पर लट्टू होकर ही उन्होंने इतनी बड़ी इनामी राशि की घोषणा करवाई थी। अब उन्हें ढूँढ़-ढाँढ़ कर तुम ही वसूल करो।

जिस व्यक्ति ने उस रात राम वेश में मारीच खोजा था, वही दिन में मनुष्य वेश में उन्हें खोजने निकला। वह जिससे भी उनका ठिकाना पूछता, सामने वाला हँसकर कहता कि हे प्रभु, मारीच का मिलना सम्भव है, उनका नहीं।

रामलीला करने वालों ने सब्र किया कि घोषणा करवाकर एक सौ एक रुपये नहीं दिए तो क्या हुआ? एक झूठे व्यक्ति की बदनामी हुई यही बहुत है।

उन बेचारों को क्या पता था कि बदनामी में भी उनके नाम की प्रसिद्धि छिपी होती है।

आम लोगों का जमा, खास लोगों को थमा

मीडिया, सोशल मीडिया में एक खबर स्थायी रहने लगी है—'एक बैंक और डूबा, कई लुटेरे फिर तरे।'

वाह, क्या डिजिटल इंडिया हुआ है। ऊँची पहुँच वाले महानुभाव न सिर्फ एक करोड़ का लोन उनसठ मिनट में ले सकते हैं, बल्कि उनसठ करोड़ का लोन लेकर एक मिनट में विदेश तक फरार हो सकते हैं।

मेरे खयाल से हाथ मिलाने और हाथ जोड़ने की परम्परा का उद्‍भव और विकास उन भारतीय कारोबारियों ने किया है जिनका एकमात्र लक्ष्य बैंकों से उधार लेकर न चुकाना रहा है। उधार लेते वक्त हाथ मिलाया और चुकाने की बात आई तो हाथ जोड़ दिए।

जिस तरह एक के बाद एक बैंक घोटाले उजागर हो रहे हैं और भुगतना जनसामान्य को पड़ रहा है, लगता है, भारतीय बैंकों का अब एक ही काम रह गया है—'आम लोगों का जमा, खास लोगों को थमा'।

क्या गजब का अर्थशास्त्र और विकास मॉडल है। चहेते तो खजाना खाली कर हो जाते हैं विदेश चम्पत और स्वदेश में भरपाई करते रहते हैं बेचारे सम्पत।

बैंकों के इसी 'भरपाई-कर्म' के तहत इन दिनों हमारा बैंक खाता भी क्या खूब खाता है। यदि कोई राहगीर किसी व्यक्ति से गन्तव्य का रास्ता पूछते वक्त यह भर और जानना चाहे कि भैया रास्ते में कोई बैंक-वैंक तो नहीं पड़ेगा तो

वाक्य खत्म होने से पहले ही उसके मोबाइल फोन पर उसके खाते से पाँच रुपये कटने का सन्देश आ टपकता है। इन्क्वारी चार्ज। चूँकि राह बताने वाला व्यक्ति भी धोखा खाया हुआ होता है, क्योंकि बैंकों की करनी तो उसे भी भरनी पड़ रही होती है। सो, वह झुँझलाकर कहता है कि मालूम तो है, पर बताऊँगा नहीं, क्योंकि आप जैसे चार लोगों को उनके रास्तों में पड़ने वाले बैंकों के नाम बताकर पहले ही अपने खाते से बीस रुपये कटवा चुका हूँ।

आम आदमी सो नहीं पा रहा है। इस आशंका से कि पता नहीं सरकार की लोक कल्याणकारी नीतियों के बावजूद उसे नींद आ जाए। नींद में सपना और सपने में कोई बैंक दिख जाए तो बैंक वाले उसके खाते से दस-बीस रुपये ड्रीम चार्ज काट लेंगे।

डाका सतत जारी है। बस, समय के हिसाब से उसके तौर-तरीके बदले हैं। एक जमाना था जब डाका आमने-सामने होता था। दिन दहाड़े। सामर्थ्य के बल पर। कोई मध्यस्थ नहीं। काम अब भी वही हो रहा है। आमने-सामने। दिन दहाड़े। सामर्थ्य के बल पर। अन्तर इतना सा आया है कि माध्यम बैंक हो गए।

क्या डाकूगिरी होती थी। डाकुओं का बाकायदा एक ड्रेसकोड होता था। घोड़े की सवारी। पारम्परिक भारतीय धोती पर घुटनों तक का कमीज। धोती सफेद, काली या अन्य रंग की भी चल सकती थी, लेकिन कमीज काली ही होना जरूरी था। कालास्याह साफा। साफे के ही एक छोर से बनाई हुई नकाब। काला या सिन्दूरी लम्बा तिलक। कानों में कुंडल। खूबसूरत कसीदा कढ़ी, उठी नोक वाली चमड़े की जूतियाँ। जूतियाँ इतनी आकर्षक होती थीं कि यदि बड़े से बड़ा इनामी डाकू किसी धर्मस्थल के बाहर बन्दूक और जूतियाँ दोनों उतार दे तो सिर्फ जूतियाँ चोरी हों। कमीज के ऊपर बेल्ट की तरह बँधा या यज्ञोपवीत की भाँति धारण किया हुआ गोलियों से लैस चौड़ा पट्टा। एक हाथ में घोड़े की लगाम। दूसरे हाथ से कन्धे पर धरी दुनाली का ट्रिगर दबाने की मुद्रा। डाका डालने से पहले शिकार को लिखित या मौखिक अल्टीमेटम। घटनास्थल पर दिए गए निश्चित समय पर पहुँचना। एक क्षण ऊपर-नीचे नहीं। जिनके पास घड़ियाँ होती थीं, वे डाकुओं की टाइमिंग से घड़ियाँ मिलाते थे।

पहुँचते ही ललकारना। दो-एक हवाई फायर भी। बार-बार घोड़े के ऐड़ मारना। अन्त में घोड़े की गगनभेदी हिनहिनाहट। और घोड़े के हिनहिनाते ही डाका डालने की कार्रवाई शुरू। ऐसा कभी नहीं होता था कि घोड़े के हिनहिनाने से पहले ही डाका चालू कर दिया गया हो। घोड़े का हिनहिनाना एक प्रकार से वैसा ही इशारा होता था, जैसा आजकल झंडी दिखाकर, पर्दा हटाकर या बटन दबाकर मंत्री-नेता किसी जुलूस, भवन या योजना का श्रीगणेश करते हैं।

यह अलग बात है कि मैंने वैसे डाकू फिल्मों में ही देखे हैं, क्योंकि हमारी इतनी हैसियत नहीं थी कि कभी डाकू हमारे घर भी आते। उन फिल्मी डाकुओं की डाका डालने की कलात्मकता और प्रॉसेस देखकर ही टिकट के पैसे वसूल हो जाते थे। अकसर तो फिल्म का टिकट ब्लैक में खरीदकर पर्दे पर सिर्फ डाका देखने जाते थे। फिल्मी डाका देखने का एक कारण और भी था। दरअसल, उन डाकुओं के प्रति मुझ जैसों की सहानुभूति होती थी, क्योंकि वे उस खास आदमी को लूटते थे जो सदैव आम आदमियों को लूटता था। हालाँकि अब समझ में आ रहा है कि तब मेरा वह विचार भी उतना ही मूर्खतापूर्ण था, जितना आज यह मान बैठना कि नोटबन्दी से भ्रष्टाचारियों का काला धन खत्म हो गया है। हाँ, उन डाकुओं की नीति-मर्यादा, ईमान-धर्म होता था। कतई सुनने में नहीं आता था कि किसी डाकू ने कभी निजी अय्याशियों के लिए डाका डाला हो। डकैती का सिस्टम ऑनलाइन नहीं होने से मुश्किलें तो बहुत थीं, पर रोमांच भरपूर था। उन डाकुओं में दो गुण और विशेष होते थे। वे सिर्फ बीहड़ों में रहते थे तथा कभी भागकर विदेश नहीं जाते थे।

वैसे सरकार समस्या के समाधान के लिए समय-समय पर प्रभावी कदम भी उठाती है। जैसे गरीब से गरीब व्यक्ति का भी किसी न किसी बैंक में जीरो बैलेंस वाला खाता खुलवाने की अनिवार्यता। सरकार का मानना है कि इससे गरीब में आत्मविश्वास पैदा होता है कि उसका भी बैंक में खाता है। और उसी बैंक में है जिसमें कई बड़े पूँजीपतियों के खाते हैं। यानी बैंकों के घाटों पर शेर और बकरी दोनों बराबर हैं। खाते में शून्य राशि हो तो खाताधारक को बिना पढ़े-सुने ही *गीता रहस्य* समझने का लाभ बोनस में मिलता है कि पूर्ण में से पूर्ण निकालो तो भी पूर्ण बचता है।

सरकार का कहना है कि देश को जिस समाजवाद की बरसों से प्रतीक्षा है, इस स्कीम से वह तुरन्त आएगा। गरीब के खाते में भले ही सदा जीरो बैलेंस रहे, लेकिन समर्थ लोग बैंकों से उधार लेकर विदेश भागेंगे ही। यहाँ भरपाई उन्हें करनी ही पड़ेगी जिनके खातों में थोड़ा-बहुत जमा है। इससे तय है कि जल्द ही उनके खाते भी जीरो बैलेंस वाले हो जाएँगे। जब सब के ही बैंक खाते जीरो बैलेंस वाले हो जाएँगे तो समाजवाद आएगा कि नहीं आएगा?

यों भी बैंक खाते में शून्य राशि हो तो खाताधारक को बड़ा आराम रहता है। आजीवन मेंटेन न करो तो भी एक पैसा कटने का डर नहीं। बैंक वाले एसएमएस चार्ज तक नहीं काट सकते। न उसके साथ कोई फ्रॉड हो सकता है। रोज देखते-सुनते हैं ही कि फलां के खाते से जालसाजों ने इतने निकाल लिए। आजतक ऐसा एक प्रकरण सामने नहीं आया जिसमें किसी ने जीरो बैलेंस वाले खाते से रकम निकाल ली हो, बल्कि जीरो बैलेंस वाला खाता तो इतना सुरक्षित होता है कि खाताधारक खुद एक पैसा नहीं निकाल सकता।

चूँकि सबके साथ से ही सबका विकास होगा। अतः सरकार की पूरी सख्ती है कि नगदी का चलन पूर्णतया खत्म हो। हर नागरिक अपनी पाई-पाई बैंक ही में जमा रखे, ताकि कोई भी लुटने के लाभ से वंचित न रह जाए।

कहाँ तो विदेश से कालाधन लाने का वादा और दावा था और कहाँ भाई लोग सफेद धन और ले गए, बल्कि ले जा रहे हैं। मजे की बात है कि लुटने वाले अभागे अपनी ही तर्जनी से बनाई हुई सरकार से इस मामले में पूछताछ भी नहीं कर सकते कि सरकार! दूसरे करें तो हम क्यों भरें? वैसे जिस दिन पूछा भी जाएगा तो टका-सा जवाब तैयार मिलेगा कि हाय-तौबा मत मचाओ। कोई अनहोनी नहीं हो रही है। लूटपाट का चलन आदिकाल से चला आ रहा है।

जहाँ तक बैंक लुटेरों के विदेश भागने का सवाल है तो इसके लिए हम नहीं, वे राइट बन्धु जिम्मेदार हैं जिन्होंने हवाईजहाज का आविष्कार किया था।

मंगल भवन अमंगल हारी

मंगल पर भेजा गया मंगलयान प्रथम प्रयास में ही सकुशल मंगल पर पहुँच गया, हालाँकि पहुँचा बुध को। मंगलयान यदि मंगल के दिन मंगल पर पहुँचता तो और मंगल होता। पर इसमें प्रक्षेपणकर्ताओं का क्या दोष? विधि के विधान को कौन टाल पाया है? भारतीय वैज्ञानिक तो हर मिशन का श्रीगणेश पंचांग देख-दिखाकर ही करते हैं। वैसे ही जैसे वैज्ञानिक दृष्टि सम्पन्न चिकित्सक भी मरीज के ऑपरेशन से पूर्व अपने ईष्ट की तस्वीर के आगे मंत्र पढ़ते हुए नारियल तोड़ता है।

ISRO के अध्यक्ष तो मंगलयान के सफल प्रक्षेपण की कामना के लिए तिरुपति गए ही थे। अब मंगलयान मंगल पर मंगल के बजाय बुध को पहुँचा तो इसमें चूक वैज्ञानिकों की नहीं, तिरुपति की ओर से रही।

मंगलयान के मंगल पर पहुँचने के समय तिथि-वार, घटी-पल क्या थे? ग्रहों-नक्षत्रों का योग उत्तम था अथवा अधम? स्वयं मंगल उच्च का था या नीच का? हमें इन झमेलों में पड़ने के बजाय मंगलयान की पीठ ठोकनी चाहिए कि पट्ठा भारतीय होने के बावजूद वहीं पहुँचा जहाँ के लिए रवाना किया गया था।

धन्यवाद मनमोहन सिंह सरकार का जिसके दस वर्षीय कार्यकाल में मंगल मिशन ही एकमात्र प्रॉजेक्ट रहा, जो अविवादित था और सफल भी। निश्चित ही उपग्रह का इंजन कोयले का नहीं था, अन्यथा योजना पर CAG की नजर जरूर पड़ती। जैसे कोल ब्लॉकों पर पड़ी।

आभार ISRO का जिसने सरकारी उपक्रम होने के उपरान्त गैर-सरकारी ढंग से काम किया। थैंक्स साइंटिस्ट्स और इंजीनियर्स को जिन्होंने तमाम कल-पुर्जे इस तरह जोड़े कि इंजन को स्टार्ट करने से पूर्व मंगलयान को बजाज के स्कूटर की तरह टेढ़ा करने की नौबत नहीं आई।

खुद मंगलग्रह के साहस की भी दाद देनी होगी कि पृथ्वी की चुनौती को अपनी ओर बढ़ते देखकर भी अपनी कक्षा से गायब नहीं हुआ। जैसे स्कूली दिनों में हम अपनी कक्षाओं से गायब रहते थे।

जुग-जुग बनी रहे नरेन्द्र मोदी सरकार, जिसने मनमोहन सिंह सरकार के साथ बदले की भावना से काम नहीं लिया, अन्यथा को नहीं जानत है जग मांहीं कि नरेन्द्र मोदी अपनी पर उतर आते तो मंगलयान को बीच रास्ते से भी लौटने का आदेश दे सकते थे और मंगलयान को झख मारकर भारतभूमि पर लौटना पड़ता, बल्कि जिस गति से गया था उससे दुगुनी गति से लौटना पड़ता।

सरकार से जानकारी मिली कि मंगलयान का प्रति कि.मी. यात्रा व्यय ऑटोरिक्शा के बराबर ही बैठा। मैं गदगद हूँ। इन दिनों मैं ऑटोरिक्शा से सब्जी खरीदने जाता हूँ तो लगता है जैसे सब्जीमंडी मंगलयान पर सवार होकर जा रहा हूँ। सम्भव है, मेरी तरह सरकार भी विचार कर रही हो कि जब ऑटोरिक्शा और उपग्रह दोनों की लागत बराबर बैठ रही है तो फिर सड़कों पर ऑटोरिक्शा ही क्यों चल रहे हैं?

मंगलयान का यात्रा व्यय ऑटोरिक्शा से सस्ता और वेग बुलेट ट्रेन से तीव्र हो सकता था, बशर्ते मंगल मिशन प्रॉजेक्ट की बुनियाद के समय भाजपा की सरकार रही होती। सर्वविदित है कि मंगलग्रह के नाम पर ही सप्ताह के एक दिवस का नाम मंगलवार है। मंगलवार के देवता हैं पवनसुत हनुमान। हनुमान जी से भाजपा की नजदीकियाँ जगजाहिर हैं ही। जब राम जी की आज्ञा से हनुमान जी पहाड़ उठा लाए थे तो क्या राम भक्तों के निवेदन पर तुच्छ मंगलयान उठाकर मंगलग्रह पर नहीं ले जाते? जो विशालकाय सूर्य को निगल जाए उसके आगे टुइयाँ-सा मंगलयान क्या बेचता है? बस, हनुमान जी की किसी मूर्ति के आगे चरणों में करबद्ध हो, हनुमानमुद्रा में बैठ, भाजपाई इतनी भर अरदास कर देते—'प्रबिसि नगर कीजे सब काजा। हृदयँ राखि कोसलपुर

राजा'। मंगल मिशन प्रॉजेक्ट के वक्त यूपीए की सरकार थी। अतः गवर्नमेंट और बजरंगबली दोनों ने एक-दूसरे की अनदेखी की। भारतवर्ष में देवी-देवताओं का सपोर्ट भी राजनीतिक परिदृश्य पर निर्भर रहता है।

मंगलयान पर सम्पूर्ण नियन्त्रण दूरस्थ मंगलग्रह पर पहुँचने के बाद भी उसे प्रक्षेपित करने वाले वैज्ञानिकों के हाथों में है। काश! ऐसा ही नियन्त्रण अपने द्वारा चुनकर निकटस्थ ही भेजे गए जनप्रतिनिधियों पर लाचार मतदाताओं को भी हासिल होता?

छद्मविभूषण

'स्वर्ग जीते जी नहीं मिल सकता' अथवा 'जो भी अमर हुआ, मर कर ही हुआ' इन रूढ़ियों को भी तोड़ा जा सकता है।

बिना देह त्यागे भी अमरत्व के नुस्खे हैं। अपनी स्टैच्यू बनकर आप ही खड़े हो जाओ या अपने नाम का कोई छोटा-मोटा सम्मान-पुरस्कार अपने ही कर कमलों से प्रदान करना चालू कर दो।

लक्ष्य सन्धान में तरकीबें दोनों अचूक हैं। विचारणीय यह है कि स्पीड और रिजल्ट कौन से तीर का बेहतर है।

अनुभवी बताते हैं कि अपनी मूर्ति आप ही बनकर खड़े होने में मार्ग लम्बा और कष्टकारी होता है। इस कवायद में धन तो तिनका भर लगता है, किन्तु ख्याति सीमित क्षेत्र में ही मिल पाती है। निकट से गुजरने वाले देखते हैं और निकल जाते हैं। दर्शकों के हँसने से उद्देश्य की गम्भीरता को भी क्षति पहुँचती है। तिस पर मौसम और कुटिल खल-कामी।

अपने नाम का सम्मान अपने ही हाथों देना जीवित काल में अमर होने के लिए बेहद कारगर है। इस फॉर्मूले से व्यक्ति बजाय चलकर स्वर्ग जाने के अपना स्वर्ग यहीं बना सकता है।

वर्ष में एक बार अपने जन्म-दिवस या अन्य किसी सुअवसर (पुण्यतिथि को छोड़कर) के बहाने किसी कबूतर-कौए को पकड़ो। उसे यथेच्छा नकद, शॉल-श्रीफल, स्मृति चिह्न वगैरह थमाओ। सम्मान पाकर पंछी आपकी हवा

के बल उड़ानें भरेगा। उड़-उड़कर आपके नाम का यश फैलाएगा। ग्रहण किया हुआ दाना-पानी बोलता ही है, सो आपके विरोधियों पर बीट कर-करके उऋण भी होता रहेगा।

उस दिन हैदराबाद में साहित्यिक समारोह था। कई लोग जुटने थे। मैं भी उनमें से एक था। वह मुझसे पहले ही हैदराबाद पहुँच चुका था। मुझे होटल में उसी के साथ ठहरना था।

मैं जब कमरे में पहुँचा तो देखा कि ए.सी. की ठंडक में भी उसके चेहरे पर पसीना झलक रहा था। जैसे ग्लास में बर्फ पड़ी हो तो ग्लास के बाहर जल कण चिपक जाते हैं।

हमने परस्पर एक-दूसरे का अभिवादन किया। उसने बैठे-बैठे ही मिलाने के लिए अपना हाथ बढ़ाया। पंजा लड़ाने की तरह।

मैं कुर्सी पर टिका। उसने मुझसे बधाई लेने की गरज से कहा, "कल मुम्बई में मुझे इस साल का 'नीलकंठ साहित्य सम्मान' मिलने जा रहा है।"

मैंने उसे बधाई दी। उसने मुझसे पंजा लड़ाने की मुद्रा में ही फिर से हाथ मिलाया।

श्री शिवशंकर 'नीलकंठ' श्रद्धेय सुकवि हैं। वह चाहते हैं कि उनका श्रद्धेयपना सतत रेखांकित भी होता रहे। अपनों के हित जहर पीते रहे, अतः 'नीलकंठ' कहलाए। वह अपने किसी चहेते को अपने ही हाथों प्रतिवर्ष 'नीलकंठ साहित्य सम्मान' प्रदान करते हैं। उनका मानना है कि मरने के बाद मुहर बनकर अमर हुए तो क्या हुए? मजा तब है, जब हस्ताक्षर बनकर जिया जाए।

उम्रदराज साहित्यकार के मरने की उसके चेले-चपाटी प्रतीक्षा करते रहते हैं कि दद्दा की वेटिंग क्लियर हो तो इनके नाम से कोई पुरस्कार वगैरह शुरू करें। कई यशाकांक्षी साहित्यकार अपने शुभचिन्तकों की मनोकामना पूर्ण करने के लिए समय पूर्व मरते भी हैं, किन्तु 'नीलकंठ' जी का मानना है कि ऐसा करने से यशेच्छु का इहलोक तो बिगड़ता ही है, परलोक भी बिगड़ता है। जीवनभर यश की कामना लिये पतझड़ गिनते रहो। मरने के बाद आत्मा की मुक्ति नहीं। जब पता लगे कि दूसरे उसके नाम की मुहर गढ़कर अपने

और अपनों के प्रमाण-पत्र सर्टीफाई करने में लगे हैं।

वेटर चाय दे गया। मैंने चाय सुड़कते हुए पूछा, "भाई, 'नीलकंठ साहित्य सम्मान' मिलना तो गौरव की बात है, फिर तुम्हारे हाव-भाव में उद्विग्नता-सी क्यों है?"

उसने बताया, "दद्दा का आदेश है कि अपने लिए स्मृति चिह्न मैं ही खरीदकर लाऊँ। इस काम के लिए आज ही का वक्त है। आज सन्ध्या से यहाँ समारोह है। कल प्रातः की फ्लाइट से मुझे मुम्बई पहुँचना है। कल वहाँ दिन में समय मिले न मिले। समय भी मिले तो मन चाहा स्मृति चिह्न मिले, न मिले।"

मैंने उसे सम्बल दिया, "डोंट वरी। अभी दस बजे हैं। नहा-धोकर चलते हैं। स्मृति चिह्न खरीदकर लंच तक लौट आएँगे।"

मेरी बात सुनकर वह इस अदा से खड़ा हुआ, जैसे सम्मान समारोह में स्मृति चिह्न पकड़ते हुए फोटोग्राफरों को पोज दे रहा हो।

वस्तुतः यह सम्मान मेरे न ग्रहण करने की वजह से ही उसे मिलने जा रहा था। कोई एक माह पुरानी घटना थी। मैं बाथरूम से निकला। मैंने देखा कि मेरे सेलफोन पर पाँच मिसकॉल आई पड़ी हैं। पाँचों कॉल दद्दा की ही थीं। सेलफोन में नाम-नम्बर फीड हों तो खटका दबाते ही स्क्रीन पर उभर आते हैं। मैं जिन लोगों से जुड़ना चाहता हूँ, भले ही उनका नाम-नम्बर अपने सेलफोन में फीड न रखूँ, किन्तु उन लोगों के नाम-नम्बर अवश्य फीड रखता हूँ, जिनसे बचना चाहता हूँ। बच भी न सकूँ तो कम से कम सतर्क तो हो ही सकूँ।

लगातार पाँच मिसकॉल आने से ही मैं समझ गया कि हो न हो, वह इस बार का अपने नाम का पुरस्कार मुझे टिकाना चाहते हैं।

मैंने शिष्टाचार में फोन मिलाया। वह बोले, "तुम तो जानते ही हो कि मैं अपने जन्म-दिवस पर वर्ष में एक बार किसी को सम्मानित करता रहा हूँ। बैठा-बैठा नाम शॉर्टलिस्ट कर रहा था कि अचानक तुम्हारा ध्यान आया।"

मैं अचकचाया, "किन्तु दद्दा मैं समझता हूँ कि अभी मेरा सम्मान का वक्त...।"

वह उत्साह बढ़ाने की गरज से बोले, "तुम मन तो बनाओ। रही बात वक्त की समस्या की तो मैं अपना जन्म-दिवस आगे-पीछे कर लूँगा।"

मैंने स्पष्ट किया, "वक्त से मेरा तात्पर्य दूसरा है। मैंने अभी ऐसा उल्लेखनीय काम कुछ नहीं किया है कि आप द्वारा सम्मानित किया जाऊँ।"

वह कहने लगे, "हैलो...। सम्मान काम के लिए थोड़े ही होता है। सम्मान तो नाम के लिए होता है। सोच लो, तुम्हारी जरा सी हल्दी-फिटकरी तो लगेगी लेकिन रंग चोखा आ जाएगा?"

मैंने निवेदन किया, "आप तो जानते ही हैं दद्दा मेरी आर्थिक दशा। चादर छोटी और पैर लम्बे।"

उन्होंने कहा, "घबरा क्यों रहे हो? घर का मामला है। तुम्हारा हाथ तंग है तो पुरस्कार की राशि कम कर दूँगा।"

मैं बोला, "नहीं। इस बार मुक्ति दे दो। भविष्य का वादा करता हूँ। आज ही से थोड़ी-थोड़ी बचत करूँगा तो सम्भव है आपके अगले जन्म-दिवस तक सम्मानित होने लायक जोड़ लूँ।"

उन्होंने ब्रह्मास्त्र फेंका, "सम्मान योग्य नाम तो और भी बहुत हैं, लेकिन मैं तुम्हें ही सम्मानित करना चाहता हूँ। पानी ढलान की ओर बहता है।"

वह हँसने लगे। मैंने तुरन्त फोन काट दिया।

सम्भव है, वही सब इससे भी कहा होगा कि सम्मान योग्य नाम तो कई हैं, लेकिन मैं तुम्हें ही सम्मानित करना चाहता हूँ, क्योंकि पानी ढलान की ओर बहता है। और मक्खी शहद पर बैठ गई।

हम दोनों होटल से बाहर निकले। उसकी चाल में चपलता और मादकता थी।

थोड़ी देर खोजने पर बाजार में एक दुकान मिल गई, जिसमें नाना आकार-प्रकार की मूर्तियाँ, शिल्प आदि थे।

हमने दुकानदार को 'नीलकंठ साहित्य सम्मान' की भावभूमि समझाते हुए कोई सस्ता, सुन्दर, टिकाऊ स्मृति चिह्न माँगा।

दुकानदार ने साहित्य तथा सस्ता के परम्परागत रिश्ते को समझते हुए कोई सरस्वती प्रतिमा क्रय कर लेने की सलाह दी।

वह तनिक खिन्न हुआ और बोला, "सरस्वती छोड़कर कुछ और दिखाओ उस्ताद। ये सरस्वतियाँ पा-पाकर आजिज आ चुके। घर में पहले

ही से इतनी सरस्वतियाँ धरी पड़ी हैं कि भंडार की बड़ी अपूरब बात। कुछ मारक-सी चीज बताओ। ड्राइंग रूम में रखी हुई सुदर्शनचक्र का काम करे। सुदर्शन भी और चक्र भी।"

हम स्मृति चिह्न पसन्द कर ही रहे थे कि 'नीलकंठ' जी ने उसके सेलफोन पर मिसकॉल मारी। उसने पलटकर फोन किया तथा उनसे मिसकॉल मारने का कारण पूछा।

'नीलकंठ' जी ने जानना चाहा, "शॉल और श्रीफल का जुगाड़ मैं करूँ या वो सब भी तुम ही लेते आओगे? सुनो, खरीदने पड़ें तो रहने देना। ससुरे इतने मिलते रहते हैं कि बक्सा-पेटी खँगालूँगा तो एक-आध नया-पुराना निकल आएगा।"

उसने सूचना दी, "दद्दा, आप अभी शॉल-वाल ढूँढ़ने की जहमत न उठाएँ। आज वाले कार्यक्रम के आयोजक ने भरोसा दिया है कि आज के सभी आमन्त्रित साहित्यकारों को ये सब चीजें बाँटी जाएँगी। जो मुझे मिलेगा, कल पहुँचकर मैं आपको भेंट कर दूँगा, फिर आप मुझे भेंट कर देना।"

फोन कटा। हम दोनों पुनः अपने काम में लग गए। अन्ततः खोज पूरी हुई। स्मृति चिह्न के रूप में कोई दो फुट ऊँचा मॉडर्न आर्ट का ऐसा नमूना पसन्द कर लिया गया जो देखने में सरगासूली-सा था, लेकिन कोई समझा दे तो कीर्तिस्तम्भ।

स्मृति चिह्न पैक कराया। लंच टाइम होने वाला था। हम होटल लौट रहे थे। रास्ते में मैंने उससे पूछा, "सम्मान के अन्तर्गत राशि कितनी मिलती है?"

उसने बताया, "मार्गव्यय भर समझिए। प्रसाद की मात्रा नहीं देखी जाती। सम्मान्य व्यक्ति ट्रेन से यात्रा न करे तो कुल इक्यावन सौ रुपये दिए जाते हैं। ट्रेन से आने-जाने वाले को मात्र थर्ड ए. सी. का तीन तरफ का किराया मिलता है। जिसके लिए उसे ओरिजनल टिकट बताना होता है। एक बार किसी साहित्यकार ने यह चालाकी कर डाली कि थर्ड ए. सी. के टिकट बनवाए। उनकी फोटो कॉपी उतरवाई और उन्हें रद्द करवा लिया। बाद में यात्रा तो जनरल सेकंड क्लास में की और फोटो कॉपी दिखाकर किराया थर्ड ए. सी. का उठा लिया। उसकी यह पॉलिसी किसी प्रतिस्पर्धी ने लीक कर दी।

तब से दद्दा चौकन्ने हो गए तथा ओरिजनल टिकट देखकर ही लिफाफे में सम्मान राशि डालने लगे।"

हम होटल पहुँचे। लंच का ऑर्डर दिया। मैं कपड़े बदलने लगा। वह पैकिंग खोलकर स्मृति चिह्न पर नेमप्लेट चिपकाने लगा 'नीलकंठ साहित्य सम्मान'। वह ऐसी दो नेमप्लेटें अपने शहर से ही किसी कम्प्यूटर आर्टिस्ट से डिजायनदार अक्षरों में बनवाकर लाया था, ताकि इस काम के लिए तो न भटकना पड़े।

वह इस काम से निबटा ही था कि 'नीलकंठ' जी ने उसके सेलफोन पर फिर मिसकॉल मार दी। उसने तुरन्त फोन लगाया, "हैलो, स्मृति चिह्न ले आया हूँ। उस पर जो लिखना था, वह भी लिख दिया है। शॉल-श्रीफल आज मिल ही जाएँगे। मेरी ओर से तैयारियाँ पूरी हैं। अब तो इन चीजों को आपके कर कमलों से ग्रहण करना भर शेष है, बस।"

"चलो झंझट मिटा," उधर से आवाज आई, "कल यहाँ पहुँचकर ठहर कहाँ रहे हो?"

"आप बताओ कहाँ ठहरना है?"

"मैं क्या बताऊँ? सम्मानित होने तो तुम आ रहे हो?"

"किसी होटल में एक रूम ले लूँगा।"

"किन्तु सब सामग्री मुझे कैसे दोगे?"

"सम्मान के लिए आऊँगा, तब साथ लेता आऊँगा। मंच पर आप मुझे देंगे, उससे पहले मंच पर ही मैं आपको दे दूँगा।"

"दे तो सकते हो, पर जरा अटपटा नहीं लगेगा? चलो, तुम यहाँ तो पहुँचो। मैं किसी को भेजकर होटल से कलेक्ट करवा लूँगा या टैक्सी वगैरह करके दोपहर तक तुम ही घर आकर दे जाना।"

उधर फोन पर उनकी वार्ता समाप्त हुई। इधर खाना लग गया था। खाना खा चुकने के बाद लेटते हुए मैंने उससे पूछा, "शॉल, श्रीफल, स्मृति चिह्न तुम्हारे पास होगा ही। नकद राशि इक्यावन सौ रुपये मिलेगी, उससे अधिक फ्लाइट का किराया ठुक रहा है। वहाँ पहुँचकर भी अपने ही खर्चे से ठहरना-खाना है। सब चीजें शाम को लेने के लिए दोपहर में देने

भी जाना पड़ेगा। क्यों नहीं सीधे ही अपने घर जाकर स्मृति चिह्न ड्राइंगरूम में धर देते?"

उसने सगर्व कहा, "लेकिन सम्मान का महत्त्व तो समारोहपूर्वक लिए जाने में है। मूल्य उस फोटो का है, जो 'नीलकंठ साहित्य सम्मान' ग्रहण करते हुए खिंचेगी। फिर जो व्यक्ति जीवित काल में स्वर्ग चाहता है, मैं कैसे उसे त्रिशंकु बना दूँ? तुम यह भी तो समझने की कोशिश करो कि ग्राउंड फ्लोर से ऊपर जाने के लिए सम्मान-पुरस्कार सीढ़ी नहीं, लिफ्ट का काम करते हैं।"

मैंने मजाक की, "मित्र, मैं तो ऐसा सम्मान मरणोपरान्त भी नहीं लेना चाहूँगा।"

अन्य द्वारा अपना उपहास किए जाने पर स्वयं भी उसमें शामिल हो जाओ तो उपहास का वजन घटता है। उसने एक आँख दबाकर कहा, "'नीलकंठ साहित्य सम्मान' मरणोपरान्त मिल भी नहीं सकता, क्योंकि तमाम व्यवस्थाएँ लेने वाले को ही करनी होती हैं।"

जब मैं चुनाव जीतते-जीतते बचा

जब लोगों ने ताने मारे कि सदनों में भेजे जाने लायक ईमानदार लोग देश में हैं कहाँ? मुझे अपना बल याद आया। मैंने चुनाव लड़ा, हालाँकि मैं हारा। अपने चुनावी नतीजे के साथ ही मैं इस नतीजे पर भी पहुँचा कि भारत की जनता फिलहाल ईमानदार जनप्रतिनिधि ही अफोर्ड कर सकती है, प्योर ईमानदार नहीं।

चुनौती बड़ी थी। मेरी पारिवारिक पृष्ठभूमि भी राजनीतिक नहीं थी। ना मेरे दादा-परदादा कभी राजनीति में रहे, ना मेरे माता-पिता। यानी मुझे तो यह कहावती सुविधा तक प्राप्त नहीं थी कि चूहे का जाया है, बिल ही खोदेगा। इसका अर्थ यह भी न निकाला जाए कि मुझमें राजनीतिक चेतना का अभाव है। मैं ऐसा मतदाता हूँ जिसके सम्मुख सारे प्रत्याशी अपने विरोधी को वोट देने के लिए गिड़गिड़ाते हैं, क्योंकि मैं जिसे वोट दे आता हूँ उसकी जमानत भी नहीं बच सकती। अपना चुनाव परिणाम आने पर मुझे भी पछतावा हुआ था कि हाय! मैंने अपना वोट स्वयं को ही क्यों दे डाला?

करम गति टारे नहीं टरै। परिजन बताते हैं कि नेतागिरी का वायरस मेरी जन्मकुंडली में ही था। जब छोटी उम्र में ही मैं घरेलू सब्जी-किराना की खरीद में कमीशन खाने लगा और घर वालों को स्कूल की बताकर सिनेमा जाने लगा, तब मेरे पिताजी ने मेरी जन्मकुंडली गाँव के नामी-गिरामी ज्योतिषी बदरी महाराज को दिखाई थी। बदरी महाराज अपने कुर्ते की दाहिनी बगल वाली जेब में कोई दो-चार बरस पुराना पंचांग हर घड़ी पटके रखते थे। दो-चार बार

कुर्ते के साथ ही धुल जाने से पंचांग पुराना होकर भी नए का लुक देता था। बदरी महाराज इतने जबरदस्त पढ़े-लिखे थे कि कैसी भी लिखावट हो, देखते ही स्याही का रंग बता देते थे, बल्कि एक ही लिखावट जितनी बार भी देखते, उतनी ही बार स्याही का भिन्न रंग बताते थे। इसी गहन समझ के कारण उनके यहाँ दिनमान जानने वालों की गहमा-गहमी रहती थी। ज्योतिष के क्षेत्र में शून्य समझ के बोनस अंक होते हैं।

बदरी महाराज ने पहले तो मेरी जन्मकुंडली को चटाई पर वैसे ही फैलाया जैसे प्रॉपर्टी डीलर ग्राहक के सामने भूखंडों का नक्शा फैलाता है। फिर कुंडली के कागज को अँगूठे और तर्जनी की चिमटी में पकड़ा तथा आकाश की ओर उठाकर विशेषज्ञ भाव से देखा, जैसे डॉक्टर ट्यूबलाइट की ओर उठाकर मरीज का एक्स-रे जाँचता है और उसे यह तक ध्यान नहीं रहता कि ट्यूबलाइट चालू है या बन्द है। बदरी महाराज ने मेरे पिताजी से साफ कह दिया था कि एक न एक दिन आर्यपुत्र चुनाव अवश्य लड़ेगा, क्योंकि इसकी कुंडली में कुंडली मारकर बैठा नीच का चन्द्रमा, उच्च के बृहस्पति को चकमा देकर कन्या राशि की ओर घूर रहा है।

जैसा कि चुनाव लड़ने वाला प्रत्येक प्रत्याशी दावा करता है, मैं भी जुझारू, ईमानदार और लोकप्रिय था। जुझारू ऐसा कि पढ़ाई के दौरान एकवर्षीय पाठ्यक्रम भी सदैव पंचवर्षीय योजना के तहत पढ़ा। जब-जब बेईमानी का अवसर नहीं मिला, तब-तब मैं ईमानदार भी रहा। अपनी लोकप्रियता के बारे में तो स्वयं ही अपनी आरती क्या उतारूँ? बेहतर हो आप उनसे पूछें जिनसे मैंने उधार ले रखा है।

जिस प्रकार मीडिया के लिए सर्वाधिक बुरी खबर ही सर्वाधिक अच्छी खबर होती है, वैसे ही राजनीतिक दलों के लिए भी दुर्जनतम व्यक्ति ही योग्यतम प्रत्याशी होता है। अत: मुझे किसी दल ने टिकट नहीं दिया। टिकट माँगने पर सभी दलों ने एक ही टका-सा जवाब दिया कि तेरे ऊपर आजतक शान्तिभंग तक का तो आरोप लगा नहीं है और चला है चुनाव का टिकट माँगने। छाछ भी कहने लगी है कि मुझे चबाकर खाओ। यहाँ जघन्य अपराध कर चुके सज्जनों की ही आर.ए.सी. क्लियर नहीं हो रही है और तू चाहता है कि तेरे

जैसे निरपराधी की वेटिंग कन्फर्म हो जाए? चूँकि मैं चुनाव से पहले ही नहीं हारना चाहता था, सो मैंने निर्दलीय के रूप में चुनाव लड़ा।

मेरा चुनाव घोषणा पत्र इतना आकर्षक था कि सभी दलों ने अक्षरश: न सिर्फ तब उसकी नकल की बल्कि आजतक कर रहे हैं और भविष्य में भी नकल करते रहेंगे। मात्र छह शब्दों में ब्रह्मांड को समेट दिया था मैंने। मेरा घोषणापत्र था—'शर्तिया इलाज नहीं तो बीमारी वापस'।

मेरा नामांकन वाला एपिसोड बड़ा रोचक रहा। नामांकन हेतु मैं घर से निकला। देखा, बाहर भारी भीड़ जुटी है। मैं आह्लादित। जिसे प्रस्तावक तक खोजने में पसीने आ गए थे, उसके नामांकन के लिए अपार जनसमूह?

रहस्य जरा देर से खुला। दरअसल, उस दिन अपनी जमानत राशि के जुगाड़ के चक्करों में मैं सुबह के अखबार नहीं देख पाया था। अखबारों में छपना तो था कि आज सम्पत सरल अपना नामांकन भरने जाएगा और छप यह गया था कि आज सम्पत सरल अपना नाम वापस लेने जाएगा। मजे की बात रही कि मेरे शिकायत करने के बावजूद किसी अखबार ने गलत खबर का खंडन नहीं छापा। अखबार वालों का जायज तर्क था कि खंडन छापने से पाठकों में सन्देश जाता है कि अखबार ने गलती की है। जिन पाठकों ने गलत खबर नहीं पढ़ी होती है वे भी खंडन पढ़कर पुराना अखबार निकालते हैं और गलत खबर पढ़ डालते हैं। अपनी गलती स्वीकारने से अखबार की साख खराब होती है।

अगले दिन मैंने देखा कि वे ही चेहरे झंडे-बैनर बदलकर मेरे विरोधी के नामांकन के जुलूस में शामिल थे। चुनाव के समय ऐसी बातों को गम्भीरता से नहीं लेना चाहिए। मैंने भी नहीं लिया। सर्वविदित है कि उत्सवधर्मी भारत में ऐसे प्रोफेशनल बाराती असंख्य हैं जो माँगे का सूट पहनकर अनजानी बारातों में भांगड़ा करते हुए दिख जाते हैं—आज मेरे यार की शादी है।

पूरे चुनाव अभियान के दौरान मेरे विरोधी ने मेरे खिलाफ इतना दुष्प्रचार किया कि मेरा प्रचार का खर्च बच गया। अन्यथा आजकल छोटे से चुनाव में ही इतना आर्थिक व्यय होने लगा है कि बाद में चुनाव आयोग को फर्जी हिसाब बनाकर देना पड़ता है। मैंने मेरे विरोधी का उसके घर जाकर आभार प्रकट

किया, जिसके दुष्प्रचार कर देने भर से मेरा धन और ईमान दोनों बच गए।

मेरी साफ छवि को देखते हुए मीडिया ने मुझे मुफ्त और खूब कवरेज दिया। वस्तुत: अपवाद को छोड़कर मीडिया के लिए चुनाव का सीजन आढ़त और दलाली का होता है। मीडिया जानता है कि भय के बिना प्रीति भले ही हो जाए, प्राप्ति नहीं हो सकती। अत: बेईमानों से धन वसूलना है तो ईमानदारों का इस्तेमाल करो। चुनावी रण में मीडिया का बड़ा भाग शिखंडी की भूमिका में होता है जिसकी ओट से पेड न्यूज़ के बाण चलाए जाते हैं। महाभारत में सत्ता का युद्ध कुरुक्षेत्र में लड़ा गया था। भारत में सत्ता का युद्ध बीच बाजार लड़ा जाता है।

मैंने सोशल मीडिया का भरपूर दोहन किया। लाभार्थी जानते ही हैं कि सोशल मीडिया की वजह से चुनाव बड़े रोमांचक और मनोरंजक होने लगे हैं। सोशल मीडिया पर लोग जनमत जगाने में इस कदर डूब जाते हैं कि अपना वोट तक डालने का समय नहीं निकाल पाते। आज यदि किसी नेता का डिजिटल नेटवर्क और फैनक्लब नहीं है तो वह चुनाव जीतना तो दूर, लड़ ही नहीं सकता है। राजनीति में डटे रहने के लिए सोशल मीडिया में हर नेता का इस सीमा तक पॉपुलर होना जरूरी हो गया है कि उसके निवृत्त होने की तो छोड़ो, सेवानिवृत्त होने की ही सूचना पोस्ट कर दी जाए तो पाँच मिनट में न्यूनतम पाँच हजार लाइक तो आने चाहिएँ।

मैंने चुनाव प्रचार के दौरान सन्देह का लाभ खूब लिया। टोपी वालों से टोपी लगाकर वोट माँगे और तिलक वालों से तिलक लगाकर। फ़िल्म को बॉक्स ऑफिस पर डूबने से बचाना हो तो अभिनय में डूबना पड़ता है।

मैं लच्छेदार भाषण देता। जहाँ कहीं एक-दो जन भी जिस किसी मुद्रा में फँस जाते, मैं शुरू हो जाता। इस आशा और विश्वास से कि मेरा भाषण सुनकर और लोग खिंचे चले आएँगे। जैसा मदारी के डमरू बजा देने पर होता है। लेकिन मैं देखता कि जो एक-दो जन पकड़ में आते, मेरे बोलना शुरू करते ही वे भी खिसक लेते। हालाँकि, उनके जा चुकने के बाद भी मैं अपना भाषण जारी रखता। मेरी लाचारी समझिए। एक तो बोलने की लत, ऊपर से मैं चुनावी प्रत्याशी।

मैं रात में देर से सोता और प्रातः शीघ्र ही उठ जाता। जिस किसी दिन उठने में जरा विलम्ब कर देत तो पानी के छींटे मारकर, गुदगुदी करके या कानों में धागा-बत्ती डालकर पत्नी उठा देती अथवा पिताजी दो-चार जूते फटकार देते कि नालायक अभी से सो लेगा तो चुनाव जीतने के बाद क्या काम रह जाएगा?

एक भला व्यक्ति चुनाव लड़ रहा हो तो कदम-कदम पर नैतिकता-अनैतिकता का द्वन्द्व बहुत उलझाता है। इस समस्या से मुक्ति के लिए मैंने खादी का सहारा लिया। तन पर खादी धारण कर ली जाए तो आत्मा की डिक्शनरी से नैतिक-अनैतिक शब्द डिलीट हो जाते हैं। वेशभूषा का अपना असर होता ही है। रावण ने भी सीता हरण के समय साधु की यूनिफॉर्म रणनीति के तहत धारण की थी। वह जानता था कि भले ही मेरे बीस भुजाएँ और दस शीश हैं, किन्तु बिना साधु का वेश धारे एक निरीह स्त्री का अपहरण करूँगा तो दया आना तय है।

हाँ, मैंने चुनाव के दौरान एक बूँद भी शराब नहीं बाँटी। फलतः कई मतदाताओं ने मुझ पर आदर्श चुनाव आचारसंहिता के उल्लंघन के आरोप जड़ दिए। मेरे विरोधी ने पर्याप्त सुरा वितरण किया। जिसे रसिक मतदाताओं ने पुलिस वालों से लुक-छिपकर पी। इस डर से कि पुलिस वालों के सामने पीएँगे तो वे भी माँग लेंगे।

मैंने चुनाव में हाड़तोड़ मेहनत की। मतलब मेहनत भी की और हाड़ भी तुड़वाए। हुआ यूँ कि मैंने सोचा कि लेखक होने के नाते विरोधी दलों के प्रति सकारात्मक बोलना चहिए। मेरी सकारात्मकता का दुष्परिणाम यह निकला कि मैंने कांग्रेस को ईमानदार कहा तो भाजपाइयों ने पीटा। भाजपा को ईमानदार कहा तो कांग्रेसियों ने पीटा। दोनों दलों को ईमानदार कहा तो जनता ने पीटा।

कुल मिलाकर मैं चुनाव हार गया। मतदाताओं ने मेरे साथ विश्वासघात किया। मतदाताओं का भी क्या दोष? उन्होंने मेरे साथ वही किया जो चुनाव जीतने के बाद मैं उनके साथ करता। प्रसन्नता इस बात की रही कि मैं दूसरे स्थान पर ही रहा। यह अलग बात है कि चुनाव में खड़े ही दो लोग हुए थे।

और तो और, मेरी पत्नी तक ने मुझे अपना वोट नहीं दिया। जिसे मैं अपना शुभचिन्तक समझता था, वह भी राष्ट्र की शुभचिन्तक निकली।

पर टक्कर काँटे की रही। मुझे मेरे विरोधी से मात्र एक वोट कम मिला। हुआ यूँ कि मैं सपत्नी मतदान करने गया था। वोटिंग मशीन पर मेरा नाम देखते ही मेरी पत्नी ने 'नोटा' वाला बटन दबा दिया। हालाँकि, मतदान करने मेरा विरोधी भी पत्नी को साथ ले गया था किन्तु वह 'असली' नेता था, सो अपनी को नहीं ले गया था।

लाइन पर आ जाएगा ऑनलाइन

वर्चुअल कभी रियल का विकल्प नहीं हो सकता और न ऑनलाइन कभी ऑफलाइन का। उलझने की नौबत आई तो हम भारतीयता की कैंची से इस अन्तर्जाल को काट लेंगे। जो ड्राइविंग के समय बायाँ इंडिकेटर देकर दाएँ मुड़ जाते हों, डिजिटलाइजेशन उनका कुछ नहीं बिगाड़ सकता।

बेशक डिजिटलाइजेशन से बैंकिंग और वित्तीय क्षेत्र में भारी फायदा हुआ है। ठगी तक ऑनलाइन हो गई। व्यक्ति बिना बैंक गए न सिर्फ अपने खाते से पैसा निकाल सकता है, बल्कि बिना बैंक गए औरों के खातों से भी पैसा निकाल सकता है, बशर्ते शिकार के खाते में रकम हो और शिकारी को टेक्नीक आती हो।

बाजार के अखाड़े में ऑनलाइन सिस्टम हमसे जल्द पटखनी खा जाएगा। जैसा कि दुनिया जानती है, नगद खरीदी हम जरूरी चीज की भी टालते रहते हैं, जबकि उधार मिलने पर गैरजरूरी चीज भी डबल लेते हैं। ऑनलाइन खरीदारी में उधार मिलता नहीं है। भुगतान प्रीपेमेंट या डिलीवरी के टाइम करना ही होता है। बाय द वे कोई कम्पनी ललचाने के लिए हमें उधारी की सुविधा दे भी देगी तो वसूली के समय हम झट ऑनलाइन से ऑफलाइन हो जाएँगे।

स्कूली शिक्षा में ऑनलाइन कांसेप्ट निभेगा नहीं। अध्यापक विद्यार्थियों को ऑनलाइन पढ़ा ही सकता है, ऑनलाइन पीट नहीं सकता।

एक गुरुजी टकरा गए। एक हाथ में इस्तीफा लिए थे और दूसरे में बेंत।

इस्तीफा उसके लिए जिसने उन्हें नौकरी दी थी और बेंत उसके लिए जिसने पढ़ाई के ऑनलाइन सिस्टम का आविष्कार किया है।

प्रणाम कर, इस्तीफे का कारण पूछा तो बिफर पड़े, "पच्चीस साल की मास्टरी में ऐसा बुरा दौर नहीं देखा। साठ-सत्तर बच्चों की क्लास में दो-चार को पीट लेता था तो लगता था आज का चैप्टर पूरा हुआ। नियमित पिटते रहने पर बच्चे भी सन्तुष्ट रहते थे कि सर कोर्स बराबर कम्प्लीट करा रहे हैं। जिस उद्‌देश्य के लिए मास्टरी ज्वॉइन की थी, जब वही पूरा नहीं कर सक रहे हैं तो जगह खाली करें।"

मैं स्वयं थोड़े समय अध्यापक रहा हूँ। उनकी पीड़ा समझ सकता हूँ। विद्यार्थियों को बिना पीटे पढ़ाना शिक्षा को समर्पित अध्यापक को कामचोरी सा लगता है, बल्कि संस्कारी विद्यार्थी तो बिना पीटे पढ़ाने को पढ़ाना ही नहीं मानते।

जो अपने स्कूली दिनों की पिटाई से उऋण होने के लिए ही अध्यापक बने हों, वे ऑनलाइन पढ़ाने को कतई स्वीकार नहीं करेंगे।

धर्मक्षेत्र के कुरुक्षेत्र में तो सारी झमाझम ही ऑफलाइन से है।

ऑनलाइन समझाना कारगर होता तो क्यों कृष्ण अर्जुन से आमने-सामने सम्वाद करते? बाँसुरीवादन के वर्चुअल टेलीकास्ट से क्या कृष्ण-गोपियों के उद्‌देश्य पूरे हो सकते थे? रास रचाने का मजा क्या रास के फेसबुक लाइव में है?

आरतियाँ, झाँकियाँ सिर्फ ऑनलाइन ही होने लगीं तो धर्मस्थलों में रखे दानपात्रों की गत क्या डाक के डिब्बों सरीखी नहीं हो जाएगी? क्या भक्तों के लिए कोई ऐसा एप है जिससे घर बैठे भंडारा-प्रसादी डाउनलोड की जा सके? उन पेशेवर कथा-प्रवचनकारों की व्यासपीठें नहीं हिल जाएँगीं जो भंडारा-प्रसादी की ओट में ही भक्तों की भीड़ जुटाते हैं।

धैर्य रखें, डिजिटल इंडिया को उसके निर्माता ही औकात दिखा देंगे जब चुनावी रैलियाँ होंगी। चुनावी लोकतंत्र में रैलियों की अपनी महत्ता होती है। ऐसा नहीं है कि चुनावी रैलियों की ऑनलाइन खाना-पूर्ति नहीं की जा सकती, पर ऑनलाइन चुनावी रैलियाँ श्राद्धकर्म-सा होती हैं। न प्रशंसकों का

हुजूम, न नारे, न जयकारे। श्रोताओं और वक्ताओं के मेल-मिलाप का मजा ही कुछ और होता है। चुनाव के समय एक नेता को तभी तृप्ति मिलती है जब उसी के खर्च से जुटे असंख्य लोग अपनी ठगी रिन्युअल कराते उसे साक्षात दिखें भी। मंच के सम्मुख बैठी भीड़ मंच से फुफकारते नेता के लिए बजती हुई बीन का काम करती है।

क्या निष्प्राण तकनीक जीवन्त कलाओं यथा-कविसम्मेलन, मुशायरा, नाटक, संगीत समारोह आदि को निगल जाएगी? हुजूर, निष्प्राण तकनीक का सताया हुआ ही तो जीवन्त कलाओं की शरण में आता है।

जीपीएस के सहारे लोकेशन तक ही पहुँचा जा सकता है, मकसद तक नहीं। हाँ, लोकेशन तक पहुँचना ही मकसद हो तो अलग बात है।

शराब पर काऊ सेस

चीयर्स!

पुराणों के अनुसार जरा सी गौसेवा से भी पूरा स्वर्ग मिलता है। और पुराणों में जैसा स्वर्ग वर्णित है, वर्तमान राजनीति में उसी को सत्ता कहा जाता है।

समाचार पत्रों, न्यूज़ चैनलों से ज्ञात हुआ कि कई भाजपा शासित राज्य सरकारों ने शराब पर काऊ सेस यानी गौसेवा उपकर लगाने का प्रस्ताव तैयार किया है। पता नहीं प्रस्ताव कार्य रूप में परिणत होगा कि नहीं, लेकिन हो जाए तो निःसन्देह गौशाला और मधुशाला दोनों का उद्धार होगा। गौशालाओं के शिलान्यास और मधुशालाओं के लोकार्पण समान्तर चलेंगे।

हाँ, खबरों से यह स्पष्ट नहीं हुआ कि शराब पर देशी, अंग्रेजी, ब्रांड, क्वालिटी, कीमत के हिसाब से गौसेवा उपकर की दरों में अन्तर होगा या नहीं। मेरा मत है कि अन्तर नहीं रखना चाहिए, अन्यथा यह समाजवाद की भावना के विपरीत होगा। शराबी सम्पन्न हो या विपन्न, स्वर्ग के लाभ सबको समान मिलने चाहिएँ।

आशंका है, कहीं धनी शराबी मिलकर राज्य सरकारों को शराब पर गौसेवा उपकर की दरों में देशी, अंग्रेजी, ब्रांड, क्वालिटी, कीमत के अनुसार अन्तर रखने पर बाध्य न कर दें, ताकि गौसेवा उपकर की अधिक अदायगी के बल पर वे मरणोपरांत स्वर्ग के अधिक मजे लूट सकें। पैसे से क्या हासिल नहीं किया जा सकता? समर्थ दर्शनार्थियों द्वारा मन्दिरों के पुजारियों को उचित

शुल्क दिए जाने पर बेचारे भगवान तक को उन्हें वीआईपी-दर्शन देने पड़ते हैं। खैर...।

स्कीम की जितनी प्रशंसा की जाए, कम है। मयकशी गौरक्षा के समर्थक हों या विरोधी, सब करते ही हैं, बल्कि राजनीति में तो परस्पर जाम टकरा-टकरा कर चीयर्स-चीयर्स उच्चारते हुए पीते हैं। मन्दिर-मस्जिद बैर कराते, मेल कराती गौशाला।

एक बार प्रस्ताव लागू हो जाए फिर हर गौसेवक भले ही शराबी नहीं होगा, किन्तु हर शराबी गौसेवक होगा।

आइडिया के पीछे जरूर किसी गौभक्त पियक्कड़ राजनेता या अधिकारी का दिमाग रहा होगा। बेचारा गौसेवा करना चाहता होगा, लेकिन पीने से फ़ुर्सत नहीं मिलती होगी। सम्भव है, नशा उतरने के बाद बीवी-बच्चों की दशा देखकर नरक का भय सताता होगा। या किसी पेशेवर साधु-सन्त ने ज्ञान दे दिया होगा कि दुर्जन भी गौसेवा कर ले तो सीधा स्वर्ग ही जाता है। अत: पीकर चिन्तन किया होगा (पीने के बाद व्यक्ति चिन्तन खूब करता है) कि क्यों न ऐसा स्थायी उपाय खोजा जाए कि इधर शराब खरीदी, उधर गौसेवा सम्पन्न॥

अर्ज भी किया है-

शब को मय ख़ूब सी पी सुबह को तौबा कर ली
रिन्द के रिन्द रहे हाथ से जन्नत न गई

(रोज रात भर पीने से साफ है कि शायर शराब का एडिक्ट था। सुबह तौबा इसलिए करता होगा कि बेचारे को अपने ही पैसे से पीनी पड़ती होगी। शेर मुझसे यहाँ अशुद्ध कोट हो गया हो तो गलती मेरी नहीं है। मैंने बिना पीये कोट किया है।)

भाजपा शासित राज्य सरकारों ने शराबियों के अपराधबोध निवारण हेतु क्या मास्टर स्ट्रोक मारा है? शराब की कीमत में गौसेवा उपकर इंक्लूड कर देने से रातभर ख़ूब पीते रहो और सुबह को तौबा का लफड़ा भी नहीं।

गाय पाले बिना भी गौसेवा की जा सकेगी। ज्योंही गौसेवा की तलब लगी, गए और सरकारी ठेके से दारू खरीद लाए। पव्वा-अद्धा-बोतल पेंट-

पाजामे के अग्र या पृष्ठ भाग में खोंसकर लौटते हुए वही अनुभूति होगी जैसी हरे चारे का गट्ठर सिर पर लादे गौशाला जाते में होती है।

हिन्दू गृहिणियाँ गाय के लिए रोटी बनाती हैं। इस योजना के लागू हो जाने के बाद सिर्फ उसी हिन्दू गृहिणी को गाय के लिए रोटी बनानी पड़ेगी जिसका पति पीता नहीं है। भोजन के वक्त गौसेवी शराबियों को अलग से गौग्रास निकालने की जरूरत नहीं रहेगी।

जवान बेरोजगार बेटा शराब के नशे में लड़खड़ाता हुआ घर में घुसेगा। दु:खी माँ फटकारेगी, "एक तो कमाता-धमाता नहीं, ऊपर से शराब और पीता है?" माँ की फटकार सुनकर भी बेटे को किसी प्रकार का दु:ख या पछतावा नहीं होगा। यह सोचकर कि माता के लिए न सही, गौमाता के लिए तो कुछ कर ही रहा हूँ।

योजना उन गौसेवकों के लिए तो वरदान ही होगी जो गौसेवा तो करना चाहते हैं, लेकिन झंझटों से घिरे हैं या घिरना नहीं चाहते। गाय कहाँ बाँधें? मकान अपना है, पर स्पेस नहीं है। स्पेस है, पर मकान किराए का है। मल्टीस्टोरी बिल्डिंग-अपार्टमेंट में रहते हैं। पॉश इलाके में रिहायश है, सो गाय पाल ली तो ऐसे लोग तुरन्त एतराज करेंगे जो नारा तो लगाते हैं—गाय हमारी माता है, लेकिन जिनके यहाँ दूध भैंस का आता है। गौरक्षा हेतु दूसरों के प्राण हरने को हर क्षण तत्पर रहते हैं, लेकिन गौमूत्र और गोबर से घिन आती है। कोठी का अहाता भी बड़ा है कि एक क्या दस गाएँ पाल लें, किन्तु ड्राइंग रूम में गाय की बड़ी सी पेंटिंग (जिसके शरीर पर तैंतीस कोटि देवी-देवताओं में से मुख्य-मुख्य के चित्र बने हैं) से ही काम चल जाता है।

बिहार को विभाजित कर, झारखंड बनाते समय बड़ी हायतौबा मची थी, किन्तु जब से नीतीश कुमार सरकार ने बिहार में पूर्ण शराब बन्दी की है, झारखंड के शराबी बड़े खुश हैं कि चलो अपन तो टाइमली अलग हो गए।

सरकारों की नीयत साफ हो तो शराब नीति के सदुपयोग से समाज में व्यापक बदलाव लाया जा सकता है। राजस्थान में अशोक गहलोत सरकार ने शराब के ठेके शाम आठ बजे बन्द करने का नियम बनाया तो एक झटके में राजस्थान के सारे शराबी पंक्चुअल हो गए।

गांधी के गुजरात में शराब पूर्णतया निषेध है, पर सुनते हैं वहाँ अन्य राज्यों से शराब की अवैध सप्लाई होती है। सोचो, कितना कष्टकारी होता होगा ब्लैक में बोतल खरीदकर, चोरी-छिपे गौसेवा करना?

नरकलोक की नदी है वैतरणी। रक्त-पीप से लबालब। खौलती हुई। नाना प्रकार के जहरीले जीव-जन्तुओं से युक्त। मृत्युलोक से गए हर मनुष्य को स्वर्ग प्राप्ति के लिए उसे पार करना ही पड़ता है। न नाव, न पुल। अब भला ऐसी नदी को कोई मनुष्य कैसे पार करे? बस, एक ही उपाय है। वह गाय की पूँछ पकड़कर पार की जा सकती है, किन्तु गाय वहाँ अपनी सर्विस सिर्फ़ उसी मनुष्य को उपलब्ध कराती है जिसने यहाँ उसकी सेवा की हो। अतः भाजपाइयों की गौसेवा का एकमात्र लक्ष्य है—गाय की पूँछ पकड़कर वैतरणी पार करके 'स्वर्ग' की प्राप्ति।

इन दिनों देशभर में 'एक शाम गौमाता के नाम' कविसम्मेलनों की बड़ी धूम है। कवियों की वज़ह से गाय कितनी बचीं यह तो पता नहीं, लेकिन गाय ने कवियों को खूब बचा रखा है। वैसे ही जैसे भाजपा को बचा रखा है।

रेशमी सलवार कुर्ता खादी का

सोलहवीं लोकसभा के चुनाव में भाषायी दरिद्रता के दर्शन खूब हुए। हैसियत की उच्चता में भिन्न-भिन्न नेता भी वाणी की नीचता में समान निकले। प्रजातंत्र में राजतंत्र उजागर हुआ। ये दावे सरेआम हुए कि मेरे विरोधी का हरम मेरे हरम से बड़ा है। कुल नौ चरणों में हुए चुनाव प्रचार के दौरान राजनीति का मौसम इस कदर वासन्ती रहा कि संन्यासी ने भी पिकनिक उच्चारना चाहा तो कमलमुख से हनीमून निकला।

दबा-ढँका सत्य या तो नशे में उद्घाटित होता है या चुनाव में। अन्तर यह है कि नशे में व्यक्ति जहाँ अपनी पोल खोलता है, वहीं चुनाव में विरोधियों की।

नेताओं ने जनता के लिए नेताओं की कई मनोरंजक सूचनाएँ सार्वजनिक कीं। रक्षाबन्धन की ओट में किस भाग्यशाली का वेलेंटाइंस डे मन रहा है? कौन अभागा है जिसे वेलेंटाइंस डे को भी राखी बँधवानी पड़ रही है? किसके खादी के कुर्ते का किसके रेशमी पल्लू से गठजोड़ हैं? गठजोड़ एक ही पल्लू से है अथवा एकाधिक पल्लुओं से? नायक की आय और उससे नत्थी नायिकाओं की आयु क्या है? कौन नेता काले धन का मालिक है और कौन नेता काले मन का?

किन-किन नेताओं की ऑरिजिनल प्रेमिका के रहते और कितनी एडीशनल प्रेमिकाएँ हैं? कौन किसकी गोद ली पत्नी है और कौन किसका दत्तक पति है? कौन-कौन नन्दलाल हैं, जो पनघटों पर छेड़-छाड़ के आदी हैं

और उनके खिलाफ कभी किसी ने आवाज नहीं उठाई, क्योंकि वे नन्दलाल हैं?

एक ने भरी सभा में विरोधी नेता को उधेड़ा, "पत्नी की चिता को ठंडा भी नहीं होने दिया। बेशर्म अपनी से आधी वय वाली के संग छैयाँ-छैयाँ कर रहा है।"

उसने भी दहाड़ लगाई, "खुल्लम-खुल्ला प्यार करेंगे हम दोनों। दम है तो तितली को फूल से हटाकर देखो।"

एक नेता ने नहला फेंका, "मेरा सीना छप्पन इंची है।"

तत्काल विरोधी छपनछुरे ने दहला मारा, "भैया दुष्यन्त, यदि शादी करके शकुन्तला को भूलने की सुविधा हमें भी होती तो हमारा सीना भी छप्पन इंची ही होता।"

भला हो चुनाव अभियान का। पता तो चला कि कौन हैं वे नर पुंगव जिनके बीच अन्त:पुर के आकार की प्रतिस्पर्धा है? कौन हैं वे जिनका तलाक का मुकदमा भी चल रहा है और क्षमा याचना के बहाने वीकएंड में मिल-जुल भी रहे हैं? कौन है जिससे नायिका ने सुरमेदानी मँगवाई थी और वह जालिम रकीब के लिए बनारस का जर्दा उठा लाया? कौन नायक राजनेता है जो रोज नई नायिका को झाँसा देता है कि अबकी बरस तुझे धरती की रानी बना दूँगा? बरेली के बाजार में झुमका किसका गिरा और ढूँढने में कौन-कौन व्यस्त रहे?

चुनाव नहीं होते तो कैसे ज्ञात होता कि शाखा किस नेता की बढ़ी और साख किस नेता की घटी? कौन है जो पहली के परलोक सिधारने पर दूसरी लाया? कौन है जो दूसरी ले आया, इसलिए पहली परलोक सिधार गई? कौन नेता अपने ही पुत्र को पुत्र स्वीकारने में संकोच बरतता रहा? किस पुत्र ने किस नेता को नि:संकोच अपना पिता ठहराया? कौन सा नेता है जिसने पुत्र से कहा कि निकल जा मेरे घर से, क्योंकि तू मेरी सन्तान नहीं है? कौन नेता है जिससे पुत्र ने कहा कि इसी घर में रहूँगा, क्योंकि तू ही मेरा बाप है?

रहस्यों से खूब पर्दा उठा। किस नेता ने की नहीं और किस नेता की हुई नहीं? किसने महज इसलिए कर ली थी कि कल को कोई यह न कह दे कि हुई नहीं? या इस आशंका से कर गुजरा कि क्या पता आगे चलकर हो ही नहीं? किसकी अपनी है? कौन पराई के संग रहता है, जिसे वह रात में

अपनी और दिन में पराई कहता है? कौन नेता है जिसने कई को साध रखा है और कौन है जिससे एक भी नहीं सध रही? वह एक कौन है जिसके लिए दो में मतभेद है? वे दो कौन हैं जिन्हें एक से निर्वाह में भी आपत्ति नहीं है?

बात यहाँ तक खुली कि कौन नेता अविवाहित है और कौन नेता कुंआरा है? कौन है जो अविवाहित तो है, किन्तु कुँआरा नहीं है? कौन है जो विवाहित होकर भी कुँआरा है? किसके संग क्या लाचारी रही कि वह अविवाहित तो है ही कुँआरा भी है, जबकि वह नेता है? किसको किसका सहारा है? कौन है जो बेसहारा चल रहा था, सो सहारे के लिए ले आया और अब पछता रहा है कि इस सहारे से बेसहारा ही ठीक था? किन-किन नेताओं ने प्रेम विवाह किया? उनमें से कितने ऐसे हैं जिन्होंने जिस से विवाह किया उसी से प्रेम किया? कौन है जिसने विवाह तो किया, लेकिन प्रेम नहीं किया? कौन लाचार है जिसने जिससे प्रेम किया, उसी से विवाह भी करना पड़ा? कौन है जिसने अपनी की कभी सुध नहीं ली, जबकि पराई का भरपूर खयाल रखा? कौन नेता सदा संग पराइयों के रहा, किन्तु खयाल सदा अपनी ही का रखा?

कुल मिलाकर चुनावी स्टेडियम में अवैध मुद्दों का बल्ला ऐसा घूमा कि वैध मुद्दों की गेंद बेचारी सीमा रेखा से बाहर ही रही। सभी दलों के सभी नेताओं की भाषा इतनी छिछली रही कि आम मतदाता तय ही नहीं कर पाया कि चुनाव का मुख्य विषय वोट है या लँगोट? लानत है।

(बे)मन की बात

बात आपबीती हो या परबीती, कुल बात इतनी सी है कि बात दो ही प्रकार की होती हैं। एक, काम की बात और दूसरी, मन की बात। यदि आप मेरी इस बात से सहमत नहीं हैं तो फिर आपकी अलग बात है।

यों तो होती दोनों बात ही हैं, लेकिन दोनों में काम और मन का बेसिक डिफरेंस होता है। जहाँ काम की बात में मन नहीं होता, वहीं मन की बात में काम नहीं होता। असल में तो मन की बात की ही इसलिए जाती है ताकि काम की बात नहीं करनी पड़े।

काम की बात भले ही दो या कई तरफा होती हो, मन की बात सदैव इकतरफा ही होती है। जैसे देवी-देवता वगैरह मूड आने पर आकाशवाणी कर दिया करते थे। सरल शब्दों में कहा जाए तो मन की बात कथा-प्रवचन टाइप होती है जिसमें सवाल-जवाब का सेशन नहीं होता। मन की बात एक प्रकार का मौखिक प्रसाद होती है। जिसे ग्रहण करने के लिए भक्तों को हाथों के बजाय कान फैलाने होते हैं।

काम की बात का सिर्फ एक ही विषय होता है—'काम'। काम शुरू, बात खत्म। मन की बात के साथ विषय का कोई लफड़ा नहीं होता। वाचाल वक्ता मन की बात करने पर उतर आए तो विषय में से विषय निकाल लेता है, बल्कि मन की बात बिना विषय के भी कर लेता है। वह मन की बात इतनी सफाई से करता है कि यदि मन की बात किसी विषय पर भी करे तो भी सुनने

वाले अन्त तक पता नहीं लगा सकते कि बात हो किस विषय पर रही है?

काम की बात न अपना ढोल पीटती है, न पिटवाती है। काम की बात अपने काम से काम रखती है। मन की बात का बाकायदा प्रचार-प्रसार करना होता है कि फलाँ तारीख को, इतने बजकर इतने मिनट पर मन की बात होगी। प्रचार-प्रसार के झाँसे में आकर सुनने के इच्छुक उछलने लगते हैं कि वाह! फलाँ तारीख को, इतने बजकर इतने मिनट पर हमारे काम की बात होगी।

चूँकि बात और श्रोता एक-दूसरे के पूरक होते हैं। अत: बात मन की हो या काम की, दोनों का आधार सुनने वाले होते हैं। कोई काम की बात करे और उसकी कोई न सुने तो बेचारे की अच्छी खासी काम की बात भी मन की बात होकर रह जाती है। जबकि मन की बात को सुनने वाले मिल जाएँ तो वह कोरी मन की बात होने के बावजूद बड़े काम की बात बन पड़ती है।

काम की बात जरूरत पड़ने पर ही की जाती है। मन की बात के साथ ऐसा कोई बन्धन नहीं होता। बस, मन की बात करने वाले का मन भर होना चाहिए। मन हुआ और कर डाली मन की बात।

सुनने वाले न मिलें तो मन की बात दीवारों से भी की जा सकती है। दरअसल मन की बात करने को हरदम तत्पर रहने वाले ने यह सुन रखा होता है कि दीवारों के भी कान होते हैं। यह अलग बात है कि किसी एक ही व्यक्ति की मन की बात लगातार सुनते रहने से जीवित प्राणी भी दीवार में तब्दील हो जाते हैं।

मन की बात करने वाला अपनी बात सदैव इस भूमिका से शुरू करता है, "भाइयो और बहनो।" बस, इतना सुनते ही मन की बात के मुरीद भाई-बहन साँस रोककर सुनने बैठ जाते हैं, जैसे सुनने के लिए जिन्दगी में सिर्फ यही अन्तिम बात बची है।

यदि आप उत्तरदायी हैं और लोग आपसे अपेक्षा करें कि आप उनसे काम की बात करेंगे तो इससे बचने की एक मात्र तरकीब है कि आप तुरन्त मन की बात करना शुरू कर दें।

मन की बात और काम की बात साथ-साथ नहीं हो सकतीं। या तो मन की बात ही हो सकती है या काम की बात ही। हालाँकि, लगातार मन की

बात करते रहने वाले से फिर कोई अपेक्षा नहीं रखता कि वह जिन्दगी में कभी कोई काम की बात भी करेगा।

मन की बात करने वाला अनजाने में भी कभी काम की बात नहीं करता। वह जानता है कि काम की बात करने से सुनने वाले काम माँगेंगे। काम देते ही सब काम में लग जाएँगे। फिर मन की बात कौन सुनेगा? वह यह भी जानता है कि जब सब लोग मन की बात सुनकर ही सन्तुष्ट हैं तो फिर काम की बात करने का खतरा क्यों उठाया जाए?

मन की बात दूरदर्शन नहीं, आकाशवाणी फॉर्मेट में ही की जाती है, ताकि वक्ता के दिखाई न देने से सुनने वाले इस मुगालते में बने रहें कि मन की बात करने वाला मन की बात कर भी बड़े मन से रहा है।

काम की बात करने से काम पैदा होता है और लोग काम में लग जाते हैं। जाहिर सी बात है, जब व्यक्ति एक बार काम में लग जाता है फिर वह न अपनी बात कहता है और न दूसरे की बात सुनता है। काम की बात करने का दुष्परिणाम यह निकलता है कि काम की बात करने से बात का काम रुक जाता है।

मन की बात के बड़े फायदे हैं। यह आमने-सामने नहीं की जाती। यदि आमने-सामने मन की बात की जाने लगे तो सुनने वाले हाथ जोड़ सकते हैं कि भाई माफ करो। तुम्हारा तो मन की बात करने का मन है, पर तुम्हारी मन की बात सुनने का हमारा मन नहीं है। यदि सुनने वाले उसके मन की बात शुरू करने से पहले अपने मन की बात करनी शुरू कर दें तो लेने के देने पड़ जाएँ। कसम से यदि ऐसा एक-आध बार भी हो जाए तो मजा आ जाए। आखिर मन की बात करने वाले को भी तो पता लगना चाहिए कि मन की बात सुनना कितना कष्टकारी होता है।

कहा तो यहाँ तक जाता है कि बार-बार मन की बात करता ही वही है जिसके पास करने को कोई काम की बात नहीं होती।

मन की बात करना अक्षर ज्ञान सिखाने जैसा होता है। जैसे—"कमल नल पर चल। कमल झटपट चल। कमल झटपट नल पर चल।"

सुनकर आश्चर्य हो सकता है कि इतनी सरल-सी भी कोई मन की बात

हुई, लेकिन यह उतनी सरल है नहीं जितनी लगती है। इतनी सरल बात करने के लिए वक्ता को खुद को संसार का सबसे बड़ा भाषाशास्त्री और सुनने वालों को नर्सरी के बच्चों सरीखा मान कर चलना पड़ता है।

चूँकि ऐसी मन की बात मजेदार होती है, सो नतीजा भी मजेदार निकलता है। मन की बात सुनने वाला मन की बात से प्रेरित हो, खुद को कमल मानकर उठता है। बालटी उठाता है और न सिर्फ नल की ओर चलता है, बल्कि नल की ओर झटपट चलता है। वहाँ पहुँचकर माथा पीटता है कि नल से पानी नहीं, हवा निकल रही है। यानी नल तो कमबख़्त खुद मन की बात कर रहा है।

कमल की इसी शिकायत से मन की बात करने वाले को अपनी अगली मन की बात का सूत्र हाथ लग जाता है। वह अविलम्ब मन की बात की साँकल में अगली कड़ी जोड़ता है—"कमल घर पर चल। कमल झटपट चल। कमल झटपट घर पर चल।"

इस प्रकार प्यासा कमल नल और घर के बीच खाली बालटी उठाए झटपट चलता रहता है और मन की बात करने वाले का उद्देश्य सधता रहता है।

कुछ लोगों को आपत्ति है कि जब काम की बात करने का वक्त है तब मन की बात की जा रही है?

बताओ, मन की बात से कमल को लगातार काम मिला हुआ है और आप प्रलाप कर रहे हैं कि काम की बात नहीं हो रही है।

मन की बात का सर्वोत्तम उदाहरण है कि सदैव स्कूटर की सवारी गाँठते रहे अति उत्साही व्यक्ति के कभी माँगे की कार हाथ लग जाए तो भाई मेरा खाली सड़क पर भी हॉर्न बजाते हुए चलता है।

वर्क का बाप नेटवर्क

जब से मुझ जैसे मंचीय कवियों ने सिद्ध कर दिखाया है कि हल्दी की एक छोटी सी गाँठ के बल पर भी पंसारी बना जा सकता है, तबसे न्यूनतम श्रम से अधिकतम लक्ष्मी-आकांक्षी अनेक युवा कविसम्मेलनों के माध्यम से माँ वीणापाणि की सेवा को बतौर कॅरियर अपनाना चाहते हैं। जैसे संसार को असार बता-बता, रात-दिन वैभव भोगते संन्यासियों के मजे देख-देखकर सुखी गृहस्थ तक 'महाभिनिष्क्रमण' की ताक में रहने लगे हैं।

मेरे पास देश-विदेश से अकसर इंक्वारियाँ आती रहती हैं कि कविसम्मेलनों के रंगमहल में 'एज ए पोयट' घुसने के कौन-कौनसे द्वार और सुरंगें हैं? कोई उभरता कवि भी यह नहीं पूछता कि एक भावपूर्ण, वैचारिक एवं उद्देश्यपरक कविता रचने के लिए क्या किया जाना चाहिए? उतावले उदीयमान तो सीधे मुद्दे पर आते हुए पेमेंट विषयक प्रश्न करते हैं। वे जानते हैं कि इस घोर तकनीक काल में वक्त से पहले पहुँचाने वाले कई फ्लाईओवर, अंडरपास और एक्सप्रेसवे सुलभ हैं।

व्यवहार-कुशल व्यक्ति हर धन्धे में असफल हो चुकने पर भी हताश नहीं होता। वह दूसरों को सफल कॅरियर के टिप्स देने और मोटिवेट करने का पेशा शुरू कर देता है। सूचित करते हुए हार्दिक प्रसन्नता है कि मैंने ये उपलब्धियाँ हासिल कर ली हैं। अतः कुछेक गुर बता रहा हूँ। इन गुरों को आजमाकर ऐरा-गैरा भी कविसम्मेलनों में न सिर्फ स्थापित हो सकता है, बल्कि माइक

की नोक पर आयोजकों से अधिकाधिक धन भी वसूल सकता है।

मंचीय कवि बनने के लिए अभ्यर्थी लेखन-पठन के फेर में कतई न पड़ें। सर्वप्रथम अपने नाम के साथ तखल्लुस (उपनाम) लगाएँ। तखल्लुस कैची हो और अपील करे। जैसे महापुरुषों के नाम पर सरकारी योजनाएँ होती हैं। महापुरुष का नाम योजना को डूबने से तो नहीं बचा सकता, क्योंकि योजना सरकारी होती है, किन्तु महापुरुष और योजना दोनों को माइलेज भरपूर मिलता है।

तखल्लुस रख लिया, अब अगला स्टेप। कविसम्मेलन इंडस्ट्री में प्रवेश हेतु कवि होने से अधिक महत्त्वपूर्ण है कवि कहलाना। सो, येन-केन-प्रकारेण दशों दिशाओं में भयंकर अफवाह फैला दो कि आप कवि हैं (बल्कि आप ही कवि हैं)। कविताएँ मत छपाओ, आकर्षक विजिटिंग कार्ड छपाओ। विजिटिंग कार्ड वितरण ही बीजारोपण है। ये ही बीज भविष्य में पेड़ बनेंगे और फूल, फल, लकड़ी, गोंद सब देंगे। कई कवियों को तो अपने नाम के साथ 'कवि-संचालक-संयोजक' लिखे विजिटिंग कार्ड बाँटने की इस हद तक लत होती है कि वे भिखारियों तक को नहीं बख्शते। विजिटिंग कार्ड दोहरा लाभ देता है। भिखारी विजिटिंग कार्ड देखते ही कवि से सिक्का लेने से इनकार कर देता है। यह सोचकर कि सिक्का भी दाता की कविता जैसा ही निकलेगा। कवि भी गद्‌गद कि विजिटिंग कार्ड ने न सिर्फ पहचान का दायरा बढ़ाया, बल्कि सिक्का भी बचवा दिया।

भूल से भी किसी को अपना द्रोणाचार्य मत बनाओ। बनाना ही पड़े तो मिट्टी का बनाओ। पंचतत्व के प्राणवान द्रोणाचार्य से मिट्टी का निष्प्राण द्रोणाचार्य अधिक प्रेरक और सस्ता पड़ता है। पंचतत्व का प्राणवान द्रोणाचार्य अव्वल तो तुमको घास ही नहीं डालेगा। जैसे-तैसे तुम्हें उसकी कक्षा में प्रवेश मिल भी गया तो या तो वह तुमसे अपनी चाकरी कराएगा या फिर ज्ञान की तलछट देगा। तमाम बाधाओं के बावजूद यदि तुम उसके राजकुमार शिष्यों पर भारी पड़ ही जाओगे तो तुम्हें गुरु दक्षिणा में अँगूठा देना पड़ेगा। चूँकि शिक्षा-दीक्षा के मामले में प्रजातंत्रीय भारत राजतंत्रीय महाभारत से आगे निकल चुका है, सो सम्भव है तुम्हें अँगूठे भी अपने दोनों हाथों के देने पड़ें।

कविसम्मेलनों में स्थापित होने और मंच लूटने का शॉर्ट और स्वीट फंडा यह भी है कि समान हितों वाले कवियों का गिरोह बनाओ। जैसे राजनीति में गठबन्धन किए जाते हैं। छोटे-मोटे आयोजनों की नींवें रखो और परस्पर एक-दूसरे ही को बुलाओ। इसे कविसम्मेलनीय मुहावरे में 'गिव एंड टेक' कहा जाता है। गिव एंड टेक पद्धति कविसम्मेलनों में कविताविहीन कवियों के लिए जीवन बीमा की मनीबैक पॉलिसी सरीखी है। इससे एक और लाभ होगा। जब छोटे कवि छोटे अवसरों को बड़े अवसरों में बदलने लगते हैं तो बड़े कवि भी छोटे कवियों के शुभेच्छु बन जाते हैं। अपवादों को छोड़कर कविसम्मेलन सीजनल धन्धा है। दशहरे और होली के आस-पास जो कवि द्रोणाचार्य की अकड़ में रहते हैं, शीत और वर्षाकाल में वे भी एकलव्य हो जाते हैं।

जहाँ तक कविसम्मेलनों से कमाई की बात है तो कविसम्मेलन एक बाजार आधारित संस्था है। अत: इसमें कॅरियर बनाने वालों के लिए सब्जी मंडी से लेकर शेयर मार्केट तक की समझ जरूरी है।

कविसम्मेलन में काव्यपाठ की एवज में प्राप्त होने वाला धन विभिन्न नामों से सम्बोधित किया जाता है। जैसे एक नाम है—'पत्र-पुष्पम्।' पत्र-पुष्पम् के अन्तर्गत आमंत्रित कवि को एकदम ताजे फूलों की औसत से बड़ी माला पहनाई नहीं जाती, अर्पण की जाती है। काव्यपाठ प्रारम्भ करने तक कवि की अथाह प्रशंसा की जाती है। आयोजन के समापन पर कवि को सादे, किन्तु बन्द लिफाफे में मार्गव्यय भर राशि भेंट की जाती है। जिसे ऐसे आयोजनों का अभ्यस्त कवि विदाउट-टिकट यात्रा करके बचा लेता है। ऐसे आयोजन हिन्दी उन्नयन को कटिबद्ध भारतेन्दु और द्विवेदी युगीन मानसिकता वाली साहित्यिक संस्थाएँ आयोजित करती हैं। मुझे ऐसे आयोजनों में जाना ही पड़े तो मैं भोजन मंच पर जाने से पूर्व ही करना उचित समझता हूँ। यदि आयोजक काम देखकर खाना देने के मूड में हों तो मैं जिदपूर्वक माँग लेता हूँ। पत्र-पुष्पम् वाले कविसम्मेलनों में भोजन के बदले धोखा खा चुके कवि ने अपने अनुभव के माध्यम से अन्य कवियों को सतर्क भी किया है—"काल करै सो आज कर, आज करै सो अब्ब/पल में परलय होएगी, बहुरि करैगो कब्ब ।"

कविसम्मेलन का कोई आयोजक यदि कवि को पोस्टकार्ड द्वारा

आमंत्रित कर रहा हो तो कवि को समझ लेना चाहिए कि वह पोस्टकार्ड को डाक के डिब्बे में डालने से पहले उसका कोना फाड़ना भूल गया है। कवि को चाहिए कि वह पोस्टकार्ड को पढ़ते ही तुरन्त उसका कोना फाड़कर आयोजक की भूल सुधारे। आकर्षक लेटरपैड पर टाइप किया हुआ पत्र हो और उसमें कवि के लिए लिखा हो कि आप हंस वाहिनी के वरद पुत्र हैं। साहित्याकाश के दैदीप्यमान नक्षत्र हैं। आप ही निराला, दिनकर, बच्चन की परम्परा के सच्चे संवाहक हैं। सरस्वती के भंडार को भरने की क्षमता अब सिर्फ आप ही में बची है तो समझ लें कि वह जितने विशेषण और अलंकार जोड़ रहा है, आपके पारिश्रमिक में से उतनी ही बिन्दियाँ घटा रहा है।

पारखी कवि फोन पर आयोजक के वार्तालाप से भी पारिश्रमिक का अन्दाजा लगा लेता है। आयोजक कहता है कि मैं न्यूयॉर्क से बोल रहा हूँ। मेरा पुत्र एक मल्टीनेशनल कम्पनी में सीईओ है। उसकी अमुक तारीख को बैंकॉक में शादी है। आयोजन सात सितारा होटल में होगा। श्रोताओं में कॉरपोरेट जगत की नामी हस्तियाँ रहेंगी। लड़की वाले यू.के. से हैं। आप परफॉर्म करने का क्या चार्ज करेंगे? वह ऐसी बातों से कवि को अपनी हैसियत के जाल में फाँसना चाहता है। वह जानता है कि हिन्दी का कवि ऐसे परिवेश में तो मुफ्त में भी कविताएँ सुनाने को लालायित रहता है। पर कहते हैं ना कि जहाँ न पहुँचे रवि, वहाँ पहुँचे कवि। कवि के लिए आयोजक की उपर्युक्त बातें ही मोल-तोल में आसानी कर देती हैं। वैसे ही जैसे बड़बोला गृहस्वामी अपने मकान की भव्यता और निर्माण में प्रयुक्त वास्तु का वर्णन करता है तो सुनने वाले को सहज ही हिंट मिल जाता है कि उसके मकान में पैसा-टक्का, गहना-गाँठी वाला मास्टर बैडरूम किस कोण में है?

यात्राओं के प्रकार से भी कवि ऊँचा उठता है। कविसम्मेलन में जाते समय भले आप ट्रेन के जनरल डिब्बे में टॉयलेट के पास अपने सूटकेस पर बैठकर यात्रा करें, किन्तु गन्तव्य पर रिसीव करने आए व्यक्ति के सामने सदैव वातानुकूलित डिब्बे से ही उतरें। हवाई यात्रा हो गई हो तो कहने ही क्या? सिंगल हवाई यात्रा भी बसेडू कवि को स्टार पोयट बना डालती है। मैंने ऐसे कई कवि देखे हैं, जिन्होंने जीवन में एक ही हवाई यात्रा की, लेकिन

सिक्योरिटी चेक के लिए लगाया गया टैग जीवनभर सूटकेस से नहीं उतारा। सूटकेस टूट जाने पर उन्होंने वही टैग नए सूटकेस के हैंडिल से नत्थी कर लिया। ऐसे कवि अपनी हवाई यात्रा वाले टैग के रख-रखाव के प्रति वैसे ही सावचेत रहते हैं, जैसे सतही शायर अपनी शायरी से अधिक टोपी और शेरवानी की सार-सँभाल रखते हैं।

अनेक कवि हवाई यात्रा करते रहने वाले कवि से विनती करते देखे जा सकते हैं कि दद्दा, इस बार एयरपोर्ट की तरफ जाना हो तो एक्स्ट्रा टैग लाकर हमें भी कृतार्थ कर दो।

जिन कवियों ने भेंट के टैग जितनी जल्दी अपने सूटकेसों से बाँधे, वे उतनी ही जल्दी और कवियों के लिए भेंट हेतु टैग लाने में समर्थ हुए।

दो-एक कवि तो हवाई जहाज की सीट पॉकेट में पड़ी रहने वाली वमन थैलियों के सहारे ही आकाश छू गए। वे जब भी हवाई यात्रा करते हैं, हवाई जहाज की सीट पॉकेटों से पाँच-सात वमन थैलियाँ बटोर लाते हैं और मंचासीन रहने के दौरान पान-तम्बाकू की पीक उन्हीं में थूकते रहते हैं। इस प्रक्रिया से दर्शकों पर बड़ा रौब पड़ता है। स्वयं कवि को भी लगता है कि वह बैठा भले ही धरा पर है, किन्तु थूक आकाश पर रहा है।

जुगाड़ करके एक-आध चक्कर विदेश का मार आओ। पासपोर्ट पर लगी मुहर से कवि का दर्जा सादा मक्खियों में रानी मक्खी वाला हो जाता है। प्रवासी भारतीयों में हिन्दी सुनने की भारी ललक रहती ही है। वे हर उस कवि को सुनने को तत्पर रहते हैं, जिसके विजिटिंग कार्ड पर 'कवि' छपा हो। कोई-कोई कवि तो विदेश के एक ही कविसम्मेलन में हर बार पहुँच जाता है। सम्भव है, प्रवासियों ने ठान रखा हो कि यह कवि जबतक कविता लिखना सीख नहीं जाता, इसे अवसर देते रहना हमारा कर्तव्य है।

हालाँकि, ऐसी विदेश यात्राओं के सुपरिणाम भी आने लगे हैं। ऐसा कवि जब स्वदेश में किसी कविसम्मेलन में काव्यपाठ कर रहा होता है और संचालक सगर्व कहता है कि इन्होंने हाल ही में अमेरिका की काव्य-यात्रा की है तो श्रोताओं में से आवाजें आती हैं कि अच्छा! यह भी अमरीका हो आया?

अन्य कवियों से अधिक पेमेंट और अधिक तालियाँ प्राप्ति का एक नुस्खा और भी है। मौलिक से अधिक औरों का लिखा-कहा सुनाओ। माइक पर खड़े होते ही जिह्वा पर से सरस्वती को उतारकर उन तमाम कवियों को बिठा लो, जो उस वक्त वहाँ नहीं बैठे हों। और बैठे भी हों तो तुम्हारा क्या बिगाड़ लेंगे? यह विकल्प तो उनके लिए भी खुला है। इससे कवि सम्मेलनों में अनुशासन भी रहने लगा है। एक तो सब कवि प्रत्येक कवि को गौर से सुनते हैं। दूसरा, एक भी कवि मंच से उठकर पेशाब तक करने नहीं जाता। इस भय से कि मैं उठकर गया और अन्य ने मेरे चुटकले सुनाए।

यदि आयोजक के सम्पर्क करते ही तीन बातें पूछ लो तो सफल मंचीय कवि बनने में आसानी रहती है। एक, कौन संस्था कविसम्मेलन करा रही है, अर्थात बैनर क्या है? दो, अन्य कवि कौन-कौन होंगे? तीन, आपका पेमेंट क्या रहेगा? इन तीनों में से कोई सी भी दो बातें अनुकूल हों तो अविलम्ब स्वीकृति दे दो। बैनर ग्लैमर बढ़ाने वाला हो और साथ के कवि ब्रांडेड हों तो पेमेंट के लिए मत अड़ो। पेमेंट भरपूर हो और बैनर बड़ा हो तो फिर साथ के कवि चुटकलों के छंद बनाने वाले हों अथवा इस्लामाबाद में तिरंगा गाड़ने वाले, तुम 'हाँ' कह दो। साथ के कवि ब्रांडनेम हों और पेमेंट भी भारी-भरकम मिल रहा हो तो बैनर को महत्त्व मत दो और पशु मेले में भी काव्यपाठ के लिए उसी उत्साह से जाओ, जैसे गणतंत्र दिवस वाले राष्ट्रीय कविसम्मेलन में लालकिले पर जा रहे हों।

कविसम्मेलन में कॅरियर अभिलाषियो जागो। उठो। अपने दीपक स्वयं बनो। नेटवर्क के युग में वर्क के झंझटों में मत पड़ो। वर्क का बाप है नेटवर्क।

साधो आई ट्वीट की आँधी

यदि कोई सोशल मीडियाबाज कुछेक अक्षरों की भी नेकी कर डालता है तो उसे फेंकने के लिए ट्विटर से बेहतर दरिया नहीं है। यह मैंने उनसे जाना। जो कुछ नहीं कर सकता है, वह भी ट्वीट कर सकता है और जो एक बार ट्वीट करने लगता है, वह फिर कुछ नहीं कर सकता है। यह भी मैंने उन्हीं से जाना।

वे धाराप्रवाह ट्वीट न करें तो उनकी अँगुलियों में झनझनाहट होने लगती है। वे ट्वीट करने में क्षणभर की भी देरी कर दें तो उनके हाथ दुखने लगते हैं। 'ट्वीट बिन दूखन लागे हाथ' टाइप। वह दिन-रैन ट्वीट करते हैं। 'गुडनाइट' उनका अन्तिम ट्वीट होता है और 'गुडमॉर्निंग' प्रथम। जागने से सोने की मध्यावधि में तो वह ऐसे ट्वीट करते हैं मानो पीठ पर अनाज भरा सुराखों वाला बोरा लदा हो और दाने बिखरते जा रहे हों।

कोई उनसे यह नहीं पूछता कि इन दिनों आप क्या कर रहे हैं? क्योंकि वह ट्वीट करते रहे हैं और ट्वीट ही कर रहे हैं। कोई उनसे उनकी भविष्य की योजना भी नहीं पूछता। जाहिर है, जो ट्वीट करता है वह ट्वीट ही करेगा।

वह हँसते हैं तो ट्वीट झड़ते हैं। वह रोते हैं तो ट्वीट ढुलकते हैं। वह प्रसन्न होते हैं तो ट्वीट खिलते हैं। वह उदास होते हैं तो ट्वीट मुरझाते हैं।

उनके ट्वीटों की वजह से पंचांग अप्रासंगिक हो गए और कलैंडर महत्त्वहीन, क्योंकि उनके ट्वीटों से फॉलोअर्स सूचित हो लेते हैं कि आज करवा चौथ है या बुद्ध पूर्णिमा। मुहर्रम है या गुडफ्राइडे। एक साल उन्होंने दशहरे

की शुभकामनाओं वाला ट्वीट नहीं किया तो उस साल उनके फॉलोअर्स के लिए दशहरा ही नहीं आया। ऐसा वह मानते हैं।

जन्मतिथि और पुण्यतिथि के ट्वीट करने के मामले में तो वह किसी भी आकार-प्रकार के महापुरुष और शहीद को नहीं बख्शते। अकसर तो वह अपने ट्वीटों से समर्थकों को महापुरुष और विरोधियों को शहीद करते रहते हैं।

उनके ट्वीटों से जाना जा सकता है कि ट्वीटकर्म अभिव्यक्ति की आजादी ही नहीं देता, अभिव्यक्ति की खुली छूट देता है। जैसे किसी ने शेर भले ही चिड़ियाघर में भी नहीं देखा हो, किन्तु वह शेरों की उत्पत्ति, संरक्षण, विकास, प्रजातियों और आखेट प्रणालियों तक पर ट्वीट कर सकता है।

उनके अनुसार ट्वीटगिरी का फलक असीमित है। ब्रह्मांड में ट्विटर वाली चिड़िया ही एकमात्र प्राणी है जो जलचर, थलचर और नभचर तीनों है। यही कारण है कि पनडुब्बी में दुबका व्यक्ति, धरा पर विचरते फॉलोअर्स के लिए उड़ते वायुयान पर ट्वीट कर लेता है।

उनके लिए जड़-चेतन, चल-अचल सब ट्वीट के दायरे में है। वह न सिर्फ कण पर ट्वीट कर सकते हैं, बल्कि जो कण-कण में है, उस तक पर ट्वीट कर सकते हैं। कोई जीवन-मृत्यु से बच सकता है, किन्तु उनके ट्वीटों से नहीं बच सकता।

खुशी पर ट्वीट, गमी पर ट्वीट। सूखे पर ट्वीट, नमी पर ट्वीट। ठहराव पर ट्वीट, गति पर ट्वीट। पूर्ति पर ट्वीट, क्षति पर ट्वीट। आते पर ट्वीट, जाते पर ट्वीट। भूखे पर ट्वीट, खाते पर ट्वीट। कठोर पर ट्वीट, कोमल पर ट्वीट। लोकल पर ट्वीट, ग्लोबल पर ट्वीट।

वह हरदम दो स्मार्टफोनों से लैस रहते हैं, ताकि कॉल आने-करने से एक व्यस्त रहे अथवा बैटरी ही बैठ जाए तो भी उनका ट्वीटकर्म बाधित न हो। वह दोनों कर-कमलों से ट्वीट करने में दक्ष हैं, ताकि पीते-खाते या नहाते-वहाते के दौरान एक कर कमल अंगेज रहे तो दूसरे से ट्वीट करते रहें।

उनके लिए सरल हो या विरल, हर समस्या का एक ही निदान है— ट्वीट। घर में मीटर का खटका गिरने से बिजली चली जाए तो वह बजाय खटका ऊँचा करने के ट्वीट करते हैं और अल्प काल में ही उस ट्वीट के

इतने रिट्वीट होते हैं, मानो सम्पूर्ण राष्ट्र की पावर सप्लाई ठप्प हो गई हो।

एक रात उनकी पत्नी को दिल का दौरा पड़ा। उन्होंने टैक्सी बाद में बुलाई, ट्वीट पहले किया। घर में गाड़ी होने के बावजूद उन्होंने टैक्सी बुलवाई। सोचो, स्वयं गाड़ी ड्राइव करते तो फिर अस्पताल पहुँचने तक रास्तेभर ट्वीट कैसे कर पाते? पत्नी तो खैर बच गई, लेकिन जाँच-पड़ताल से ज्ञात हुआ कि ट्वीट के प्रति उनकी दीवानगी की वजह से ही उनकी पत्नी को दिल का दौरा पड़ा था। यह रहस्य भी उन्होंने ट्वीट करके ही उजागर किया।

मैं जब उनसे मिलने पहुँचा, वह सोफे में धँसे ट्वीटरत थे। मैंने देखा ट्वीटोपरांत वह वैसा ही अहोभाव महसूस करते, जैसे गंगा में अस्थि-विसर्जन करते ही मान लिया जाता है कि चलो, मृतक की मोक्ष हुई।

उन्होंने पीड़ा बाँटी कि यदि मैं ट्वीट कर रहा होऊँ और निमिषभर को भी इंटरनेट गायब हो जाए तो मुझे लगता है जैसे रैम्प पर सुन्दरियाँ कैटवॉक कर रही हैं और किसी जालिम ने मेरी आँखें निकाल लीं।

उन पर भरोसा करें तो ट्वीटकला धनुर्विद्या से भी दुष्कर है। नेत्रहीन राजा अपने दरबारी कवि के सिंगल सांकेतिक दोहे के सहारे, शब्दबेधी बाण चलाकर शत्रु का प्राणान्त तो कर सकता है, लेकिन पूरी सतसई सुनकर भी सिंगल ट्वीट नहीं कर सकता।

वह ट्वीट-ट्वीट खेलते रहने से सेलेब्रिटी बने हैं अथवा सेलेब्रिटी बन जाने से वह ट्वीट-ट्वीट खेलते रहते हैं, यह शोध का पेच है। उनके ट्वीटों को लोगों द्वारा हाथोंहाथ लिया जाता देखकर उनकी ट्वीट यात्रा सिगरेट पीने के चस्के जैसी लगती है। किसी क्षण शौकिया पी। परिजनों ने टोका तो बगावत दरसाने के लिए पी। अन्ततः गुरु परम्परा का निर्वहन करते हुए धुआँ निकालने की अदाएँ दिखाने-सिखाने के लिए पीने लगे।

मैंने उनसे जाना कि ट्विटरबाजी के लिए कर्ता के पास बस, अपना एक ट्विटर अकाउंट मात्र होना चाहिए। जो कि बैंक अकाउंट खोलने से भी आसान है। बैंक अकाउंट खोलने के लिए कुछ तो आधार चाहिए, ट्विटर अकाउंट तो निराधार व्यक्ति भी खोल सकता है। बाकी चार मामूली पात्रताएँ हैं—एक अदद स्मार्ट फोन, नॉनस्टॉप इंटरनेट, टाइपिंग कौशल और निठल्लापन।

बहुराष्ट्रीय प्रधानमंत्री

हम भाग्यशाली हैं कि हमें श्री नरेन्द्र मोदी के रूप में पहली बार एक बहुराष्ट्रीय प्रधानमंत्री मिला है।

हमारे प्रधानमंत्री विदेश भ्रमण के लिए बवंडर की तरह उठते हैं और चक्रवात की तरह घूमते हैं। बेड टी एक देश में, नित्यकर्म दूसरे देश में, योगा तीसरे देश में, स्नान-ध्यान चौथे देश में, नाश्ता पाँचवें देश में, लंच छठे देश में, शाम की चाय सातवें देश में, डिनर आठवें देश में और रात्रि विश्राम नौवें देश में। नींद उचट जाए तो दसवें देश के लिए रात में भी निकल लेते हैं।

कहा तो यहाँ तक जाता है कि यदि वह हवाई मार्ग से किसी ऐसे देश के ऊपर से गुजर रहे हों जो उन्होंने घूमा नहीं हो या फिर से घूमने का मन हो रहा हो तो हवाई जहाज वहाँ भी उतरवा लेते हैं। उतरने की ठान लेते हैं तो उतरकर ही मानते हैं, भले ही फ्लाइट को इमरजेंसी लैंडिंग करानी पड़े। किसी कारणवश पायलट इमरजेंसी लैंडिंग न कर पाए और पैराशूट उपलब्ध हो तो कूद भी सकते हैं।

हाल यह है कि सामान्य ज्ञान आँकने के उद्‌देश्य से अध्यापक कक्षा में विद्यार्थियों से पूछता है, "बताओ, भारत के प्रधानमंत्री किस देश की यात्रा पर हैं?

विद्यार्थी समवेत बोलते हैं, "सर, ताजा अपडेट तो हमारे पास नहीं है, लेकिन कल शाम सात बजे उनकी लोकेशन सिंगापुर की आ रही थी।"

बच्चे ही क्या, पीएमओ तक नहीं बता सकता कि हमारे प्रधानमंत्री कब, क्यों और किस देश में हैं या होंगे?

नरेन्द्र मोदी गजब के सैलानी हैं। विदेश का दौरा करके दिल्ली के इन्दिरा गांधी अन्तर्राष्ट्रीय एयरपोर्ट पर हवाई जहाज से तर्जनी और मध्यमा से विक्ट्री का चिह्न बनाते हुए उतरते हैं। वहीं अपने मैले-धुले कपड़ों के सूटकेसों की अदला-बदली करते हैं और जिस देश का हवाई जहाज टेकऑफ को तैयार खड़ा हो, तुरन्त भागकर उसी में चढ़ जाते हैं। भीतर घुसने से पहले विदा देने वाले लोगों का हाथ हिलाकर अभिवादन करते हैं। जाकर सीट पर बैठते हैं और कसकर सीट बेल्ट बाँध लेते हैं।

नई कहावत बन चुकी है कि भले ही जो सुबह निकलकर शाम को लौट आए, उसे खोया हुआ नहीं कहते, लेकिन जो शाम को विदेश से लौटकर अगली सुबह फिर विदेश को निकल ले, उसे प्रधानमंत्री नरेन्द्र मोदी ही कहते हैं।

दृश्य की कल्पना कीजिए। नरेन्द्र मोदी टोकियो एयरपोर्ट पर उतरे हैं। खबर लगते ही आनन-फानन में टोकियो स्थित भारतीय राजदूत अगवानी करने एयरपोर्ट दौड़ता है। औपचारिकताओं के बाद बेचारा दबे स्वर में प्रधानमंत्री के साथ के सीनियर मोस्ट अधिकारी से पूछता है कि साहब के आने की सूचना दे देते तो सुविधा रहती। अधिकारी राजदूत को झिड़कता है कि सूचना-वूचना क्या होती है? याद रखो यह अन्य देश के नहीं, भारत के प्रधानमंत्री हैं। दिल्ली से बैंकॉक जाना था। यहाँ का हवाई जहाज पहले उड़ रहा था तो उसमें बैठ गए। इसमें न तुम कुछ कर सकते हो, न हम कुछ कर सकते हैं, बल्कि यह खुद भी कुछ नहीं कर सकते हैं। दुनिया के तमाम देशों में स्थित भारतीय दूतावासों को स्वत: हर समय अलर्ट रहना चाहिए। ग्राहक, मौत और भारतीय प्रधानमंत्री का कोई भरोसा नहीं कि कब आ जाए? अब इनकी तुरन्त जापान के प्रधानमंत्री से मुलाकात कराओ। यदि जापान के प्रधानमंत्री को हमारे प्रधानमंत्री जितनी फ़ुर्सत न हो तो किसी विदेश, रक्षा, वाणिज्य विभाग के मंत्री संग चाय-वाय पिलवा दो। कोई मंत्री भी खाली न हो तो दो-चार व्यापारियों से ही मिलवा दो, ताकि हम मीडिया की सेवाएँ लेकर देशवासियों को अविलम्ब

शुभ सूचना दे सकें कि हमारे प्रधानमंत्री की व्यापारिक और कूटनीतिक जापान यात्रा ऐतिहासिक सफल रही।

अन्य तमाम भारतीय प्रधानमंत्रियों की विदेश यात्राएँ एक पलड़े में रख दी जाएँ और दूसरे पलड़े में सिर्फ नरेन्द्र मोदी की एक कार्यकाल की विदेश यात्राएँ धर दें तो अन्य वाला पलड़ा जहाँ आकाश छू लेगा, वहीं नरेन्द्र मोदी वाला पलड़ा धरती से सूत भर भी नहीं उठेगा।

नरेन्द्र मोदी चार साल में चौदह बार तो चीनी राष्ट्रपति से ही मिल लिये। इतना तो मनुष्य अपने सम्पूर्ण जीवन में खुद से नहीं मिल पाता। हम भारतीयों को गर्व होना चाहिए कि यदि चीन के पास भारत निर्यात के लिए असंख्य उत्पाद हैं तो भारत के पास भी चीन निर्यात के लिए एक अदद प्रधानमंत्री है।

मेल-मिलाप की अति से कई बार आशंका जरूर होती है कि किसी दिन चीनी राष्ट्रपति हमारे प्रधानमंत्री को टोक न बैठे कि यार बड़ा स्वदेशी-स्वदेशी चिल्लाते हो, कभी स्वदेश में भी रहा करो। अथवा चीन की जनता ही हाथ जोड़ दे कि कभी-कभार हमारे राष्ट्रपति को हमसे मिलने का भी अवकाश दो। नौबत यहाँ तक नहीं आ जाए कि स्वदेशी जागरण मंच वाले ज्योंही यहाँ चीनी वस्तुओं का बहिष्कार करें, वहाँ चीनी जनता वही सलूक हमारे प्रधानमंत्री के साथ कर बैठे।

पाकिस्तान के प्रधानमंत्री नवाज शरीफ से मिलने तो नरेन्द्र मोदी पाकिस्तान बिना बताए ही पहुँच गए। पाकिस्तान बिना बताए पहुँच जाने में मैं हमारे प्रधानमंत्री का दोष नहीं मानता। दरअसल, अपवादों को छोड़कर भारत-पाकिस्तान का स्वभाव और आदतें एक-सी हैं। अत: व्यक्ति यहाँ का हो या वहाँ का, फोन-वोन करके जाओ तो बन्दा मिलने का वचन देकर भी खिसक सकता है।

नरेन्द्र मोदी के पिता रहे नहीं। माँ बूढ़ी हो गई। भाइयों को पड़ी क्या है और पत्नी को साथ नहीं रखते। सो, पूछे भी कौन कि विदेश में ऐसा क्या धरा है जो रोज-रोज भटकते फिरते हो? यदा-कदा जनता सवाल उठाती है तो उसे संकेतों से टरका-धमका देते हैं।

कुछ बुद्धिजीवियों को शिकायत है कि प्रधानमंत्री को अपनी जिम्मेदारी समझते हुए सदैव सीट पर होना चाहिए। अब ऐसे भोले लोगों को कौन समझाए कि आजतक भारत में बाबू तक को तो अपनी सीट पर बैठने को बाध्य किया नहीं जा सका और चले हैं प्रधानमंत्री को पाबन्द करने।

एक दिन अखबार के मुखपृष्ठ पर खबर होती है—आज भारत के प्रधानमंत्री भारत आएँगे। मगर कमबख्त खुशी चौबीस घंटे भी नहीं टिकती। अगले दिन उसी अखबार के मुखपृष्ठ पर खबर होती है—प्रधानमंत्री नरेन्द्र मोदी चार दिवसीय विदेश यात्रा पर रवाना।

पाठक अखबार पटकते हुए झल्लाता है—हे भगवान! फिर निकल लिए।

निरन्तर विदेश यात्राओं का कारण कहीं यह तो नहीं कि पूर्ण बहुमत पाने वाले पहले गैर कांग्रेसी प्रधानमंत्री होने की वजह से नरेन्द्र मोदी अपने को कई देशों का प्रधानमंत्री मान बैठे हों?

कपि पुनि बैद तहाँ पहुँचावा

नीति कहती है कि वक्त-जरूरत जो चीज जहाँ से लाई गई है, अटका कारज सर जाने के बाद उसे देर-सवेर ही सही, वापस पहुँचाया जाए, लेकिन ऐसा हुआ नहीं।

जिन्होंने तुलसीकृत *रामचरितमानस* पढ़ी-सुनी है, उन्हें मालूम है कि लंकाकांड के दौरान मेघनाद के प्रहार से लक्ष्मण के मूर्च्छित हो जाने पर हनुमान सुषेण वैद्य को मकान सहित और सिंगल संजीवनी बूटी लाने के बजाय पूरा द्रोणपर्वत उठा लाए थे।

प्रश्न यह नहीं है कि हनुमान को एक मेडिसन लानी थी और पूरी मेडिकल शॉप उठा लाए। यदि हनुमान ऐसा नहीं करते तो फिर उनका 'हनुमान' होने का क्या मतलब रह जाता? सवाल यह है कि लक्ष्मण की मूर्च्छा टूटने और सब कुछ सुचारु हो जाने के बाद हनुमान द्रोणपर्वत को यथास्थान धरकर क्यों नहीं आए? ऐसा नहीं करने के पीछे *रामचरितमानस* के पात्रों की अथवा स्वयं महाकवि तुलसीदास की लापरवाही रही, मजबूरी रही या किसी का कोई हिडन एजेंडा था?

मैंने यह सोचकर कि चूक कवि की न होकर शायद प्रकाशक की हो, गीताप्रेस और लोकभारती दोनों प्रकाशनों की *रामचरितमानस* देखीं। गीताप्रेस से छपी *रामचरितमानस* के भी दो संस्करण देखे। भेंट में मिला हुआ भी और खरीदा हुआ भी। पर तीनों में किस्सा समान मिला। पृष्ठ भी क्रमानुसार थे। न

किसी निरक्षर पाठक ने किसी प्रति के पन्ने-वन्ने फाड़ रखे थे, न जिल्दसाज ने ही कोई त्रुटि की हुई थी।

तुलसीदास ने यह तो लिखा है कि 'कपि पुनि बैद तहाँ पहुँचावा। जेहि बिधि तबहिं ताहि लई आवा'। अर्थात श्रीराम ने लक्ष्मण के स्वस्थ होते ही हनुमान से सुषेण दैद्य को जैसे लाए थे वैसे ही पहुँचाने को कहा। हालाँकि, इससे आगे सुषेण के भी सही सलामत पहुँचने-पहुँचाने का जिक्र नहीं है, लेकिन यह मान लिया जाना चाहिए कि राम के आदेश की अवहेलना हनुमान ने कभी नहीं की, सो सुषेण को अवश्य जैसे लाए थे वैसे धर ही आए होंगे।

यह अलग विषय है कि यदि वैद्यजी भावुकतावश औपचारिकता में पड़ जाते कि हे प्रभु! आपने सेवा का अवसर दिया मेरे लिए यही बहुत बड़ी बात है, अब मैं खुद ही चला जाऊँगा तो उनका मकान कौन रखकर आता? इस मीन-मेख को भी परे रखें कि क्या मकान में सुषेण का परिवार भी साथ उठ आया था और यदि परिवार नहीं आया था तो क्या सुषेण अपरिवार थे या परिवार से अलग रहते थे?

कुल मिलाकर *रामचरितमानस* में मर्यादा पुरुषोत्तम द्वारा सुषेण को यथावत पहुँचाने की मर्यादा का पालन तो हुआ, लेकिन द्रोणपर्वत को लेकर मर्यादा भंग नजर आती है।

रात के समय द्रोणपर्वत उठाकर लौटते में भरत ने हनुमान को कोई मायावी राक्षस समझकर बाण से गिरा लिया था यानी हनुमान ने अयोध्या का एयरस्पेस इस्तेमाल किया था। इससे स्पष्ट है कि द्रोणपर्वत भारत के सुदूर उत्तर में था। युद्धस्थल से हजारों किलोमीटर दूर।

अब शंका यह भी उठती है कि सुषेण वैद्य को कैसे पता था कि संजीवनी बूटी द्रोणपर्वत पर ही है, क्योंकि इस दुर्घटना से पूर्व तो *रामचरितमानस* में अन्य कोई वर्णन नहीं मिलता कि सुषेण ने द्रोणपर्वत से किसी और के लिए भी कभी संजीवनी बूटी या अन्य दवा मँगवाई हो। ऐसे सुराग भी नहीं मिलते हैं कि द्रोणपर्वत साइड के एमआर (मेडिकल रिप्रजेनटेटिव) संजीवनी बूटी बेचने लंका जाते रहे हों।

कहीं ऐसा तो नहीं था कि सुषेण ने द्रोणपर्वत के आसपास से चिकित्सक

की डिग्री ली हो, फिर इस लोभ में लंका चले गए हों कि जो देश सोने से बना है, वहाँ धन्धा खूब चमकेगा?

लक्ष्मण का इलाज करने पर किसी लंकावासी ने तो छोड़ो, उसे वीरघातिनी शक्ति से मूर्च्छित करने वाले स्वयं मेघनाद तक ने सुषेण से ऐतराज क्यों नहीं जताया कि तुम हमारे वैद्य हो, अतः जिस दुश्मन को मैंने सदा के लिए ठीक कर दिया था, उसे तुमने फिर से क्यों ठीक कर दिया? अब वह ठीक होकर हम सब को ठीक करेगा। उसे ठीक करने का ठीक-ठीक दोषी कौन है? ठीक से समझ गए हो या और ठीक से समझाऊँ?

क्या इसका यह मतलब निकालें कि सुषेण अपने पेशे के प्रति ईमानदार थे? वह बस, रोगी और अपनी फीस देखते थे, उसकी जाति, भाषा, धर्म, सम्प्रदाय, वर्ग वगैरह नहीं? अथवा त्रेतायुग में भी कोई रेडक्रॉस टाइप संस्था थी कि लड़ाई-झगड़ा कोई भी करे वैद्य सबका समान भाव से इलाज करेगा?

मूर्च्छित तो रावण के योद्धा भी हुए होंगे, किन्तु *रामचरितमानस* में सुषेण द्वारा उनके इलाज का कहीं विवरण नहीं मिलता। कहीं शत्रु की चिकित्सा का पता लगने पर रावण ने क्रुद्ध होकर सुषेण का लाइसेंस तो रद्द नहीं कर दिया था?

हनुमान द्रोणपर्वत लौटाकर क्यों नहीं आए? क्या यह सोचकर कि पहले लंका फतह कर लें, फिर रख आऊँगा। बाद में अन्य किसी ने स्मरण नहीं कराया हो और खुद भूल-भाल गए हों? यह तो हनुमान सहित हम सबको याद है ही कि हनुमान को स्वयं का बल भी याद दिलाने पर ही याद आता था।

रावण का वध और विभीषण को लंकापति बनाने के बाद हो सकता है भगवान ने अपनी सहायता के अहसान के बदले विभीषण को द्रोणपर्वत की भेंट दे डाली हो?

'जामवन्त कह बैद सुषेना' से जाहिर है दानवों के वैद्य सुषेण का नाम श्रीराम को जामवन्त ने सुझाया था। जामवन्त सुषेण को पहले से कैसे जानता था? क्या सुषेण भी जामवन्त के लिए वही काम कर रहा था, जो विभीषण राम के लिए कर रहा था?

रात में अचानक अपना पहाड़ उठ जाने का सुबह पता लगने पर

द्रोणपर्वत के आसपास के रोगियों और चिकित्साकर्मियों पर क्या बीती होगी? स्वास्थ्य और रोजगार की वैकल्पिक व्यवस्था के लिए उन बेचारों ने क्या किया होगा? तुलसीदास ने उनकी मनोदशा का वर्णन करना उचित क्यों नहीं समझा? क्या इसलिए कि कवि को केवल अपनी रामभक्ति के प्रदर्शन से ही मतलब था?

रामचरितमानस में सुषेण द्वारा लक्ष्मण के इलाज से पहले या बाद में फीस-वीस माँगने का कोई जिक्र नहीं होने से यह सन्देह भी होता है कि द्रोणपर्वत न लौटाने के पीछे कहीं सुषेण ही का हाथ न रहा हो, ताकि अपने भविष्य के मरीजों के लिए दवाइयाँ वहीं उपलब्ध हो सकें। आम रोगी के पास तो हनुमान होता नहीं जो हजारों किलोमीटर दूर से संजीवनी बूटी ला दे?

अटकल है, हनुमान ने राम से पूछा हो कि हे प्रभु! काम हो गया अब द्रोणपर्वत जहाँ का तहाँ धर आऊँ? राम ने कह दिया हो कि अभी लड़ाई शेष है। बूटी-वूटी की फिर जरूरत पड़ सकती है। बार-बार कहाँ भागा-दौड़ी करते फिरोगे? जीवित बचे तो अयोध्या लौटते में साथ ले चलेंगे। तत्पश्चात विजयोल्लास और घर वापसी की अधीरता में विस्मृत कर गए हों। अयोध्या पहुँचने पर हनुमान ने सोच लिया हो कि उस वाले द्रोणपर्वत को वहीं पड़ा रहने दो। श्रीराम जगत निर्माता हैं, इधर एक नया द्रोणपर्वत और बना देंगे।

तमाम मीठे जल स्रोतों से निराश प्यासा अन्ततः खारे समुद्र तक की शरण में चला जाता है। अतः मैंने गूगल पर सर्च मारा। पर, गूगल ने तो और गजब कर डाला। उत्तराखंड में तिब्बत से सटे द्रोणगिरि नामक गाँव के लोग अपने एक पहाड़ को आज भी ऑरिजनल द्रोणपर्वत मानते हैं। उनका दावा है कि इसी पर संजीवनी बूटी थी तथा हनुमान इसी की दाहिनी भुजा उखाड़कर ले गए थे। गूगलानुसार द्रोणगिरिवासी इस बात से तो गर्वित हैं कि उनके पहाड़ की संजीवनी बूटी की एक ही डोज से लक्ष्मणजी स्वस्थ हुए थे, लेकिन वे हनुमान से आजतक बेहद नाराज बताए जाते हैं कि वह हमारे पहाड़ को हमें बिना बताए कैसे उठा ले गया?

द्रोणपर्वत प्रकरण को लेकर *वाल्मीकीय रामायण* पढ़ी तो खुद मूर्च्छित होते-होते बचा। वहाँ तो किस्सा ही अलग निकला। एकदम आकाश-पाताल।

जानकर आश्चर्य हुआ कि तुलसीदास ने तो रामकथा की रामलीला करके रख दी।

रामानन्द सागर ने अपने टीवी धारावाहिक *रामायण* में अवश्य द्रोणपर्वत को जहाँ से उठवाया, वहाँ वापस रखवाया है। रामानन्द सागर असम्भव को शायद इसलिए सम्भव कर पाए कि उनकी *रामायण* में हनुमान के रोल में दारा सिंह थे।

खैर किस्से-कहानियाँ अपनी जगह, लेकिन *रामचरितमानस* के द्रोणपर्वत प्रसंग से यह जिज्ञासा रह-रहकर उठती रहेगी कि उसे यथास्थान क्यों नहीं धरा गया? लोग तो अपना काम निकल जाने के बाद बेपरवाह हो जाते हैं, लेकिन तुलसीदास तो महाकवि थे। उनकी तो जिम्मेदारी बनती थी कि उठाई गई चीज को ठिकाने से रखवाते। सहृदय कवि को वीआईपी पेशेंट के साथ उन गरीब रोगियों की भी चिन्ता रखनी चाहिए थी जिनकी दवाइयों की जरूरत द्रोणपर्वत से ही पूरी होती थी।

अब लेख खत्म करता हूँ, क्योंकि लम्बा लेख पढ़ना भी पाठक के लिए द्रोणपर्वत उठाने-धरने से कम नहीं होता।

वे भी क्या दिन थे

वे भी क्या दिन थे, जब घड़ी एक-आध के पास होती थी, पर समय सबके पास होता था। आज की तरह नहीं था कि फेसबुक पर पाँच हजार दोस्त हैं और परिवार में बोलचाल बन्द है।

लोग भूखे उठते तो थे, किन्तु भूखे सोते नहीं थे। महँगाई बिल्कुल नहीं थी। ईमान के अलावा सब कुछ सस्ता था। सस्ताई का अंदाजा आप इसी उदाहरण से लगा लें कि फिल्मों में हीरोइनों को पैसा कम मिलता था, तब भी कपड़े पूरे पहनती थीं।

हमारी प्राथमिक शिक्षा ऐसी थी, जिसमें शिक्षा प्राथमिक नहीं थी। हमारा पचास बच्चों, तीन अध्यापकों, दो पेड़ों और एक कमरे का स्कूल हुआ करता था। आज तो इतने के बल पर लोग यूनिवर्सिटी चला रहे हैं। पढ़ाई-लिखाई को लेकर कतई तनाव नहीं रहता था, क्योंकि हम विद्यार्थियों और गुरुजनों के बीच एक अलिखित करार था कि सोमवार से शनिवार, तीन दिन वे स्कूल नहीं आएँगे और तीन दिन हम। बोलचाल में मातृभाषा (राजस्थानी) का इस्तेमाल होता था। हिन्दी सिर्फ शहरों तक सीमित थी और अंग्रेजी तो पीने के बाद ही बोली जाती थी।

रिश्तों में गर्माहट थी। सारी महिलाएँ आंटी और सारे पुरुष अंकल नहीं होते थे। प्रत्येक रिश्ते के लिए एक अलग सम्बोधन था। हम माँ को 'तू' और पिताजी को 'आप' पुकारते थे। यदि कोई सन्तान किसी समय माँ को 'आप'

कह बैठती तो माँ इस कदर नाराज हो जाती थी, मानो उसने पिताजी को 'तू' कह दिया हो।

बाल्यावस्था में दादी-नानी के किस्से थे। किशोर होने पर डाकुओं और भूतों के किस्से सुने-सुनाए जाने लगे थे। समय काटने के लिए किस्से तो आज भी सुने-सुनाए जा रहे हैं। बस, डाकुओं और भूतों का स्थान नेताओं और सेलिब्रिटीज ने ले लिया है।

तब कोई संचार-वंचार क्रान्ति नहीं थी। सेलफोन तो क्या, लैंडलाइन फोन तक नहीं होता था। अतः झूठ सिर्फ आमने-सामने मिलने पर ही बोला जाता था। ज्ञान पर विज्ञान हावी नहीं था, सो खान-पान शुद्ध था और याददाश्त अच्छी थी। हर व्यक्ति को सात-सात पीढ़ियाँ याद रहती थीं। अपनी भी और गाली-गलौज होने पर दूसरों की भी। शुद्धता का यह आलम था कि दूध में पानी मिलाना तो दूर, शराब तक में पानी मिलाना नैतिकता के विरुद्ध माना जाता था।

खाना पीना खेलना व फिरना निर्भय स्वच्छन्द। भिन्न-भिन्न प्रकार के खेल-कूद थे। अब तो गेम के नाम पर बच्चे वीडियो गेम खेलते हैं। बच्चे भी क्या करें? कुश्ती, कबड्डी, खो-खो वगैरह तो संसद-विधानसभाओं में चले गए। हॉकी, फुटबॉल, वॉलीबॉल की दुर्दशा के बारे में बस, इतना ही कहा जा सकता है कि आज क्रिकेट बेटा है और शेष सारे खेल बेटियाँ।

क्रिकेट तब भी खेला जाता था। बैट का मालिक बैटिंग करता था और बॉल का मालिक बॉलिंग। खेल में ग्यारह खिलाड़ी होना कोई अनिवार्यता नहीं थी। अतः फील्डर भी ये ही दोनों होते थे। बैट टच नहीं होने पर फेंकी हुई गेंद फेंकने वाले को ही लानी पड़ती थी। एक ओवर कुल कितनी गेंदों का होगा, यह गेंद का मालिक तय करता था। बल्लेबाज पहले गेंद पीटता था, फिर मूड के अनुसार भागकर या चलकर रन बनाता था। तत्पश्चात गेंद ढूँढ़ कर लाता था। अकसर ऐसा भी होता रहता था कि बल्लेबाज की दिन भर गेंद लाने की इच्छा नहीं रहती थी और वह दिन भर रन ही बनाता रहता था। वे सिंगल गेंद पर डबल सेंचुरी ठोक देने के दिन थे।

वह टीवी नहीं, रेडियो का युग था। व्यक्ति बन्दूक भले ही बिना लाइसेंस के रख सकता था, किन्तु रेडियो के लिए लाइसेंस अनिवार्य था। याद आते

हैं—अमीन सयानी का बिनाका गीत माला। जसदेव सिंह की हॉकी की हिन्दी कमेंटरी। रामानन्दप्रसाद सिंह, कृष्णकुमार भार्गव और देवकीनन्दन पांडे के समाचार। गर्दन झुकाकर बीबीसी तो ऐसे सुनते थे जैसे आज बीबी से सुनते हैं। रेडियो की भाषा का जादू सिर चढ़कर बोलता था। वक्ता के अपशब्दों तक में उच्चारण की शुद्धता का ध्यान रखा जाता था। उच्चारण अशुद्ध होने पर हर शब्द अपशब्द लगता था।

हालाँकि, थोड़े समय बाद ब्लैक एंड व्हाइट टीवी आ चुका था। चैनल के नाम पर दूरदर्शन था और उस पर रंगारंग कार्यक्रमों के नाम पर आता था सायंकाल में चौपाल। भूमिहीन लोग भी बड़ी श्रद्धा और उत्सुकता से वह खेतीबाड़ी वाला कार्यक्रम एकटक देखते थे। आगे चलकर जब घर-घर में रंगीन टीवी लग चुके थे और चैनल भी चौबीसों घंटे वाले हो गए थे, तब भी लम्बे समय तक हमारे संस्कार बचे रहे थे, क्योंकि गाँव में बिजली नहीं आती थी।

लोग आज वालों की तुलना में कम पढ़े-लिखे और कम सभ्य थे। ये ही कारण थे कि छिटपुट चोरी-चकारी को छोड़कर अन्य अपराध न के बराबर थे। यदा-कदा किसी के यहाँ चोरी हो भी जाती थी तो चोर सौ-पचास कोस दूर का निकलता था। तब के चोर-लुटेरे आज के सेवा कर्मियों की तरह के नहीं होते थे कि जहाँ से वेतन पा रहे हैं, उसी दफ्तर में सेंध लगा दी। चोर किसी के यहाँ घुसते थे तो यह कहते हुए घुसते थे—'साईं इतना दीजिए, जा में कुटुम समाय/मैं भी भूखा ना रहूँ, साधु न भूखा जाय।'

उपर्युक्त दोहे से साफ है कि तब के चोर आज के साहूकारों की भाँति लालची नहीं, सन्तोषी होते थे। चोर आस्तिक होते थे और कोडवर्ड का इस्तेमाल करते हुए पुलिस, इनकमटैक्स, सेलटैक्स वालों को साधु कहते थे।

उन दिनों रामलीला मनोरंजन का प्रमुख साधन हुआ करती थी। जिसमें महिला पात्रों का अभिनय भी पुरुष ही निभाते थे। रामलीला मंडली गाँव की धर्मशाला में ठहरती थी। रामलीला वाले सिनेमा वालों की तरह असली जीवन में अभिनय नहीं करते थे। स्मरण है, हम बच्चे दिन में धर्मशाला में जाकर देखते थे कि गत रात ही एक-दूसरे के जानीदुश्मन रहे बाली और सुग्रीव साथ-साथ ताशपत्ती खेल रहे हैं। सूपनखा मन्थरा के लिए चाय बना रहा है।

चटाई पर बैठा रावण रात को आरती में आए पैसों का हिसाब मन्दोदरी को दे रहा है यानी रामलीला वालों का गले मिलने और गले पड़ने का समय अलग-अलग होता था।

कस्बों-शहरों में ठाठिया सिनेमाघर भी हुआ करते थे। याद है, एक दिवस हम कई विद्यार्थी अपने अध्यापकों को चकमा देकर पड़ोस के कस्बे में एक ट्रेजडी फिल्म देखने चले गए। फिल्म की सम्पूर्ण ट्रेजडी तब कॉमेडी में बदल गई, जब शो छूटने पर हमने देखा कि हमारे अध्यापक भी हमें चकमा देकर उसी फिल्म का वही शो देखने आए थे।

हमारी किशोरावस्था के वक्त शोले और सन्तोषी माता फिल्मों की जबरदस्त धूम थी। शोले का तो हर शो ही हाउसफुल रहता था। कई लोग तो देखी हुई शोले, मात्र इस सुख के लिए बार-बार देखने जाते थे कि वीरू के लाख मना करने के बावजूद बसन्ती कुत्तों के सामने नाचती थी। विवाहितों के लिए सन्तोषी माता फिल्म देखना अनिवार्य था। पत्नी के बगल में बैठ, पर्दे पर फिल्म देखते हुए, पति बेचारा पूरे समय तय ही नहीं कर पाता था कि असली वाली सन्तोषी माता कौनसी है?

सुविधाएँ कम थीं, पर सुख बहुत था। संघर्ष था तो रोमांच भी था। लोग पैदल चलते थे और पद यात्राएँ करते थे, जो कि पद प्राप्त करने लिए नहीं होती थीं। आज तो मॉर्निंग वॉक भी व्हीकल चलाते हुए की जाती है। कुछेक के पास साइकिलें होती थीं, जो चार रोटियों में चालीस का एवरेज देती थीं। कारें-मोटरसाइकिलें तो छोड़ो, बसें तक इक्का-दुक्का हुआ करती थीं। हमारे गाँव में कुल दो बसें दिन भर में आती थीं। एक जाने वाली और दूसरी आने वाली। उनमें बैठने वालों को गन्तव्य पर पहुँचने तक चालक से निरन्तर पूछते रहना पड़ता था कि भई, यह तो बता कि यह बस जाने वाली है या आने वाली है? जहाज और हवाईजहाज तो हम किताबों में देखते थे और कॉपियों के बनाते थे।

यों तो देश में ब्रॉडगेज चलन में आ गया था, किन्तु हमारी पहुँच में मीटरगेज वाली कोयले के इंजन वाली रेल गाड़ियाँ ही थीं। जिनकी गति का यह आलम था कि घंटे-आध घंटे का सफर भी होता था तो भी यात्री तीन वक्त

का खाना बाँधकर चलते थे। ट्रेनें दो-तीन दिन तक लेट रहती थीं। जिस किसी दिन भूले-भटके कोई ट्रेन मात्र एक ही दिन लेट हो पाती तो जनता हो या रेलवे के अधिकारी-कर्मचारी, सबको भारी शिकायत रहती कि ट्रेन कमबख्त बिफोर कैसे आ गई? अमूमन रेलवे स्टेशनों पर पूछताछ खिड़की का प्रावधान नहीं था। पूछताछ खिड़की होती भी थी तो कोई पूछने वाला नहीं होता था। संयोग से दोनों होते तो बताने वाला गायब रहता था।

ट्रेनों में चढ़ने में जितना पसीना आता था, उतरने में उससे अधिक आता था। यह तय करना बड़ा कठिन होता था कि ट्रेन और यात्रियों में कौन किसको ढो रहा है?

यात्री काठ की सीटों पर काठ के उल्लू बने बैठे रहते थे। डिब्बे में डफली वालों का गाना-बजाना चलता रहता था। खड़े यात्री भजन पसन्द करते थे और जिन्हें बैठने की जगह मिल जाती थी, वे ग़ज़ल। यात्री फरमाइशें करते रहते थे और डफली वाले गाते-बजाते रहते थे। डफली वालों को पैसे देने का वक्त आता था, तब फरमाइशें करने वाले खुद गाने लगते थे। यात्राओं में गड़बड़ी और हड़बड़ी दोनों रहती थीं। जिसकी जेब में एक भी पैसा नहीं होता था, उसे भी हर घड़ी जेब कटने की आशंका रहती थी। चूँकि यात्री को सामान की भी स्वयं ही रक्षा करनी होती थी, अतः खाली हाथ चढ़ते थे तो भी सामान लेकर ही उतरते थे।

मैं अतीतजीवी नहीं हूँ, किन्तु हम सोडियम लाइटों की चकाचौंध के फेर में माटी के दीप की उपेक्षा के अपराधी तो हैं ही।

याद करो वह पत्र लेखन का जमाना। पत्रों में व्याकरण की अशुद्धता के बावजूद आचरण की शुद्धता रहती थी। मैंने खुद अनेक बार अपने पिताजी को पत्रों में चरण-स्पर्श की जगह आशीर्वाद लिखा था। और उतना ही अशुद्ध लिखा था, जितना आज ट्रकों और साइन बोर्डों पर लिखा होता है। पिताजी भी मेरा लिखा पत्र पढ़कर नाराज नहीं होते थे। बस, हँसकर पत्र का एक कोना फाड़ लेते थे।

'खत लिखता हूँ खून से स्याही न समझना' अर्थात प्रेम-पत्र लाल स्याही से लिखकर अपने खून से लिखा बताने का रिवाज तब भी था। परिणाम भी

उसी अनुपात में निकलता था। जिन अविवाहितों ने वैसे प्रेम-पत्र लिख-लिखकर कबूतर उड़ाए थे, आज बेचारे गृहस्थी की घाणी में जुते हैं और सबके तोते उड़े हुए हैं।

हाँ, शादी-ब्याह से याद आया। तब शादियों में व्यर्थ का धूम-धड़ाका और दिखावा नहीं होता था। बस, दो-चार बाराती बैंड पर बजती बीन की धुन पर नागिन-सपेरा डांस कर लेते थे। दो-चार बाराती ही क्यों? क्योंकि बीन बनाने के लिए तब रूमाल ही दो-चार बारातियों के पास होते थे। बारातें तीन-तीन दिन तक ठहरती थीं। अब तो कन्या पक्ष के यहाँ पहुँचते ही चलो-भागो रहता है। वैसे अब तीन दिन रुकने का किसी के पास समय भी नहीं है। हालाँकि, आज भी यदि किसी के पास बाराती बनकर तीन दिन रुकने का समय है तो ऐसे फ़ुर्सतिए को कोई तीन दिन रोकेगा भी क्यों?

शादी-ब्याह तो छोड़िए, अब तो मृतक के बारह दिन का शोक तक तीये की बैठक के एक घंटे में सिमट कर रह गया है। नाटकीयता ऐसी कि बैठक के दौरान शुभचिन्तकों के पढ़े जाने वाले शोकसन्देशों में तो बधाई सन्देशों का मजा आता है। मैं जब कभी किसी की तीये की बैठक में जाता हूँ और घनघनाते सेलफोन, आत्मप्रचार से सराबोर शोकसन्देश, सहानुभूति की ओट में जनसम्पर्क आदि देखता हूँ तो लगता है अपनी ही बैठक में बैठा हूँ।

गन्ने का रस सूख जाए तो वह लाठी रह जाता है। तब हमारा जीवन कछुए की तरह था, आज हम खरगोश की तरह दौड़ रहे हैं। नतीजा सामने है। भाग सब रहे हैं और पहुँच कोई नहीं रहा।

केबीसी खेलो, गरीबी मिटाओ

गरीबी की रेखा केबीसी के रबर से ही मिटाई जा सकती है। केबीसी माने टीवी गेम शो 'कौन बनेगा करोड़पति'। चन्द सवालों के सही जवाब दो और हाथोंहाथ एक करोड़ रुपये लो। और इतनी बड़ी रकम जीतने के लिए विशेष ज्ञान की भी आवश्यकता नहीं, केवल सामान्य ज्ञान ही पर्याप्त है।

अमिताभ बच्चन ने कला की जितनी सेवा की है वह अपनी जगह, किन्तु भाई का केबीसी वाला फंडा तो बेजोड़ है। देश की गरीबी मिटाने में जो नेता पैंसठ सालों में सफल नहीं हो पाए, उसे इस मिलेनियम स्टार ने कुछेक टीवी एपीसोड में ही सिद्ध कर दिखाया।

अन्य टीवी शो जहाँ मात्र मनोरंजन करते हैं, केबीसी मनोरंजन के साथ ही तमाम हिस्सेदारों की गरीबी भी मिटाता है। चैनल वाले विज्ञापनों से कमाते हैं। विज्ञापनों का लाभ बाजार को मिलता है। प्रश्नकर्ता को मोटा पारिश्रमिक मिलता ही है। सवालों के सही जवाब बताकर विजेता बनने वाले को सरेआम चेक मिलता है। हारने वाले प्रतिभागी को मिलती है फेसवैल्यू। और सब जानते ही हैं कि वर्तमान में टीवी प्रदत्त फेसवैल्यू भी एक प्रकार का चेक ही है, जिसे पाने वाला भविष्य में भुनाता रहता है।

अब सवाल यह उठता है कि केबीसी से बहुतों को बहुत कुछ मिलता है तो टीवी के सम्मुख बैठ, अपनी निरर्थकताओं से शो को सार्थकता प्रदान करने वाले बेचारे दर्शक को जनरल नॉलेज के अलावा क्या मिलता है? तो जनाब

मैं उसी सर्वहारा के उद्धार हेतु ही तो सरकार से केबीसी फॉर्मूला अपनाने का निवेदन कर रहा हूँ।

सरकार को चाहिए कि अपने प्रत्येक नागरिक के आर्थिक उत्थान हेतु तुरन्त केबीसी पद्धति अपनाए। हालाँकि, अपने लिए तो सरकारों में 'कौन बनेगा करोड़पति' गेम आजादी के दिन से ही अबाध चला आ रहा है, किन्तु समय की माँग है कि अब केबीसी जनसाधारण के लिए भी मुहैया हो।

मतदाताओं को माटी के मोल गेहूँ-चावल, विद्यार्थियों को मुफ्त लैपटॉप-वाई फाई, साइकिल-स्कूटी-मिड डे मील, मनरेगा-सब्सिडी आदि देना सब गरीबी हटाने के अस्थाई उपाय हैं। बाँध की दरारें हथेलियों से बन्द नहीं की जा सकतीं। गरीबी को जड़ से समाप्त करने का एकमात्र और चिरस्थाई उपाय है केबीसी। सहायता वह, जो भरपूर, एकमुश्त और हाथोंहाथ दी जाए।

सरकार को चाहिए कि वह सरकारी केबीसी का फॉर्मेट भी टीवी वाले केबीसी जैसा ही रखे। हाँ, सवाल ऐसे हों जिनके उत्तर हर कोई नींद और बेहोशी में भी दे सके। सरकार यदि आम आदमी से दुरुह प्रश्न पूछेगी (जैसे कि 'दुरुह' शब्द को ही लो) तो समझा जाएगा कि सरकार की नीयत में खोट है और वह अपने अलावा किसी और की गरीबी नहीं मिटाना चाहती।

उदाहरणार्थ सवाल इस प्रकार के न हों—कोलम्बस ने अमेरिका की खोज क्यों की? चन्द्रमा पृथ्वी से कितने प्रकाशवर्ष दूर है? क्रिकेट के खेल में कुल कितने खिलाड़ी खेलते हैं?

ऐसे सवालों से सरकार की रकम भले ही बचेगी, किन्तु केबीसी योजना डूब जाएगी। कोलम्बस को पता थोड़े ही था कि उसकी भूल को एक दिन सम्पूर्ण मानवता भुगतेगी। स्वस्थ जवान व्यक्ति भी जहाँ ग्राउंड फ्लोर से फर्स्ट फ्लोर तक चढ़ने के लिए लिफ्ट का सहारा लेता हो, वहाँ पृथ्वी से चन्द्रमा की दूरी तो और थकाऊ है। क्रिकेट की टीम में कुल खिलाड़ियों की सही संख्या आम आदमी तो क्या स्वयं बीसीसीआई ही नहीं बता सकती, क्योंकि क्रिकेट में खिलाड़ियों के साथ अनगिनत सटोरिए भी तो 'खेलते' हैं।

देशवासियों के समानता के अधिकार की रक्षा करते हुए सरकार को चाहिए कि वह केबीसी खेलने वाले प्रत्येक प्रतिभागी से प्रस्तुत आठ सवाल ही

पूछे—1. नाम 2. पिता का नाम 3. उम्र 4. जाति 5. धर्म 6. शिक्षा 7. राष्ट्रीयता 8. वैवाहिक स्थिति।

मेरा दावा है कि उपर्युक्त सवालों से न सिर्फ उत्तर बताने वालों, बल्कि सवाल पूछने वालों को भी सहजता रहेगी। चूँकि सरकार द्वारा प्रत्येक व्यक्ति को जबरदस्ती एक करोड़ रुपया दिया ही जाना है, अत: आसानी से नाम न बताने वाले से नाम उगलवाया जा सकता है। सरकार अपनी पर उतर आए तो क्या असम्भव है? किसी को अपने पिता का नाम याद न आने पर उसे ऑप्शन अथवा लाइफ लाइन की सुविधा दी जा सकती है। उम्र सिर्फ पुरुषों से पूछी जाए। महिलाएँ जो बता दें, उसमें से पाँच-सात साल घटाकर दर्ज की जाए। जाति और धर्म तो हर भारतीय अपने नाम से भी पहले बताता आया है। शिक्षा के लिए कोई पढ़ा-लिखा हो या अनपढ़, उसके बर्ताव को आधार माना जाए, क्योंकि मात्र प्रमाण-पत्र होने से ही कोई शिक्षित नहीं हो जाता। हम भारतीयों की राष्ट्रीयता जानना आसान है ही। यदि किसी व्यक्ति से उसके देश का नाम पूछा जाए और वह राज्य का नाम बताए तो समझ लो वह शुद्ध भारतीय है। जहाँ तक वैवाहिक स्थिति वाला आठवाँ और अन्तिम सवाल है तो यह है भले ही खानापूर्ति के लिए, किन्तु है अनिवार्य। वैसे ही जैसे नौकरी के लिए आवेदन करते समय बेरोजगार से भी उसकी कुल वार्षिक आय पूछी जाती है। वैवाहिक स्थिति वाले सवाल का महत्त्व आप इसी से लगा लें कि राशनकार्ड बनवाते समय पाँच सन्तानों के माता-पिता से भी उनकी वैवाहिक स्थिति पूछी जाती है।

प्रथम सवाल अठहत्तर हजार एक सौ पच्चीस रुपयों का हो। एक से दूसरे सवाल पर राशि दुगुनी होती ही जाएगी। इस प्रकार आठवाँ सवाल बताते ही, बताने वाले को उसके हक का एक करोड़ रुपया दे दिया जाए। रुपया नगद दिया जाए तो सोने पे सुहागा।

देश की आबादी एक सौ पच्चीस करोड़ है। प्रत्येक व्यक्ति को एक करोड़ रुपया देने के लिए सरकार अपने कार्यकाल में पच्चीस करोड़ व्यक्ति प्रतिवर्ष का लक्ष्य रख सकती है। सरकार का नारा हो—'आइए केबीसी खेलें, आठ सवालों के उत्तर दें और एक करोड़ ले लें।'

केबीसी योजना के सुचारु संचालन हेतु सरकार 'प्रशासन शहरों के संग', 'प्रशासन गाँवों की ओर' जैसे महाअभियान चला सकती है। हर गाँव-शहर में केबीसी कर्मचारी नियुक्त किए जा सकते हैं। जो घर-घर जाएँ। पूछताछ कर आठ सवालों वाला निर्धारित प्रपत्र भरें। तुरन्त एक करोड़ रुपया दें और गरीब की गरीबी दूर करें।

केबीसी योजना के शीघ्र क्रियान्वयन हेतु सवाल पूछने वाले लोग कमीशन पर भी रखे जा सकते हैं। किसी फर्म को आठ सवाल पूछने के भारी-भरकम काम का ठेका भी दिया जा सकता है। यह भी किया जा सकता है कि जो व्यक्ति एक करोड़ रुपया प्राप्त कर ले, वह स्वयंसेवक बनकर सरकार के काम में हाथ बँटाए। सरकार अपने कर्मचारियों को भी स्कीम का लालच दे सकती है कि जो आठ लोगों को आठ-आठ सवाल पूछकर आठ करोड़ रुपया भुगता देगा, उसको खुद को बिना आठ सवाल पूछे सीधे एक करोड़ रुपया दे दिया जाएगा। वैसे ही जैसे आपातकाल के दौरान सरकार द्वारा निर्धारित नसबन्दी केसों का टारगेट पूरा कर देने वाले कर्मचारी को स्वयं की नसबन्दी से छूट मिलती थी।

हाँ, सांसदों-विधायकों को जरूर सवाल-जवाब की प्रक्रिया से अलग रखा जाए, क्योंकि वे तो सदनों में ही सवाल-जवाब पूछ-बता कर करोड़ों कमा लेते हैं।

अब एक करोड़ टके का सवाल है, केबीसी योजना के बजट का। मेरे खयाल से तो सरकार के पास अकूत धन है ही, वरना नेता-अफसर, दलाल-ठेकेदार आदि अरबों-करोड़ों कहाँ से खा रहे हैं? फिर भी यदि अतिरिक्त धन की आवश्यकता पड़े तो विश्व बैंक, अन्तर्राष्ट्रीय मुद्राकोष अथवा धनी देशों से ऋण लिया जा सकता है। हमें ऋण देने से यदि वे गरीब हो जाएँ तो उनको भी करोड़पति बनने के लिए हम केबीसी वाला नुस्खा बता सकते हैं।

तो अब बिना देर किए सरकार एक केबीसी विभाग खोले। अमिताभ बच्चन को केबीसी योजना का ब्रांड एम्बेसडर नियुक्त किया जाए, ताकि शीघ्र सफलता सुनिश्चित हो, क्योंकि जबतक किसी सेलिब्रेटी के हाथों में ड्रॉपर न पकड़ा दी जाए, छह माह का बच्चा भी पोलियो की खुराक पीने से मना कर

देता है। सेलिब्रेटी और सोशल सर्विस का गठजोड़ सदैव चमत्कारी होता है। कौन नहीं जानता कि सिर्फ पैसे के लिए मुजरा करने वाली भी यदि एक-आध भजन गा दे तो भजनों से चिढ़ने वाले भी श्रद्धा-विभोर होकर उसके साथ गाने लगते हैं।

यों तो केबीसी योजना निःसन्देह लोक कल्याणकारी और सरकार हितकारी है, पर केबीसी योजना के फ्लॉप होने का बस एक कारण 'राजनीति' जरूर हो सकता है, क्योंकि राजनीति में जाकर एक क्या कई करोड़ कमाए जा सकते हैं और आठ क्या एक भी सवाल का उत्तर देना अनिवार्य नहीं है।

अच्छे दिन आने वाले हैं

सोलहवीं लोकसभा का चुनाव लड़ते हुए भाजपा ने जुमला उछाला 'अच्छे दिन आने वाले हैं' और मतदाता ने जुमले पर भरोसा करके अपना अमूल्य मत सरेंडर कर दिया। वैसे ही, जैसे सोना दुगना करने का झाँसा देने वाले को भोली सुहागन अपना मंगलसूत्र उतार कर सौंप देती है।

श्री नरेन्द्र मोदी को प्रधानमंत्री बने नेट एक वर्ष हो गया। अच्छे दिनों की आस में मतदाता की दशा उस यात्री जैसी है जो टिकट खरीद कर उमस भरे वातावरण में, गन्दे प्लेटफार्म पर उन अखबारों को बिछा कर बैठा है जिन पर अच्छे दिन आने के मोहक विज्ञापन छपे हैं और जिसके कान विलम्बित हुई जा रही गाड़ी के आगमन की सूचना सुनने को उद्घोषणा वाले भोंपू की ओर लगे हैं। गाड़ी आ नहीं रही है। आशा-निराशा में झूलता वह पूछताछ खिड़की पर जाता है तो ऊँघता-सा बाबू सरकारी नमक का हक अदा करते हुए उसे आश्वस्त करता है कि आएगी, एक ना एक दिन ट्रेन जरूर आएगी। सरकार के यहाँ देर भले हो, अँधेर नहीं है। किंकर्तव्यविमूढ़ यात्री तय ही नहीं कर पाता कि गाड़ी की प्रतीक्षा में समय का और अपव्यय करना ठीक रहेगा अथवा कैंसिलेशन चार्ज कटा, टिकट लौटाकर घर जाना?

बड़ी ऊहापोह है। जिस अभागे भारतीय ने कभी अच्छे दिन देखे नहीं, वह जानता भी तो नहीं कि अच्छे दिन होते कैसे हैं? ठोस, द्रव, गैस किस आकार-निराकार के होते हैं अच्छे दिन? अच्छे दिन बोतलबन्द मिलेंगे, पैकेट

में मिलेंगे, अथवा अच्छे दिनों का कोई ताबीज होता है जिसे व्यक्ति गले में लटका सके?

मतदाता को आशा भी बाँधनी पड़ रही है। सवा अरब लोगों का देश है भारत। आखिर सवा अरब अच्छे दिन तैयार करना कोई हँसी-खेल तो है नहीं। प्रत्येक नागरिक के लिए अच्छे दिनों की दस-पाँच ग्राम की पुड़िया ही बाँधी जाए तो पाँच बरस पक्के लगें। फिर सरकार यह भी तो चाहती है कि अच्छे दिन भले ही सस्ते न हों, टिकाऊ न हों, पर सुन्दर अवश्य हों। ग्लोबलाइजेशन के शुभागमन से अनपढ़ और गरीब भारतीय भी कड़ाही और फ्राईपैन का आकर्षणभेद ताड़ता है। भारतीयों को स्वदेशी के हीनताबोध से उबारने के लिए इम्पोर्टेड अच्छे दिन अपरिहार्य हैं। इसी मिशन को लेकर ही तो हमारे पूज्य प्रधानमंत्री जी को देश से अधिक विदेश की दौड़-धूप करनी पड़ रही है।

अच्छे दिन आने में देर पर देर होते देख कर मतदाता पछतावा भी कर रहा है। काश! नेताओं की बात पर विश्वास न करके पहले एक हाथ में अच्छे दिन धराता, तब दूसरे हाथ से वोटिंग मशीन का खटका दबाता। इस हाथ दे, उस हाथ ले।

हाय! युग बीत गए। हम राम के वंशज ठोकरें खा-खाकर भी नहीं सँभले। जब-तब कोई भी हाँका लगा कर कह देता है कि उधर सोने का हिरण छिपा है और हम अपनी भूख-प्यास भूल कर हाँकेबाज की तर्जनी की दिशा में दौड़ पड़ते हैं।

वस्तुतः उतावले मतदाता ने जुमले की पड़ताल नहीं की। सोचा, अब दिल्ली कितनी-सी दूर है? इधर शक्तिमान की सरकार बनी और उधर मेरे अच्छे दिन शुरू। अच्छे दिन होंगे भी इतने अच्छे कि मैं मेहनत के नाम पर योगा किया करूँगा और टाइम पास के लिए शॉपिंग। पानी तक को तरस रही नदियों में दूध-दही-घी की बाढ़ आ जाएगी। रोटी गूगल से डाउनलोड की जा सकेगी। मन बहलाव को यदा-कदा श्रम करना भी पड़ा तो पिंडभर श्रम के बदले ब्रह्मांडभर पारिश्रमिक मिला करेगा।

अच्छे दिन प्रारम्भ होते ही राजनेता संन्यास ले लेंगे और संन्यासी राजनीति में आना बन्द कर देंगे। पाकिस्तान सुधर जाएगा, चीन सिर्फ हम से

ही माल खरीदेगा और अमेरिका अपने हाथ बाँधे रात-दिन भारत के दरवाजे पर खड़ा रहेगा। दुनिया के तमाम आतंकवादी नैतिक शिक्षा लेने हेतु भारत के आगे गिड़गिड़ाएँगे। फलतः भारतीय नैतिक शिक्षण संस्थानों में एडमिशन की मारामारी मच जाएगी।

अच्छे दिनों का श्रीगणेश होते ही भारत पूर्णतया भ्रष्टाचार मुक्त हो जाएगा। आदतन कभी कोई व्यक्ति काम के बदले रिश्वत की पेशकश कर भी देगा तो बाबू-अधिकारी उसके गाल पर चाँटा धर देगा। व्यक्ति को तुरन्त अपराधबोध होगा और वह बाबू-अधिकारी के आगे अपना दूसरा गाल बढ़ा देगा। देशभर में घोर ईमानदारी छा जाएगी। क्राइम जीरो हो जाएगा। पुलिस थानों में आर्ट की एग्जिबिशन लगा करेंगी और अदालतों में फाइन आर्ट की।

भारत में पुनः ह्वेनसांग काल लौट आएगा। 'ताला' शब्द शब्दकोशों में रह जाएगा और वे सारे शब्दकोश ताले में बन्द कर दिए जाएँगे, जोकि अलीगढ़ में बना अन्तिम ताला होगा।

मतदाता ने सपना संजो लिया था कि अच्छे दिन आने पर मुझे त्रितापों से स्थायी मुक्ति मिल जाएगी। मैं घर में भी बाराती बन कर रहूँगा। वीर काव्यों के अनुसार जो अप्सराएँ हम भारतीयों का मरणोपरान्त वरण करती हैं, उस ड्यूटी को वे मेरे जीते जी ही निभाने लगेंगी। मैं बिस्तर पर उसी अदा से विश्रामरत रहूँगा जैसे शेषशय्या पर विष्णु-लक्ष्मी रह रहे हैं। दासियाँ चँवर डुलाती रहेंगी जोकि विदेशी होंगी, क्योंकि भाजपा सांसदों को मत देने के पुरस्कारस्वरूप देशी दासियों के भी अच्छे दिन आ चुकेंगे।

मैं न्यूज चैनल अदल-बदल कर खोज ही रहा था कि शायद कहीं से अच्छे दिन आने की अफवाह ही मिले। सम्भव है अच्छे दिन देश की आर्थिक राजधानी में आ गए हों, क्योंकि कोई भी नया प्रॉडक्ट सबसे पहले मुम्बई में ही लॉन्च होता है। तभी पड़ोसी वर्मा जी झल्लाते हुए आए। बोले, "घंटेभर को सपरिवार बाजार को क्या गए, चोरों ने घर साफ कर दिया। क्या ये ही हैं वे अच्छे दिन?"

मैंने उन्हें सान्त्वना दी, "वर्मा जी, 'अच्छे दिन आने वाले हैं' ऐसा कहने वालों ने यह थोड़े ही कहा था कि अच्छे दिन सिर्फ साहूकारों के ही आने

वाले हैं। सरकार का एक लक्ष्य 'सबका साथ, सबका विकास' भी तो है।"

हताश वर्मा जी घर जाकर चोरी गए सामान की सूची बनाने में लग गए और मैं विश्व के सबसे विशाल लोकतंत्र की खूबियों में खो गया कि मुद्दों पर लड़े जाने वाले चुनाव नारों पर लड़े जाने लगे और अब जुमलों पर उतर आए।

क्या अभी और अच्छे दिन आने शेष हैं?

महाराज जी, मध्यस्थ और दक्षिणमुखी

जमीनों-मकानों की खरीद-बिक्री के मध्यस्थ ने ज्योंही दक्षिणमुखी दो सौ वर्ग गजीय खाली प्लॉट का साइट प्लान देखा, उसकी आँखों में खुशी की चमक कौंधी और माथे पर चिन्ता की सलवटें उभर आईं। माथे पर चिन्ता की सलवटें उसने इस कलात्मकता से उभारीं कि प्लॉट मालिक सिंह साहब का ध्यान उसकी आँखों में कौंधी खुशी की चमक की ओर गया ही नहीं, बल्कि उसके माथे पर उभरी चिन्ता की सलवटें देख कर उनके माथे पर भी चिन्ता की सलवटें उभर आईं।

सिंह साहब ने पूछा, "क्यों ठीक-ठाक कीमत में बिक तो जाएगा प्लॉट?"

मध्यस्थ ने लम्बी साँस लेते हुए कहा, "सिंह साहब प्लॉट दक्षिणमुखी नहीं होता तो बेहतरीन कीमत मिलती। इस प्लॉट वाली कॉलोनी में इन दिनों बीस हजार रुपया प्रति वर्ग गज के भाव हैं, लेकिन यह प्लॉट यदि लागत मूल्य में भी निकल जाए तो भी आपको नहीं चूकना चाहिए। उसने सिंह साहब से सवाल किया कि आप जैसा बेहद पढ़ा-लिखा व्यक्ति दक्षिणमुखी प्लॉट की खरीद में कैसे फँस गया?"

सिंह साहब ने दस हजार रुपये प्रति वर्ग गज के हिसाब से दो साल पहले दो सौ वर्ग गज का यह प्लॉट निवेश के उद्देश्य से खरीदा था। तब भाव पन्द्रह हजार रुपये प्रति वर्ग गज का था, लेकिन प्लॉट दक्षिणमुखी होने से मालिक

ने मामले की गम्भीरता समझी और तुरत-फुरत पाँच हजार रुपये प्रति वर्ग गज कम में दे दिया। खरीदते समय सिंह साहब ने पाँच हजार रुपये प्रति वर्ग गज की छूट ही देखी, प्लॉट के दक्षिणमुखी होने वाली बात उनके दिमाग में आई ही नहीं। मध्यस्थ द्वारा दक्षिणमुखी वाला पेच डालते ही उन्होंने प्लॉट खरीद के उस पल और अपने भाग्य, दोनों को कोसा और निवेदन किया, "आप तो जो उच्चतम भाव मिले, इसे बिकवा दो बस।"

मध्यस्थ ने प्लॉट के साइट प्लान की फोटो प्रति मोड़कर जेब में रखी और वह पन्द्रह हजार रुपये प्रति वर्ग गज के भाव से बिकवाने का आश्वासन देकर चला गया। जाते-जाते यह हिदायत भी दे गया कि बात अपने तक सीमित रखना, अन्यथा आपकी गरज लीक हो गई तो कोई लागत की आधी कीमत में भी नहीं पूछेगा।

सिंह साहब ने भी सोचा कि धन दो साल में दुगना न सही, ड्योढ़ा होगा, यही क्या कम है। नगदी बैंक में जमा कराता तो टैक्स-वैक्स का लफड़ा रहता और सोना-चाँदी खरीदता या नगदी ही रखता तो चोरी-चकारी का डर। फिर दक्षिणमुखी प्लॉट को निकाल देने से जो अच्छे दिन आएँगे, उनका क्या मोल?

सिंह साहब को उनकी धर्मपत्नी ने भी पहले ही चेता दिया था कि जबसे उन्होंने यह दक्षिणमुखी प्लॉट खरीदा है, तबसे हमारे सब पाँसे उलटे पड़ रहे हैं। दफ्तर में आपकी कमाई वाली सीट बदल गई। शेयर मार्केट में जब भी रकम लगाई है, डूबी है। बेटे का एडमिशन शहर की नामी शिक्षण संस्था में नहीं हो पाया। परिवार में उत्साह का स्थान तनाव ने ले लिया है। आपने रोज सुबह का सूर्य नमस्कार और गायत्री मंत्र का जाप छोड़कर रोज शाम को पैग लगाने शुरू कर दिए हैं। आमदनी और हैसियत दोनों दिनोंदिन घटने लगी हैं। खुद मेरी यह दशा है कि पहले आचार-मुरब्बा डालती थी तो सालभर तक जैसा का तैसा रहता था, लेकिन जब से यह दक्षिणमुखी प्लॉट लिया है कितने भी जतन से आचार-मुरब्बा डालूँ, महीने भर में फफूँद लग जाती है। मेरे कहे पर भरोसा न हो तो जाकर दक्षिणमुखी मन्दिर वाले महाराज जी से पूछ आओ। सिंह साहब की धर्मपत्नी हर शनिवार को दर्शन-पूजन के लिए दक्षिणमुखी मन्दिर जाती थी।

धर्मपत्नी के बताए कारण की पुष्टि करने सिंह साहब सपत्नी दक्षिणमुखी मन्दिर वाले महाराज जी के पास गए थे। महाराज जी ने पंचांग खोला और अंगुलियों पर कुछ गणना सी करते हुए बताया कि सिंह साहब आपकी धर्मपरायण अर्धांगिनी ने सोलह आना सत्य कहा है। सारी समस्याओं की जड़ निवेश के उद्‌देश्य से खरीदा गया आपका वह दक्षिणमुखी प्लॉट ही है। प्लॉट भी एक तो दक्षिणमुखी और ऊपर से साइज भी दो सौ वर्ग गज। यथाशीघ्र बेच डालो। उसको बेचते से ही आपके अच्छे दिन शुरू हो जाएँगे।

उन्होंने जिज्ञासा प्रकट की, "पर महाराज जी, दक्षिणमुखी मकान-प्लॉट तो दुनिया में बहुतों के पास हैं?"

महाराज जी ने प्रतिप्रश्न किया, "जाकर पूछो किसी दक्षिणमुखी मकान-प्लॉट वाले से कि वह कितना सुखी है? यह दिशा ही अशुभ है। धन-धान्य, बल-वैभव क्या नहीं था रावण के पास? फिर भी वह मतिभ्रष्ट, अहंकारी और बेचैन क्यों रहता था? उसकी अकाल मृत्यु क्यों हुई, क्योंकि लंका दक्षिण दिशा में है। आप अभी तक रावण की गति को इसलिए नहीं प्राप्त हुए हैं कि जिस मकान में रह रहे हैं, वह दक्षिणमुखी नहीं है।"

इतना सुनकर सिंह साहब ने पंचांग पर चढ़ाने के लिए एक सौ एक रुपये निकाले, लेकिन महाराज जी ने यह कहते हुए मना कर दिया कि ज्योतिष मेरे लिए सेवाकार्य है, धन्धा नहीं। काम हो जाने पर श्रद्धा से जो करना हो, कर देना।

सिंह दम्पती वहाँ से अपने दक्षिणमुखी प्लॉट को अतिशीघ्र बेचने और दक्षिणमुखी मन्दिर में भंडारा करने का संकल्प लेकर लौटे।

उनके पलटते ही महाराज ने मध्यस्थ को फोन कर सूचित कर दिया कि सिंह साहब का दो सौ वर्ग गज का एक दक्षिणमुखी खाली प्लॉट बिकाऊ है। अविलम्ब वर्मा जी से सम्पर्क कर डालो।

सिंह साहब के यहाँ से मध्यस्थ सीधा वर्मा जी के घर पहुँचा और उत्साहपूर्वक बोला, "वर्मा जी, आपकी लॉटरी लग गई समझो।"

उसने उस दो सौ वर्ग गजीय दक्षिणमुखी खाली प्लॉट का मुड़ा हुआ साइट प्लान जेब से निकाल कर वर्मा जी के सम्मुख फैलाया। उसकी आँखों

में खुशी की चमक कौंधी और माथे पर चिन्ता की सलवटें उभर आईं। आँखों में खुशी की चमक उसने इस कलात्मकता से कौंधाई कि वर्मा जी का ध्यान उसके माथे पर उभरी चिन्ता की सलवटों की ओर गया ही नहीं, बल्कि उसकी आँखों में कौंधी खुशी की चमक को देख कर उनकी आँखों में भी खुशी की चमक कौंध उठी।

वर्मा जी ने पूछा, "क्यों ठीक-ठाक कीमत में मिल तो जाएगा प्लॉट?"

मध्यस्थ उतावलेपन के साथ बोला, "वर्मा जी प्लॉट दक्षिणमुखी है और पूरा दो सौ वर्ग गज का है, सो ठीक-ठाक कीमत के फेर में मत पड़ो। इस प्लॉट वाली कॉलोनी में इन दिनों बीस हजार रुपये प्रति वर्ग गज के भाव हैं, लेकिन यह प्लॉट दो गुना मूल्य में मिल जाए तो भी आपको नहीं चूकना चाहिए। उसने वर्मा जी की प्रशंसा की कि आप जैसे कम पढ़े-लिखे व्यक्ति को यह दक्षिणमुखी प्लॉट खरीदने का आइडिया कहाँ से आया?"

वर्मा जी ने मामले की गम्भीरता समझी और सस्ता-महँगा के फेर में न पड़कर दिमाग सिर्फ प्लॉट के दक्षिणमुखी और दो सौ वर्ग गजीय होने पर लगाए रखा।

मध्यस्थ द्वारा दक्षिणमुखी और दो सौ वर्ग गज वाला पेच उजागर करते ही उन्होंने प्लॉट के साइट प्लान देखने के उस पल और अपने भाग्य, दोनों को सराहा और निवेदन किया, "जो हो, आप तो जितना न्यूनतम भाव पड़े, इसे खरीदवा दो बस।"

मध्यस्थ ने प्लॉट के साइट प्लान की फोटो प्रति मोड़कर जेब में रखी और वह बीस हजार रुपये प्रति वर्ग गज के भाव से खरीदवाने का आश्वासन देकर चला गया। जाते-जाते यह हिदायत भी दे गया कि बात अपने तक सीमित रखना, अन्यथा आपकी गरज लीक हो गई तो कोई दो गुना कीमत में भी ले उड़ेगा।

वर्मा जी ने भी सोचा कि धन कालान्तर में दुगना न सही, ड्योढ़ा तो हो ही जाएगा। नगदी बैंक में जमा कराऊँगा तो टैक्स-वैक्स का लफड़ा रहेगा और सोना-चाँदी खरीदूँगा या नगदी ही रखूँगा तो चोरी-चकारी का

डर। फिर दक्षिणमुखी प्लॉट में निवेश करने से जो और अच्छे दिन आएँगे, उनका क्या मोल?

वर्मा जी को उनकी धर्मपत्नी पहले ही सलाह दे चुकी थी कि जब से उसने दो सौ वर्ग गज का एक दक्षिणमुखी प्लॉट खरीदने की सोची है, तबसे हमारे सब पाँसे सीधे पड़ रहे हैं। सार्वजनिक निर्माण विभाग का ठेका तो चाँदी बरसा ही रहा था, बिजली विभाग का ठेका और मिल गया। शेयर मार्केट में जब भी रकम लगाई है, अच्छा रिटर्न मिला है। बेटे का एडमिशन शहर की नामी शिक्षण संस्था में हो गया। परिवार में तनाव का स्थान उत्साह ने ले लिया है। आप जो रोज शाम को पैग लगाने लगे थे वह बन्द करके रोज सुबह सूर्य नमस्कार और गायत्री मंत्र का जाप करने लगे हो। आमदनी और हैसियत दोनों बढ़ने लगी हैं। मेरी खुद की दशा में चमत्कारी बदलाव आया है। पहले कितने भी जतन से आचार-मुरब्बा डालती थी तो भी महीने भर में फफूँद लग जाती थी, लेकिन जबसे दक्षिणमुखी प्लॉट लेने की सोची है, आचार-मुरब्बा सालभर जैसा का तैसा रहता है। मेरे कहे पर भरोसा न हो तो जाकर दक्षिणमुखी मन्दिर वाले महाराज जी से पूछ आओ। वर्मा जी की धर्मपत्नी दर्शन-पूजन के लिए हर मंगलवार दक्षिणमुखी हनुमान मन्दिर जाती थी।

धर्मपत्नी के बताए कारण की पुष्टि करने वर्मा जी सपत्नी दक्षिणमुखी मन्दिर वाले महाराज जी के पास गए थे। महाराज जी ने पंचांग खोला और अंगुलियों पर कुछ गणना-सी करते हुए बताया कि वर्मा जी आपकी धर्मपरायण अर्धांगिनी ने सोलह आना सत्य कहा है। निवेश के उद्देश्य से एक दक्षिणमुखी प्लॉट खरीद लेना चाहिए। बस, ध्यान रहे प्लॉट एक तो दक्षिणमुखी हो और साथ ही साइज भी दो सौ वर्ग गज हो। यथाशीघ्र खरीद डालो। उसको खरीदने से ही आपके और अच्छे दिन शुरू हो जाएँगे।

उन्होंने जिज्ञासा प्रकट की, "पर महाराज जी, दक्षिणमुखी मकान-प्लॉट तो दुनिया में बहुत लोगों के पास हैं? उनके मालिक कितने सुखी होंगे? यह दिशा ही अशुभ है। धन-धान्य, बल-वैभव क्या नहीं था रावण के पास? वह कितना मतिभ्रष्ट, अहंकारी और बेचैन रहा। अकाल मृत्यु का ग्रास बनना पड़ा। क्या इसलिए नहीं कि लंका दक्षिण में है?"

महाराज जी ने प्रतिप्रश्न किया, "लंका दक्षिण दिशा में है, लेकिन मर्यादा पुरुषोत्तम ने जब लंका पर चढ़ाई की तब उनका श्रीमुख किधर था?"

वर्मा जी ने स्वीकारा, "जाहिर सी बात महाराज़ जी, जब प्रभु श्रीराम दक्षिण की ओर गए तो उनका श्रीमुख भी दक्षिण ही की ओर होता।"

महाराज ने फिर सवाल किया, "जय किसकी हुई और पराजय किसको मिली?"

वर्मा जी ने तत्काल उत्तर दिया, "जय श्रीराम जी की हुई और पराजय रावण को मिली।"

महाराज जी ने समझाया, "इससे निष्कर्ष निकलता है कि दक्षिणमुखी होना सदाचारी को अवश्य ही फलता है।"

इतना सुनकर सिंह साहब ने पंचांग पर चढ़ाने के लिए एक सौ एक रुपये निकाले, लेकिन महाराज जी ने यह कहते हुए मना कर दिया कि ज्योतिष मेरे लिए सेवाकार्य है, धन्धा नहीं। काम हो जाने पर श्रद्धा से जो करना हो, कर देना।

वर्मा दम्पती वहाँ से अतिशीघ्र दो सौ वर्ग गज का एक दक्षिणमुखी प्लॉट खरीदने और दक्षिणमुखी मन्दिर में भंडारा करने का संकल्प लेकर लौटे।

उनके पलटते ही महाराज ने मध्यस्थ को फोन कर सूचित कर दिया कि वर्मा जी को दो सौ वर्ग गज का एक दक्षिणमुखी खाली प्लॉट खरीदना है। अविलम्ब सम्पर्क कर डालो।

दो सौ वर्ग गज का वह दक्षिणमुखी खाली प्लॉट सिंह साहब ने पन्द्रह हजार रुपये प्रति वर्ग गज के हिसाब से तीस लाख रुपये में बेचा और वर्मा जी ने बीस हजार रुपये प्रति वर्ग गज के हिसाब से चालीस लाख रुपये में खरीदा।

मध्यस्थ जमीन-मकान का हो या झगड़ा-झंझट, शादी-ब्याह का, महाराज जी अपनी सेवाएँ कुल लाभ के अस्सी प्रतिशत पर देते हैं। सो, दस लाख रुपये में से दो लाख रुपये मध्यस्थ को देकर शुद्ध लाभ के आठ लाख रुपये महाराज जी ने रख लिए।

मनोकामना पूर्ण हो जाने पर दक्षिणमुखी मन्दिर में मंगलवार को वर्मा दम्पती ने भंडारा किया और शनिवार को सिंह दम्पती ने।

दक्षिणमुखी प्लॉट की रजिस्ट्री भले ही चुपचाप हुई, पर दक्षिणमुखी मन्दिर में भंडारे दोनों धूमधाम से हुए।

किसी के पाँसे उलटे पड़ें या सीधे, महाराज जी के पाँसे सदैव सीधे ही पड़ते हैं।

धर्मस्थल कब्जे की जमीन पर हो तो अधिक फलता है।

एक आदर्श भारतीय गाँव

कुछ उक्तियाँ मात्र इसलिए कही जाती हैं कि कहने का फैशन है।

जो भद्रजन कहते हैं कि भारत की आत्मा गाँवों में बसती है, मेरे खयाल से उन्होंने गाँव उतने ही देखे हैं जितनी कि आत्मा।

रेलवे स्टेशन माधोगढ़ से कोई दो कोस पूरब में तथा एक्सप्रेस वे से आधा कोस पश्चिम में पड़ता है गाँव खेड़ा संग्राम सिंह। चूँकि रास्ते में दारू के कई ठेके पड़ते हैं, अत: यह दूरी घटती-बढ़ती भी रहती है। संग्राम सिंह प्रसिद्ध डाकू हुए थे। उन्होंने खेड़ा बसाया तो न था, पर उजड़ने से बचाया था।

हुआ यूँ कि जब गाँव में मुद्रास्फीति बढ़ गई और गाँव आर्थिक मन्दी की चपेट में आ गया तो संग्राम सिंह ने जनहित में न सिर्फ स्वयं डकैतियाँ डालीं, अपितु अन्य गाँववासियों को भी कोचिंग दी। गाँव ने उनकी इस सर्वोदयी सूझ से तत्काल तरक्की की। जिस प्रकार एक द्विज देवऋण, गुरुऋण और पितृऋण से उऋण होने के सतत बोध हेतु यज्ञोपवीत धारण करता है, उसी प्रकार गाँव खेड़ा को खेड़ा संग्राम सिंह पुकारा जाता है।

कहा जाता है कि डाकू संग्राम सिंह भी एक ही थे। अनुपम। वह किसी बच्चे के हाथ दारू का पव्वा मँगवाते तो भी पर्ची पर डाकू संग्राम सिंह लिखकर ही हस्ताक्षर करते थे। अपने नाम के साथ 'डाकू' लिखने में उन्हें उतना ही गर्व होता था जितना किसी को पदवी लगाकर होता है।

डाकू संग्राम सिंह के विषय में असंख्य शौर्यगाथाएँ और किंवदन्तियाँ

प्रचलित हैं। वह जब भी काम पर निकलते थे, अपने पास तीन चीजें अवश्य रखते थे। देशी कट्टा, मिर्च पाउडर तथा जहर की शीशी। एहतियातन कि जहाँ काम आवे सुई, कहा करे तरवारि। उन्होंने कभी शरणागत को नहीं लूटा। वह मानते थे कि फिर पुलिस और डाकू में क्या फर्क रह जाएगा? एक घर तो डाकिन भी टालती है। उनके कार्यकाल में गाँव में सात-आठ दुकानों का बाजार होता था। उन्होंने कभी अपने गाँव के दुकानदारों को नहीं लूटा। उलटा गाँव के दुकानदारों ने ही उनको लूटा, क्योंकि वे ही औने-पौने दामों पर उनसे लूट का माल खरीदते थे।

डाकू संग्राम सिंह की मौत आजतक विवादास्पद बनी हुई है। उनके अनुयायियों कहना है कि वह जब प्रथम बार पुलिस थाने गए तो वह कोई नेता तो थे नहीं, सो लज्जा से मर गए। जबकि पुलिस का मानना है कि उन्होंने जहर पी लिया था। वह लज्जा से मर ही नहीं सकते थे, क्योंकि हमारे साथ खाते-पीते रहने से निर्लज्ज हो गए थे।

डाकू संग्राम सिंह की वीरगति का असली किस्सा इस प्रकार है। एक ओर तो राजनेता उनकी ख्याति से चिढ़ गए थे। दूसरी ओर उन्होंने बँधी देने से इन्कार करके पुलिस महकमे की नाराजगी मोल ले ली थी। दोनों ने मिलीभगत कर, गाँव में पुलिस थाना खुलवा दिया। जब पुलिस थाने का भवन बना तो समस्या उठ खड़ी हुई कि इसका फीता कौन काटे? थाना इंचार्ज ने डाकू संग्राम सिंह को अपने अन्तरंग सम्बन्धों के हवाले से पटा लिया। वह पट गए।

तय तिथि और तय समय पर डाकू संग्राम सिंह देशी कट्टे की जगह कैंची लेकर पुलिस थाने पधारे। नए भवन का उद्घाटन किया। नवनिर्मित पुलिस थाने में प्रथम प्रवेशार्थी का गौरव भी उन्हें ही मिला। थाना इंचार्ज ने उन्हें चाय-नाश्ते के बहाने अपने कक्ष में बिठाया और उठने न दिया। वह भागते तो डाकू के आसन से गिर जाते। अपनी जो पीठ उन्होंने कभी खुद नहीं देखी थी, उसे वह दूसरों को कैसे दिखाते? डाकू संग्राम सिंह ने मिर्च पाउडर थाना इंचार्ज की आँखों पर उछाला और स्वयं जहर गटक गए।

पैकिंग पर 'शुद्ध' लिखा होने के बावजूद जहर शुद्ध निकला । वह जब तड़पने लगे तो एक लम्बी मेज पर लिटा दिए गए। थाना इंचार्ज ने अपनी

आँखें धोईं। वह उनका अन्तिम समय जानकर ज्ञान लेने के स्वार्थ से उनके सिरहाने खड़ा हो गया। डाकू संग्राम सिंह ने लेटे-लेटे ही घूमकर अपने पैर थाना इंचार्ज की ओर किए तथा बोले, "मूर्ख, महापुरुषों के सिरहाने नहीं, पैरों की तरफ खड़ा हुआ जाता है।"

थाना इंचार्ज ने सिकन्दर स्टाइल में पूछा, "बोल, तेरे साथ क्या सुलूक किया जाए?"

डाकू संग्राम सिंह पौरुष शैली में ही जवाब देना चाहते थे कि जैसा एक डाकू को दूसरे डाकू के साथ करना चाहिए, पर वह जब्त कर गए कि ऐसा कहने से व्यर्थ ही पुलिस का मान बढ़ जाएगा। उन्होंने इस प्रकार दाँत पीसे मानों हँस रहे हों।

थाना इंचार्ज उनकी इन अदाओं से इतना प्रमुदित हुआ कि उनके बराबर में लेटकर उनके गले से लिपट गया।

थानेदार उठा। उसने कहा, "सिंह साहब, बेफिक्र होकर स्वर्गारोहण कीजिए। आपका हमारा इतने ही दिन का साथ लिखा था। मैं आपके अधूरे कार्यों को पूरा करने का संकल्प लेता हूँ।"

यह आश्वासन पाते ही डाकू संग्राम सिंह ने अपना चार्ज थाना इंचार्ज के हैंडओवर किया और देह त्याग दी।

अगले दिन थाना इंचार्ज के डाकू संग्राम सिंह के बराबर में लेटकर गले से लिपटने का समाचार फोटो सहित मीडिया में उछल गया। इसे राजनेताओं ने अपनी तौहीन समझा। थाना इंचार्ज को बर्खास्त कर दिया गया। यह कहकर कि नेताओं के होते पुलिस वाले कौन होते हैं अपराधियों के गले से लिपटने वाले? पुलिस के आला अफसरों ने गृहमंत्री पर दबाव बनाया कि थाना इंचार्ज को तुरन्त बहाल किया जाए। नेताओं को अपने अधिकारों के साथ पुलिस के हकों का भी खयाल रखना चाहिए। थाना इंचार्ज की सेवा बहाल कर दी गई।

आज पुलिस थाने में एक चबूतरा बना हुआ है। जिस पर डाकू संग्राम सिंह की प्रतिमा लगी है। वह घोड़े पर आरूढ़ हैं। उनके एक हाथ में घोड़े की लगाम और दूसरे हाथ में देशी कट्टा सुशोभित है। आस-पास के एरिया में

उनकी खेड़ापति के रूप में बड़ी मान्यता है। पुलिस थाने में कोई चाय भिजवाए या दारू, सर्वप्रथम खेड़ापति को धार दी जाती है।

यह भी कहा जाता है कि यदि कोई सिपाही अनजाने में भी पुलिसिया कर्तव्य भूल जाए, खेड़ापति उसे सपने में लताड़ते हैं कि पुलिसमैन होकर मैन बनने की कोशिश कर रहे हो?

जिसे सपने में लताड़ा जाता है उसकी नींद उचट जाती है। वह पसीने में नहा उठता है। वह जाकर खेड़ापति की मूर्ति के आगे कान पकड़कर उठक-बैठक लगाता है तथा भूल-गलती के लिए क्षमा माँगता है।

गाँव वालों को अफसोस है कि डाकू संग्राम सिंह समय रहते चेत जाते और कोई पार्टी ज्वॉइन कर लेते तो कभी भी नहीं मरते। और मरते भी तो तिरंगे में लिपटते।

जो लोग डाकू संग्राम सिंह के सहकर्मी रह चुके थे तथा बाद में खादी पहन ली थी, उन्होंने समझाया भी था कि संग्राम बदल जा। एक अवधि के पश्चात तो बबूल भी काँटे त्याग देता है। डाकू हो अथवा नेता, प्रजातंत्र सबको आगे बढ़ने के समान अवसर देता है। पर वह टस से मस न हुए। अपना-अपना नजरिया।

चुनावों के दौरान सभी दलों ने उन्हें टिकट की पेशकश की थी। राजनीतिक दल अपराधियों को टिकट देने को प्राथमिकता देते हैं, क्योंकि वे पहले ही इतने लोकप्रिय हो चुके होते हैं कि चुनावी खर्च बच जाता है। मतदाता जिससे भय खाता हो, उसी को चुनने का अवसर पा जाए तो निर्भय होकर मतदान करता है।

राजनीतिक दलों ने डाकू संग्राम सिंह को नेतागिरी के लाभ भी बताए। बुढ़ापा आराम से कटता है। डाकू रहते विधायकी कठिन है, किन्तु विधायक बनकर डकैतियाँ आराम से डाली जा सकती हैं। जो कानून जंजीर होते हैं वे लंगर में बदल जाते हैं। जंगलों में भटकने से मुक्ति मिलती है। डाकू को कष्ट उठाते हुए रातों में लोगों के यहाँ जाना पड़ता है। जबकि चुनाव जीत लेने पर वे ही लोग घर बैठे दे जाते हैं। आपराधिक रिकॉर्ड शानदार हो तो लालबत्ती भी मिलती है।

अपराध और राजनीति दो भिन्न तथ्य नहीं हैं, बल्कि अपराध की बल्लियाँ जितनी मजबूत हों, राजनीति का तम्बू उतना ही जोरदार तनता है। संसद पर जब आतंकी हमला हुआ था, तब सुरक्षा प्रहरियों ने उन्हें रोकते हुए निश्चित ही कहा होगा कि जानते हैं आप बहुत बड़े अपराधी हैं। आपको सदन में विराजना ही चाहिए। और भी तो विराजे हुए हैं, किन्तु हमारी मजबूरी है। हम आपको चुनाव जीते बिना भीतर नहीं जाने देंगे।

अपराधी से नेता बनने के बड़े लाभ हैं। नेता अपराध करे तो प्रथम तो आवाज ही नहीं उठती। यह सोचकर कि नेता है, यह सब तो करेगा ही। ग्रह-गोचर खराब चल रहे हों और आवाज उठ भी जाए तो शिकायत दर्ज नहीं होती। शिकायत दर्ज हो जाए तो पुलिस हाथ नहीं डालती। गिरफ्तार कर भी लिये जाएँ तो जेल यों जाते हैं जैसे मातृभूमि के लिए जेल जा रहे हों। जितने समय जेल में रहो, कुटुम्बियों से सत्संग का सुख। जमानत पर रिहा हुए तो वे लाभार्थी जिन्हें कार्यकर्ता कहा जाता है, जेल के मुख्यद्वार पर फूल मालाएँ लिये खड़े मिलते हैं। वहाँ से फूलों से लदकर नारों के जयघोष और बैंडबाजे के साथ पार्टी दफ्तर आ जाओ। पार्टी दफ्तर में प्रेस कॉन्फ्रेंस करो। तत्पश्चात जिस पुलिस ने घर से पकड़ा था, वही घर तक छोड़ने जाती है।

डाकू संग्राम सिंह को यह सलाह भी दी गई कि किसी पार्टी को अपने लायक न मानते हो तो निर्दलीय चुनाव लड़ लो। गठबन्धन सरकारों का जमाना है। निर्दलीय कहने भर को निर्दलीय होता है। असल में तो वह सर्वदलीय होता है।

किन्तु डाकू संग्राम सिंह आत्मा से डाकू थे। वह डाकू और राजनेताओं में तालमेल के ही पक्षधर थे, घालमेल के नहीं। उन्होंने सभी ऑफर ठुकरा दिए। यह कह कर कि जब सदनों में बैठकर भी यही सब करना है तो यों ही क्या बुरा है। उनकी दृष्टि में मक्कार नेता से खुद्दार डाकू रहना श्रेष्ठ था।

खेड़ा संग्राम सिंह गाँव में भी दसों दिशाएँ हैं। छहों ऋतुएँ, तीनों मौसम और बारह महीने भी पूरे गाँव में होते हैं। पूरे गाँव में सूर्य और चन्द्रमा उन्हीं दिशाओं से निकलते हैं जिन दिशाओं से निकलने चाहिएँ। और जिधर से निकलते हैं उधर डूबते भी नहीं हैं। सारे पेड़-पौधे, सारे जानवर और सारे

मनुष्य वैसी ही गैसें लेते-छोड़ते हैं जैसी दुनिया के अन्य पेड़-पौधे, जानवर और मनुष्य लेते-छोड़ते हैं। कुल मिलाकर जो ब्रह्मांड में है वही पिंड में है। गाँव में दो अभाव हैं। एक, उत्तर में किसी भी साइज का कोई हिमालय नहीं है। दूसरा, गाँव तीन तरफ से समुद्र से घिरा हुआ नहीं है। लोगों का दावा है कि डाकू संग्राम सिंह जी थोड़े दिन भी और जीवित रहने दिए जाते तो आज ये दोनों चीजें भी गाँव में होतीं।

लोगों में सरकारी नौकरियों के प्रति बड़ा क्रेज है। सब का कहना है कि देह धर कर सरकारी नौकरी ही करनी चाहिए। काम ऐसा हो जिसमें काम न हो। बीसेक जन अध्यापक, पटवारी, बाबू, चपरासी, कम्पाउंडर हैं। पाँच-सात पुलिस और फौज में हैं। बाकी सब मौज में हैं। किसी कवि के अनुसार हर आदमी जनमते ही नेता होता है और मरते ही पित्तर। सब के आपसी सम्बन्ध वैसे ही हैं जैसे आम भारतीयों के परस्पर होते हैं, अर्थात स्वार्थ ही दो लोगों को जोड़ता है।

घरों में दो चीजें सबके यहाँ फाइनेंसित हैं। मोटरसाइकिल और टेलीविजन। मोटरसाइकिल इसलिए कि गाँव सड़क मार्ग से शहर जा सके और टेलीविजन इसलिए कि शहर आकाश मार्ग से गाँव आ सके। जिसके पास मोटरसाइकिल नहीं है वह लिफ्ट की ताक में रहता है। लिफ्ट मिल जाने पर वह काम न होने पर भी कहीं न कहीं चला जाता है। वह पीछे बैठते ही मोटरसाइकिल मालिक से दो बातें जरूर पूछता है कि गाड़ी की किश्त कितने की पड़ रही है और एवरेज कितना दे देती है? मालिक से ये दो बातें न पूछी जाएँ तो मालिक खुद बताता है। टेलीविजन की उपयोगिता को लेकर तीन मत हैं। कुछ लोग मानते हैं कि टेलीविजन से बहुत कुछ सीखा जा सकता है। कुछ लोग कहते हैं कि टेलीविजन से कुछ नहीं सीखा जा सकता। तीसरे मत वाले बताते हैं कि टेलीविजन से इतना तो सीखा ही जा सकता है कि टेलीविजन से कुछ नहीं सीखा जा सकता है। जो हो, टेलीविजन ने शिक्षा के क्षेत्र में क्रान्तिकारी काम किया है। अध्यापक कक्षा में महाभारत के रचयिता का नाम पूछे तो विद्यार्थी बी.आर. चोपड़ा बताते हैं। प्रत्येक गाँववासी के पास मोबाइल फोन है। सिर्फ इस आशय से कि यह जरूर होना चाहिए। मोबाइल फोन कई महत्त्वपूर्ण

कामों के लिए इस्तेमाल किया जाता है। यथा सार्थक-निरर्थक वार्तालाप, सूचनाओं-अफवाहों का लेन-देन, सेल्फी-फोटो, फिल्में देखने-गाने सुनने, समय काटने-कटवाने आदि। लोग इस हद तक मितव्ययी हैं कि दूसरों को मिसकॉल तक अपने फोन से नहीं मारते और दरियादिल ऐसे कि मिसकॉल मारने के बाद फोन कर-करके भी पूछते रहते हैं कि मिसकॉल मिला क्या?

जहाँ तक गाँव में मेहनत-मजदूरी का सवाल है, मेहनत करने वाले को मजदूरी नहीं मिलती और जिसे मजदूरी मिल जाती है वह मेहनत बन्द कर देता है। आय के अन्य प्रमुख स्रोत हैं—खेती-बाड़ी, पशुपालन और हथकढ़ शराब। औसत भारतीय की भाँति हर को शिकायत रहती है कि किसी भी बात में पहले वाली बात नहीं रही। जो कुछ भी थोड़ी बहुत बरकत है वह बस निन्दा-स्तुति में ही है। कोई भी स्वयं को मन में मूरख और जूण में दुखी नहीं मानता।

लोग जागरूक हैं। समझदार इतने जबरदस्त हैं कि कोई समझा दे तो तुरन्त समझ जाते हैं।

नेशनल हाईवे अथॉरिटी ऑफ इंडिया ने गाँव के पास से एक्सप्रेस वे का निर्माण प्रारम्भ किया। गाँव वाले लाठियाँ लेकर आ डटे। बोले कि सड़क नहीं बनने देंगे। भले ही जानें चली जाएँ। हमारे यहाँ चोरी हो जाए तो सड़क पक्की होने से चोरों के खोज (पदचिह्न) नहीं ढूँढ़े जा सकेंगे। और यदि हम किसी के यहाँ से चोरी कर लाएँ तो सड़क पक्की होने से यजमान तेजी से पीछे-पीछे आ जाएगा। सरकार हमें सुविधाएँ दे नहीं सकती तो उसे हमारी सुविधाएँ छीनने का भी अधिकार नहीं है।

अधिकारियों ने आन्दोलनकारियों का माइंडवाश किया। बोले कि उलटे घड़े की पी आए हो इसलिए उलटी सोच रहे हो। इसे इस प्रकार समझो कि तुम किसी के यहाँ चोरी कर लाए तो उसे तुम्हारे खोज नहीं मिलेंगे। और यदि किसी ने तुम्हारे यहाँ हाथ मार दिया तो तुम उसका पीछा पैदल के बजाय वाहनों से कर सकोगे। तुम्हारी सुविधाएँ छीनी नहीं जा रही हैं, बल्कि और सुगम बनाई जा रही हैं। एक्सप्रेस वे के किनारों की तुम्हारी जमीनें ऊँची दरों पर बिकेंगी। तुम्हारे खेत महँगे बिकेंगे। खेती की जमीन बेच देने से किसान का जीवन स्तर ऊँचा उठता है। ठर्रा पीने वाला अंग्रेजी पीने लगता है। टू व्हीलर

वालों के पास फोर व्हीलर आ जाता है। भूमिहीन हो जाना कृषक के लिए बड़ा हितकारी होता है। विश्वास न हो तो एक बार होकर देख लो।

सुनते ही सबके हृदय परिवर्तन हो गए। जयप्रकाश नारायण और विनोबा भावे के कदमों में जिस प्रकार इनामी दस्युओं ने बन्दूकें पटक दी थीं, उन्होंने लाठियाँ पटकीं और घरों से परात-फावड़े उठा लाए। बोले कि अब तो सड़क बनाकर ही रहेंगे, भले ही जानें चली जाएँ।

खेड़ा संग्राम सिंह में कुल तेरह पर्यटक स्थल हैं। तीन शराब के ठेके, पाँच श्मशान घाट, एक मन्दिर, दो कुएँ, एक सरकारी प्राइमरी स्कूल तथा एक पुलिस थाना।

लोग उत्सवधर्मी हैं। सात वार नौ त्योहार। शराब के तीन ठेके हैं, पर चलन हथकढ़ पीने का ही है। इससे ग्लोबलाइजेशन के भीषण दौर के बावजूद थोड़ी-बहुत ही सही, आंचलिकता बरकार है। शराब ठेकों वाली भी पी जाती है, बशर्ते कोई अन्य पिलाए। अधिकतर लोग शराब पीते हैं। जो नहीं पीते हैं वे पीने वालों को समझाते-बुझाते रहते हैं। उनके समझाए से यदि पीने वाले नहीं समझते हैं तो दुःखी होकर वे भी पीने लगते हैं।

पाँच श्मशान घाटों से स्वतः सिद्ध है कि गाँव में पाँच जातियाँ रहती हैं। इस बात का विशेष ध्यान रखा जाता है कि मुर्दे के राख हो चुकने पर भी उसकी जाति राख न हो जाए। एक दफा 'क' जाति के लोगों ने अपना एक शव गफलत में 'ख' जाति के श्मशान घाट में जला दिया। बस, फिर क्या था। 'ख' जाति वालों ने फटाफट अपना एक व्यक्ति मारा और उसे 'क' जाति के श्मशान घाट में जलाकर हिसाब चुकता किया। इससे विवाद इतना बढ़ा कि दोनों जातियों ने अपने दो-दो लोग और मारकर एक-दूसरे के श्मशान घाट में जलाए। अन्ततः जैसा कि होता है राजनेताओं ने हस्तक्षेप किया। दोनों जातियों से चार-चार लोग मरवाकर आठों मुर्दे स्वयं की उपस्तिथि में उनके अपने-अपने श्मशान घाट में जलवाए तब जाकर कहीं आग बुझी।

गाँव का इकलौता मन्दिर भी भारतीय मन्दिर निर्माण प्रक्रिया के तहत ही बना है। जिसके अनुसार बात हजारों बरस पुरानी है। यहाँ बियाबान जंगल था। एक ग्वाला अपनी गायों को चराने नित्य इसी जंगल में आता था। एक

दिन एक गाय के चारों स्तनों से दूध की तीव्र धाराएँ फूट पड़ीं। ग्वाले ने देखा कि वहाँ एक मूर्ति निकल आई है। उसने यह चमत्कार जाकर गाँव वालों को बताया। गाँव वालों ने दँद-फँद कर धन एकत्र किया। उसी धन से यह मन्दिर बनवाया गया।

मन्दिर का जीर्णोद्धार डाकू संग्राम सिंह ने कराया था। कहते हैं कि एक दिन पुजारी ने उन्हें फटकार दिया था कि लूट का माल यूँ ही नहीं पचेगा, थोड़ा दान-पुण्य भी किया करो। पुजारी की बात ऐसी चुभी कि डाकू संग्राम सिंह ने एक रात पास-दूर के पाँच-सात मन्दिरों को लूटा और उसी श्रमधन से इस मन्दिर का जीर्णोद्धार कराया।

गाँव में जब से पानी के लिए नल लगे हैं, दोनों कुएँ शर्त बद कर कूदने के काम आ रहे हैं। प्राइमरी स्कूल उतनी ही देर चलता है, जितनी देर मिड डे मील चलता है। पुलिस थाने को लेकर मतभेद हैं कि अपराध बढ़ने से थाना खुला है या थाना खुलने से अपराध बढ़े हैं।

चूँकि डाकू संग्राम सिंह ने पुलिस थाने में ही प्राण त्यागे थे, अतः सर्वाधिक रौनक वहीं पर रहती है। 'शहीदों' की चिताओं पर मेले लगते ही हैं।

समारोहपूर्वक विशिष्ट प्रतिभाओं का सम्मान

हर शहर-कस्बा-गाँव में ऐसी पेशेवर संस्थाएँ होती हैं जो समय-असमय विशिष्ट प्रतिभाओं का समारोहपूर्वक सम्मान करती रहती हैं। ज्योंही कोई भारवाहक प्रायोजक मिला, पकड़ीं इधर-उधर से विशिष्ट प्रतिभाएँ और कर डाला सबका समारोहपूर्वक सम्मान।

अकसर तो समारोहपूर्वक सम्मान करने वाली संस्थाओं से विशिष्ट प्रतिभाएँ खुद ही सम्पर्क कर लेती हैं।

हाल ही में कुछेक विशिष्ट प्रतिभाओं को समारोहपूर्वक सम्मानित होते देखने का सौभाग्य मिला। प्रस्तुत है उन विशिष्ट प्रतिभाओं में छिपी विशिष्ट प्रतिभा का सार संक्षेप—

साहित्य सेवा का सम्मान सुकवि अग्निस्वरूप 'क्रोधी' जी ने ग्रहण किया। यथा नाम तथा गुण। अग्निस्वरूप 'क्रोधी' जी वीर रस के कवि हैं। नींद तक में क्रोधित रहते हैं। किसी से उसका कुशलक्षेम भी पूछें तो धमकाकर पूछते हैं। हास्य से तो इस कदर चिढ़ते हैं कि यदि कहीं पाकिस्तानी नागरिक और हास्य कलाकार साथ-साथ मिल जाएँ तो हास्य कलाकार को पहले पीटें।

'क्रोधी' जी की इच्छा रहती है कि कविसम्मेलनों के माध्यम से साहित्य सेवा में दिन-रैन इतना डूबा रहूँ कि कपड़े बदलने के लिए भी घर लौटूँ तो देहरी पर पाँव धरते ही पत्नी टोक दे कि आजकल तो कहीं निकलते ही नहीं हो।

अपनी विशिष्ट प्रतिभा के बल पर शिक्षा जगत में क्रान्तिकारी काम करने

के लिए डी. सी. सिंह सर सम्मानित हुए। डी. सी. सिंह सर विद शिक्षा नहीं हैं, पर शिक्षाविद हैं। अर्थात निरक्षर होकर भी कई शिक्षण संस्थाएँ चलाते हैं। फिर अपनी स्कूल का सभागार भी नि:शुल्क देते हैं उन तमाम संस्थाओं को, जो समारोहपूर्वक विशिष्ट प्रतिभाओं का सम्मान करती रहती हैं।

चूँकि एच.एच. न्यूज़ चैनल (हाँ हुजूर न्यूज़ चैनल) अपने दर्शकों को लगातार दिशाहीन करके नई दिशा दे रहा है। अत: उत्कृष्ट पत्रकारिता के लिए एच.एच. न्यूज़ चैनल के मालिक को सम्मानित किया गया। एच.एच. न्यूज़ चैनल ने पत्रकारिता को एकदम नया दर्शन दे डाला है कि मनुष्य की जठराग्नि की समस्या उसे कामाग्नि के दृश्य दिखाकर ही हल की जा सकती है।

एच.एच. न्यूज़ चैनल ने एक अनुपम काम और किया कि सच्चाई और अफवाह का भेद खत्म कर दिया। एच.एच. न्यूज़ चैनल जून माह की दोपहर में छोटी सी लाल कुल्फी के साथ कैमरागिरी करके दिनभर खबर चला सकता है—'देखिए थार के रेगिस्तान में पचास डिग्री तापमान में भी हो रही है खूनी बर्फबारी।'

चिकित्सा के क्षेत्र में अपनी विशेष सेवाओं के लिए डॉ. ए. पी. (डॉ. अस्थमा प्रसाद) ने सम्मान ग्रहण किया। इनके बड़ा डॉक्टर बनने के मूल में दो दुर्घटनाएँ रहीं। एक, यह लम्बे समय तक अस्थमा के मरीज रहे और इलाज कराते-कराते इतना अनुभव हो गया कि नाम के आगे 'डॉ.' लगा, सफेद कोट पहन, स्टेथेस्कोप लेकर अस्थमा के मरीज देखने लगे। दूसरा, एक सुबह इन्होंने अखबार में पढ़ा कि किसी अस्पताल में अस्थि रोग के विशेषज्ञ चिकित्सक ने मरीज की दाईं टाँग के बजाय उसकी बाईं टाँग का ऑपरेशन कर दिया और एक लाख रुपये का बिल भी पकड़ा दिया। केस पढ़कर यह बेहद प्रभावित हुए कि यह काम तो मैं हजार-पन्द्रह सौ में ही कर सकता हूँ और उसी दिन से उत्साहपूर्वक काम शुरू कर दिया।

डॉ. ए. पी. ने आठ बाई आठ की कोठरी से अपनी सेवाएँ शुरू की थीं और आज शहरभर में इनके अस्थमा और अस्थि रोग निदान के छोटे-बड़े आठ क्लिनिक हैं। गम्भीर मरीजों को खुद हैंडल करते हैं। सामान्य मरीजों के लिए अपनी ही जैसी विशिष्ट प्रतिभाओं को ठेके पर रख रखा है।

विशेष बात है कि डॉ. ए. पी. मरीजों को बेहोश करने के लिए कोई एनस्थीसिया वगैरह नहीं देते। इनके इलाज करने के ढंग को देखकर मरीज खुद ही बेहोश हो जाते हैं।

न्यू स्टार्टअप शुरू करने के लिए श्री बाँके बिहारी (टिकट चेकर) को सम्मान प्रदान किया गया। श्री बाँके बिहारी किशोरावस्था से ही भारतीय रेल गाड़ियों में बिना टिकट देश भ्रमण करते रहते थे। नौकरी की उम्र हुई तो कहीं अप्लाई-कॉम्पिटिशन के लफड़ों में नहीं पड़े। सीधे टीटीई की यूनिफॉर्म धारण की और लगे ट्रेनों में टिकट चेक करने। हर उम्र के बेरोजगारों के लिए प्रेरणापुंज हैं। व्यक्तित्व और कृतित्व से सिखाते हैं कि कमाई के हजार तरीके हैं। बस, दिमाग और हौसला चाहिए। स्वयं सदैव बिना टिकट चलते थे, अत: न सिर्फ बिना टिकट यात्रा करने वालों को पहली नजर में ताड़ लेते हैं, बल्कि टिकट लेकर यात्रा करने वालों को भी समझाते रहते हैं कि क्यों सरकार के खजाने में पैसा डाल-डालकर नेताओं और अफसरों को मालामाल करने में लगे हो? टिकट-विकट के चक्करों में मत पड़ा करो, किराये की आधी-पौनी राशि में मैं ही गन्तव्य तक सकुशल पहुँचा दिया करूँगा।

धर्म के उन्नयन के लिए बाबा स्वर्णगिरी को लाइफ टाइम अचीवमेंट अवार्ड से नवाजा गया।

कहते हैं कि गृहस्थ रहते इनके परिवार की हालत दयनीय थी। बूढ़े माँ-बाप, दो नन्हे बेटा-बेटी और स्वयं पति-पत्नी। पाठशाला कभी गए नहीं थे। परिश्रम से जी चुराते थे। ऊपर से भांग-गांजा का और चस्का लगा लिया था। टीवी चैनलों पर बाबाओं के मजे देखकर 'कैवल्य' प्राप्त हुआ कि धार्मिक सेक्टर में जबरदस्त स्कोप है। अत: संन्यास ज्वॉयन कर लिया।

एक रात सबको सोता छोड़कर निकल लिये घर से। यह जिद करके कि दुनिया से गरीबी का उन्मूलन करना है और शुरुआत खुद से करूँगा।

कहते हैं कि पहाड़ की तलहटी में छह गुणा तीन हाथ की चटाई पर बैठकर साधना शुरू की थी। आज वहाँ पाँच सौ एकड़ का आश्रम है। पाँच सौ साधकों का स्टाफ है और पाँच हजार लोग दोनों वक्त प्रसादी पाते हैं।

हालाँकि, बाबा का दावा है कि यहाँ मैं पाँच हजार साल से तपस्यारत

हूँ। उससे पहले पाँच हजार साल तक ट्रेनी तपस्वी के रूप में हिमालय की कन्दराओं में रहा था। वहीं से कंकर-पत्थर ला-लाकर यह पहाड़ भी मैंने ही बनाया है।

बाबा इन दिनों इस गुत्थी पर भाष्य लिख रहे हैं कि जो दुकानदार किसी को पावभर चीनी उधार माँगने पर बेइज्जत कर देता है, वह उसके बाबा बनकर आश्रम खोलते ही एक फोन पर चीनी की कई बोरियाँ मुफ्त कैसे भिजवाने लगता है?

यों तो बाबा का भिन्न-भिन्न प्रजाति के बेरों की सूखी गुठलियों को भिन्न-भिन्न विशेषताओं वाले रुद्राक्ष बताकर ऊँचे दामों में बेचने का बड़ा धन्धा है, पर बाबा की अन्तिम इच्छा है कि जैसे-तैसे लोकसभा-राज्यसभा में घुसा जाए, ताकि संन्यास पूर्णतया सफल सिद्ध हो।

सम्पूर्ण समारोह बारीकी से देखने पर समझ में आया कि यश कमाने के कई हथकंडे होते हैं। दूसरों को यश प्रदान करते हुए, स्वयं यश कमा लेने के तो कहने ही क्या? साध्य और साधन दोनों पवित्र!

मधुकर श्याम हमारे चोर

राजनीति के क्षेत्र में भक्ति-सरिता उफान पर है, बल्कि यों कहिए खतरे के निशान पर है।

प्रधानमंत्री नरेन्द्र मोदी को लेकर उनका भक्ति-भाव 'मेरो तो गिरधर गोपाल दूसरो न कोई' टाइप है। वह उन्हें ही 'अपना' मानते हैं।

सन्ध्या समय हम चार-छह लोग अड्डेबाजी करते हैं। कभी-कभार वह भी आ जाते हैं।

एक शाम वह आए। हम देश के राजनीतिक परिदृश्य पर विमर्श कर रहे थे कि वह श्रद्धाभाव से बोले, "जब से परम् आदरणीय नरेन्द्र मोदीजी देश के प्रधानमंत्री बने हैं, देश में बहुत विकास हुआ है।"

हम चौंके, "बताइए ज़रा कहाँ और क्या विकास हुआ है?"

उन्होंने कहा, "यह तो मुझे भी नहीं मालूम, लेकिन बहुत विकास हुआ है।"

हमने जानना चाहा, "पर ऐसा दावा आप कर किस आधार पर कर रहे हैं?"

उन्होंने रहस्य उजागर किया, "न्यूज चैनल्स देखा करो, यहाँ-वहाँ परम् आदरणीय नरेन्द्र मोदीजी खुद ही कहते रहते हैं।"

इतना सुनते ही हम सब मौन हो गए। होने ही थे।

यदि कोई भक्त कुछ कहे तो सुनने वालों को चाहिए कि उसका कहा

तुरन्त मान लें अथवा मौन हो जाएँ। वस्तुतः भक्त बन चुकने के बाद मनुष्य के चेहरे पर आँखें तो खुदी होती हैं, किन्तु दृष्टि गायब हो जाती है। भक्ति की शक्ति से अनजान लोग ऐसों को अन्धभक्त तक कह डालते हैं जो कि भाषा का अपव्यय है। भला, भक्त कह देने के बाद उसमें अलग से 'अन्ध' नत्थी करना कहाँ जरूरी होता है?

भक्त और भगवान का आपसी अपनापा ही भक्ति की धुरी होता है। जो 'अपना' है, उसके ऐब भी गुण हैं और जो 'अपना' नहीं है, उसके गुण भी ऐब हैं। अपना अपना ही होता है। गोस्वामी तुलसीदास ने भी कहा है-

भगतिवंत अति नीचउ प्रानी।
मोहि प्रानप्रिय असि मम बानी॥

(प्रभु काकभुशंडी जी कहते हैं कि अत्यन्त नीच प्राणी भी मेरा भक्त अर्थात 'अपना' होने पर मुझे प्राणों के समान प्रिय है। यह मेरी घोषणा है)

छल करना अनैतिक है, किन्तु यदि छल कोई 'अपना' कर रहा हो तो उसे लाड़ से छलिया पुकारा जाता है।

चौर्य-कर्म दंडनीय अपराध है, पर चोरी जब 'अपने' ने की तो सूरदास ने जुर्म को भी अदा बता डाला—'मधुकर श्याम हमारे चोर।'

'अपने' का ख्याल सबने रखा है। विषधर भी कंठ हार बनाया जा सकता है, बशर्ते विषधर 'अपना' हो।

'अपने' के बचाव में मर्यादा का उल्लंघन भी अमर्यादित नहीं माना जाता। किसी 'अपने' अपराधी के पुलिस द्वारा धर लिए जाने पर उसका 'अपना' सांसद-विधायक थानेदार को हड़काता है कि नहीं हड़काता है? यही तो कारण है कि मनुष्य का सारा जोर इसी बात पर रहता है कि भगवान उसे बस, एक बार 'अपना' बना लें, ताकि उसके हर अपराध की जवाबदेही फिर भगवान की हो जाए।

अपना-पराया का भेद किसने नहीं किया? अनगिन हाथी शिकारियों के हाथों आज भी मारे जा रहे हैं। उनका आर्तनाद कोई नहीं सुन रहा, किन्तु उस गज द्वारा कमल का फूल सूँड़ में पकड़कर आकाश की ओर उठा देने मात्र

से भगवान ने क्षणभर में ग्राह के जबड़ों से उसे मुक्त करा लिया था। क्यों? क्योंकि वह गज उनका 'अपना' था।

दहेज के अभाव में कितनी ही कन्याएँ अविवाहित रह जाती हैं और कितनी ही बहुओं को अकाल मृत्यु का ग्रास बनना पड़ता है। पुकारने पर भी किस कृष्ण को कहाँ रास और बाँसुरी से फ़ुर्सत है कि ऐसी अबलाओं की सुध ले। और मजा देखिए, वही कृष्ण नरसी भगत की बेटी के यहाँ बिन बुलाए भात भरने पहुँच जाते हैं। सिर्फ इसलिए कि वह नरसी भगत उनका 'अपना' था, 'भगत' था।

कुरुक्षेत्र में अर्जुन ने कहा कि मैं 'अपनों' के खिलाफ हथियार नहीं उठाऊँगा। तुरन्त श्रीकृष्ण ने अपना-पराया की ऐसी व्याख्या की कि व्याख्या समाप्ति से पूर्व ही अर्जुन अपनी पर उतर आया। श्रीकृष्ण द्वारा अर्जुन के ब्रेनवॉश की यह प्रक्रिया ही कालान्तर में *गीता-रहस्य* कहलाई।

वह पेशे से शिक्षक हैं और राजकीय सेवा में लिप्त हैं।

मैंने कहा, "जन प्रतिनिधि को 'अपना' और स्वयं को उसका भक्त मान कर अपने मतदान का हिसाब न माँगना लोकतंत्र के लिए अशुभ है।"

वह भड़के, "पता नहीं अज्ञानी लोग मतदान में जुड़े 'दान' शब्द पर गौर क्यों नहीं करते? दान इहलोक में कष्ट भोगते हुए परलोक सुधारने के लिए दिया जाता है। दान का ध्येय सुखी जीवन नहीं, मोक्ष होता है। अत: जनप्रतिनिधि से मतदान का हिसाब माँगना बनता ही नहीं है।"

उनके इस जवाब से हम सब इकट्ठे लाजवाब हुए। हम लाजवाब न हुए होते तो उनके कोप के भागी बनते, क्योंकि उनकी मोदी-भक्ति इस हद तक है कि कोई भूले से भी प्रधानमंत्री नरेन्द्र मोदी की राईभर आलोचना कर दे तो वह उस पर पहाड़-भर क्रोध धकेल देते हैं। साक्षात दुर्वासा हो उठते हैं।

थोड़ा रुककर मैंने गपशप को विस्तार दिया, "आजकल कौनसे विद्यालय में पदस्थापित हो?"

उन्होंने सगर्व बताया, "पहले वाला स्कूल घर से पचास किमी दूर था। दस ही दिन हुए हैं तबादला करा कर घर से मात्र पाँच किमी दूर के स्कूल में आ गया हूँ। बिचौलिए को रात ग्यारह बजे दो लाख रुपये नगद दिए और

सुबह छह बजे ट्रांसफर ऑर्डर हाथ में। देखिए, परम आदरणीय नरेन्द्र मोदीजी के प्रधानमंत्री बनने से काम की गति कितनी तेज हो गई है।"

मैंने जानना चाहा, "अब वाले स्कूल में कब तक रहना सुनिश्चित है?"

वह बोले, "समय की कोई गारंटी नहीं है। जैसे ही दो लाख से अधिक वाला दाता आ गया, मैं कहीं और भेज दिया जाऊँगा।"

मैंने आश्चर्य प्रकट किया, "लेकिन आप तो मोदी सरकार को 'अपनी सरकार' मानते हैं। चुनाव में नरेन्द्र मोदी की जीत के लिए आपने अपना तन, मन, धन सब झोंक डाला था। आपका और उनका सम्बन्ध तो केवट-राम वाला होना चाहिए था। नब आपने उन्हें घाट उतारा, अब वह आपको घाट उतारते। हम तो यह मान कर खुश थे कि चलो, आपका 'अपना' व्यक्ति प्रधानमंत्री बन गया। अब आपके मार्फत हम जैसों को भी सुभीता हो जाएगा।

"मोदी सरकार की कैशलेस स्कीम को धता बताते हुए आपने न सिर्फ राशि नगद दी, बल्कि वह भी दो लाख? पूर्व सरकारों के समय तो ट्रांसफर वगैरह पच्चीस-तीस हजार में ही सम्पन्न हो जाया करते थे। कई सज्जन तो भ्रष्टाचार भी इस धैर्य, विश्वास और नैतिकता के साथ करते थे कि तय रकम काम कराने के बाद लेते थे। छूट-छाट की भी गुंजाइश रहती थी। कोई रकम पहले ले भी लेता था तो काम होने तक पूछता रहता था कि काम हुआ कि नहीं हुआ? यदि अग्रिम भुगतान लेकर भी अधिकारी काम में देरी कर देता था तो क्लायंट से पहले उस लापरवाह अधिकारी का ट्रांसफर तय था। फिर रिश्वत भी दो लाख रुपया नगद और गारंटी दो पल की भी नहीं?"

उन्होंने समझाया, "हाँ, आपका कहा सोलह आना सही है, किन्तु पूर्व सरकारों के समय धन व्यक्तिगत जेबों में जाता था, अब पार्टी फंड में जाता है।"

उनकी भक्ति पर हम पुनः इकट्ठे लाजवाब हुए। होने ही थे।

एक मंजिला मकान में लिफ्ट

समाजसेवा को कॅरियर बनाने वाले को जितना पाखंड अभिनीत करना पड़ता है, झूठ उससे कई गुना अधिक बोलना पड़ता है। यही कारण है कि उन्हें न सिर्फ पी. एस. रखना पड़ा, बल्कि दोनों के पास सेलफोन भी दो-दो हैं और चारों ही डबल सिम वाले। झूठ इस अदा और आत्मविश्वास से बोलते हैं कि अच्छे शे'र की तरह 'वाह-वाह, मुकर्रर' कहने को मन करे। खूबसूरती यह कि झूठ दोहराते नहीं हैं, मतलब हर बार नया झूठ बोलते हैं। उनके पाखंड तो खैर बेजोड़ हैं ही।

मैं जब उनसे मिलने पहुँचा, वे ड्राइंग रूम में बड़े शीशे के सामने प्रेस कॉन्फ्रेंस करने, संवाददाताओं को बाइट देने, टीवी चैनलों पर होने वाली महाबहसों में हिस्सेदारी आदि की रिहर्सल कर रहे थे। मेरे आगमन को भी उन्होंने न्यूज़ रिपोर्टर का आगमन ही समझा।

ज्योंही मैंने सादर नमस्कार किया, बाईं आँख सिकोड़कर हँसते हुए बोले, "समाजसेवा के फील्ड में रहना है तो प्रचार-प्रसार का भी खयाल रखना पड़ता है। नेकी करके दरिया में डालने का मतलब है, खुद को ही दरिया में डालना। कमर से ऊपर का हिस्सा टीवी स्क्रीन पर दिखाते रहो, फिर दर्शकों को इस बात से कोई लेना-देना नहीं कि आपने कमर के नीचे कुछ पहन भी रखा है या कुछ भी नहीं पहन रखा है।"

"बताओ कैसे आना हुआ?" उन्होंने पूछा।

"बस, यों ही मेल-मिलाप के बहाने से आ गया," मैंने बताया।

"तुम ही अकेले हो जो मेरे पास नि:स्वार्थ भाव से आते हो। वरना तो सब सड़क से संसद तक की जरूरतें लिए आते हैं," उन्होंने अपनी अहमियत बताई।

उनका मुख्य धन्धा है समाजसेवा तथा एक खरे समाजसेवी के रूप में अपनी ब्रांडिंग और मार्केटिंग। किसी भी विषय पर अथवा बिना किसी विषय के भी सतत लच्छेदार बोल सकते हैं, सो लोग उन्हें विद्वान वक्ता मानते हैं। इतने जबरदस्त ऑरेटर हैं कि गलत नम्बर पर भी लम्बी बात कर लेते हैं, बशर्ते फोन किसी का आया हो।

बाप रे! कितना कुछ दूसरों का याद है उन्हें। भाषण कला की ऐसी-ऐसी तरकीबें जानते हैं कि पोप की सूक्तियाँ शंकराचार्य के नाम से बोल दें और सुनने वालों को तालियाँ पीटनी पड़ें। धीरे-धीरे तो उनमें इतना आत्मविश्वास आ गया कि सूक्तियों के साथ किसी गलत सूक्तिकार का भी नाम लेना बन्द कर दिया, ताकि उनके द्वारा कही गई सूक्तियों को लोग उन्हीं की समझें। उनकी बोलने की शैली इतनी रसीली होती है कि कभी-कभार कोई समझदार टोकने का साहस भी करे कि महाशय, आप गलत बयानी कर रहे हैं। यह बात तो अमुक विद्वान ने कही है तो उसे अगल-बगल बैठे श्रोता झिड़क देते है कि अबे, चुप रह। क्यों मजा खराब कर रहा है?

वे जब बोलते हैं तो श्रोता बँधते चले जाते हैं। एक बार उन्हीं के मोहल्ले में किसी की शोकसभा के उपलक्ष्य में दो मिनट के मौन हेतु लोग एकत्र हुए। उन्होंने दो मिनट के मौन से पूर्व 'दो मिनट मौन के फायदे' विषय पर दो घंटे धाराप्रवाह ऐसा व्याख्यान दिया कि आनन्दमग्न लोगों को दो मिनट का मौन रखना भी अखरा। दो मिनट का मौन निपटते ही लोगों ने उनसे फिर उसी विषय पर और दो घंटे बोलने की प्रार्थना की, किन्तु उन्होंने लाचारी बताई कि यहाँ से सीधे मुझे नौजवानों की एक सेमिनार में 'दो मिनट मौन के नुकसान' विषय पर दो घंटे का उद्‌बोधन देने जाना है। उन्होंने वादा किया कि मुहल्ले में आज जैसा ही सुअवसर जब भी उपलब्ध होगा, मैं 'दो मिनट मौन के फायदे' विषय पर विस्तार से प्रकाश डाल दूँगा।

"और इन दिनों क्या मजे चल रहे है?" मैंने गपशप के भाव से पूछा।

वे गम्भीर हो गए। बोले, "मजे क्या खाक चल रहे हैं। समाज के लिए रात-दिन सिर से कफन बाँधकर रहना पड़ रहा है। ना लोग खाने देते हैं, ना सोने देते हैं। मीडिया वालों का तो इतना बुरा हाल है कि कब्ज इंग्लैंड की महारानी को होती है और प्रतिक्रिया मेरी चाहते हैं। अभी तुम्हारे आने से पूर्व ही एक मल्टीनेशनल कम्पनी का ऑनर उठकर गया है।"

"आप तो पाला बदलकर स्वदेशी के समर्थक हो गए हैं, मल्टीनेशनल कम्पनी का ऑनर क्या चाहता था आपसे?" मैं जिज्ञासु हुआ।

वे उपकार के लहजे में बोले, "स्वदेशी की जिद अपनी जगह, लेकिन मेरी जान को यह वसुधैव कुटुम्बकम वाला लफड़ा भी तो है। वो चाहता यह था कि मैं उसे मई-जून दो माह के लिए हिमालय लीज पर दिलवा दूँ, ताकि वह गर्मी-गर्मी बर्फ का कारोबार कर ले।"

"यह तो बड़ा ही असाध्य काम हुआ?" मैंने चिन्ता प्रकट की।

वे सहजता से बोले, "असाध्य-वसाध्य तो मेरे लिए ब्रह्मांड में भी कुछ नहीं है। पर जरा सोचो, हिमालय की सम्पूर्ण बर्फ उसके कारोबार के काम आ गई तो देश की नदियों में पानी कहाँ से आएगा? नदियाँ सूख जाएँगी तो पेयजल और सिंचाई का क्या होगा? अन्य नदियाँ सूख जाएँ तो चलो एकबारगी पेयजल और खाद्यान्न के आयात हेतु सरकार से कह सकता हूँ, किन्तु गंगा में जल नहीं रहेगा तो अस्थि विसर्जन और पिंडदान वगैरह कहाँ होंगे? उस एक के कारोबार के लिए क्या मैं जीते जी ही नरक का भागी बन जाऊँ?"

"तो क्या फिर आपने उसे मना कर दिया?" मैंने सवाल किया।

"आस लेकर घर आए को मना तो खैर क्या करता? मैंने उसे हिमालय का चाइना साइड वाला पार्ट दिलवा दिया," वे बोले।

"चलो, यह तो पुण्य का काम हुआ," मैंने प्रशंसा और धन्यवाद के भाव से कहा।

वे हलकी मुस्कान फेंकते हुए बोले, "पुण्य का काम क्या खाक हुआ? अब चाइना गवर्नमेंट चरणों से लिपटी है कि उसे उसके बर्फ के कारोबार का पार्टनर बनवाओ। चाइना का विदेशमंत्री हॉटलाइन पर था कि सुनता हूँ मेरे मकान की छत पर हेलीकॉप्टर की लैंडिंग-सी हो रही है। मैं चाइना के

विदेशमंत्री का फोन होल्ड पर रख, छत पर गया तो देखता हूँ कि अपने प्रधानमंत्री सपत्नीक हेलीकॉप्टर से उतर रहे हैं।

मैं उन्हें लेकर इसी ड्राइंग रूम में आया और पूछा कि किस काम से आना हुआ? उन्होंने कहा कि हम तो बस, यों ही आ गए। आपके मकान के ऊपर से निकल रहे थे कि सोचा आपके संग चाय ही पीते चलें। अब आपकी तो सोशल लाइफ इतनी बिजी रहती है कि आपके पास तो टाइम है नहीं हमारे यहाँ पधारने का। मैं भी उनका आभारी हुआ कि चलो, न सिर्फ आप आए, बल्कि भाभी जी को भी साथ लाए, किन्तु चाय-पानी क्या पिलाएँ, पत्नी पीहर गई हुई है। समझिए, मैं तो पैरोल पर चल रहा हूँ। इतना सुनते ही प्रधानमंत्री और उनकी पत्नी हँस-हँसकर लोट-पोट। प्रधानमंत्री ने भी अपनी पत्नी की ओर देखकर चुटकी ली कि आप भाग्यशाली हैं, मुझे तो पैरोल भी नसीब नहीं है।"

मैं आश्चर्यचकित हुआ, "तो क्या उस दिन नौकरानी भी नहीं थी घर में?"

वे मुस्कुराते हुए बोले, "बीवी पीहर जाने से पूर्व ही नौकरानी का हिसाब चुकता कर गई थी, आग और बारूद की नजदीकी का खतरा भाँपकर। सत्य भी है, स्त्री का भाग्य और हम पुरुषों का चरित्र देवता भले ही ना जानते हों, बीवियाँ सब की जानती हैं।"

मैंने पूछा, "तो क्या आपने प्रधानमंत्री दम्पती को बिना चाय पिलाए ही विदा किया?"

उन्होंने स्पष्ट किया, "बिना चाय पिलाए ही भला कैसे विदा कर देता उन्हें? घर में चाय का सामान तो सब धरा ही था। मिसेज प्राइमिनिस्टर ने चाय बनाई और हम तीनों ने पी। बर्तन-वर्तन धोने का झंझट भी नहीं छोड़कर गए, क्योंकि वे चाय बनाने की इलेक्ट्रिक केतली और डिस्पोजल ग्लास वगैरह हेलीकॉप्टर में साथ रखकर लाए थे।"

मैंने पूछा, "जबतक आप प्रधानमंत्री और उनकी पत्नी से हँसी-मजाक और विचार-विमर्श करते रहे, चाइना के विदेशमंत्री का फोन क्या होल्ड पर ही रहा?"

"होल्ड पर ही रहता। मेरा कौन सा बिल आ रहा था। फोन तो उसी ने

किया था। लेकिन उस दिन एक वाकया और मजेदार हुआ। मेरे साथ प्रथम से वर्तमान तक के अमेरिकी राष्ट्रपतियों की तस्वीरें ड्राइंग रूम की दीवारों पर टँगी देखीं तो प्रधानमंत्री और उनकी पत्नी की आँखें फटी रह गईं," वे गर्वित हुए।

मैंने पूछा, "तो क्या प्रधानमंत्री ही की तरह अबतक के सारे अमेरिकी राष्ट्रपति भी आपके यहाँ चाय पीने या फोटो खिंचाने आते रहे हैं?"

उन्होंने उपेक्षित भाव से कहा, "तू भी समझदार होकर कैसी बचकानी बातें करता है। मेरे पास इतनी फ़ुर्सत ही कहाँ है कि कहीं के राष्ट्राध्यक्षों के साथ फोटो खिंचवाऊँ। कोई ऐसा चाहता है तो कह देता हूँ कि दोस्त, आजकल कम्प्यूटर पर सब सध जाता है। मेरे साथ अपनी मनपसन्द की तस्वीर बना ले और हाँ, एक कॉपी मुझे जरूर मेल कर दे।"

मैंने उन्हें पुराने विषय की ओर खींचा, "तमाम झंझटों से तो बेहतर होता कि कभी आप ही प्रधानमंत्री के यहाँ चाय पी आते?"

उन्होंने बेमन से कहा, "ऐसे लोगों की एक चम्मच चीनी टनों नमक से भारी कर्जा लाद देती है। विरोध तो छोड़ो, उनका यशगान करो। जिसकी एक चम्मच चीनी पी चुके, चुनावों में उसका घोषणापत्र तैयार करो। नारे और स्लोगन लिखो। किसी के दो मुट्ठी चावल खाओ तो उसे दो लोक का राज देना ही पड़ता है। फिर ऐसे लोगों के यहाँ जाकर चाय पीने का समय भी तो मिले। अखबार तक तो टॉयलेट और हवाईयात्राओं में देख पाता हूँ। अकसर तो हवाईयात्राएँ करनी ही इसलिए पड़ती हैं कि कम से कम अखबार तो देख सकूँ।"

मैंने कहा, "तब तो इन दिनों हवाईयात्राएँ बहुत बढ़ गई होंगी आपकी?"

वे बोले, "क्या किया जाए? प्रशंसक लोप्रोफाइल रहने ही नहीं देते। वैसे हवाईयात्राओं की वजह टेक्निकल भी है। एक शाम यों ही शहर का जायजा लेने ऑटो से निकल पड़ा। वैसे ही जैसे पुराने जमाने में राजा लोग भेस बदलकर प्रजा का दुःख-सुख जानने निकल पड़ते थे। मैंने भी ऑटो वाले से कपड़े अदल-बदल किए। थोड़ी दूर ही चले थे कि लालबत्ती पर ऑटो को ट्रैफिक पुलिस वाले ने रोक लिया। ऑटो चालक से ड्राइविंग लाइसेंस दिखाने को कहा तो पता लगा कि उसने कभी ड्राइविंग लाइसेंस बनवाना जरूरी ही नहीं समझा।"

मैंने पूछा, "तब? उसका चालान हुआ या ऑटो ही जब्त कर लिया?"

वे बोले, "मेरे होते चालान कैसे हो जाता? मैंने अपनी जेब से लाइसेंस निकालकर दिखा दिया कि भैया ड्राइवर तो मैं हूँ। ये सज्जन तो यात्री हैं। इन्हें रेलवे स्टेशन छोड़ना है। ये बोले कि मन हो रहा है कि आज ऑटो मैं चलाऊँ। मैंने सोचा किसी समय ऑटो चालक रहे होंगे और आज ऑटो देखकर ड्राइवरी की हुड़क जोर मार गई होगी। मैंने चाबी इन्हें दे दी। जब देश ही ऐसे चल रहा है तो इनके ऑटो चला लेने में क्या दिक्कत है? मैं ऑटो ड्राइवर की यूनिफॉर्म में मय लाइसेंस था ही। ऊपर से मेरी हाजिर जवाबी। ट्रैफिक पुलिस वाला हँस-हँसकर लोट-पोट।"

मैंने कहा, "क्या वैसे ही लोट-पोट, जैसे आपकी पैरोल वाली बात पर प्रधानमंत्री और उनकी पत्नी लोट-पोट हुए थे?"

मेरे इतना कहते ही वे हँस-हँसकर लोट-पोट हो गए।

मैंने उत्सुक होकर पूछा, "ओह! आप ऑटो ड्राइविंग का लाइसेंस भी रखते हैं?"

वे बोले, "लाइसेंस तो मैं टूव्हीलर से लेकर हवाईजहाज उड़ाने तक के रखता हूँ। रखने पड़ते हैं। जिस प्रकार ट्रैफिक पुलिस वाले ने लालबत्ती पर ऑटो रोका, किसी दिन वैसी ही स्थिति आकाश में हवाईजहाज के साथ भी तो पेश आ सकती है।

फायदेमन्द यह रहा कि घूम-घामकर लौटा तो ऑटो वाले ने किराया माँगना तो दूर, उलटा दो सौ रुपये मुझे दिए कि रख लो बाबूजी, आप नहीं बचाते तो ट्रैफिक पुलिस वाले को भी तो देने पड़ते। रुपये लेकर मैंने जेब में रख लिए। ट्रैफिक पुलिस वाले को देने पड़ जाते तो करप्सन हो जाता। हाँ, ऑटो वाला मुझे दो सौ रुपये देता नहीं तो मैं माँगकर ले लेता। सर्विस दो तो सर्विस चार्ज लेने में किस बात की हिचक? मृतक के परिजनों को *गरुड़पुराण* पढ़कर सुनाने वाला कथावाचक भी तो पेमेंट लेता है। वो तो मरे को नहीं बख्शता, मैं तो जीवित लोगों के लिए संघर्षरत हूँ। जनहित में सब मैनेज करके चलना पड़ता है। जनचेतना के उद्देश्य से व्याख्यानों और भाषणों के लिए बाहर जाना पड़ता ही है। आयोजक सर्वहारा वर्ग से हों तो ट्रेन में यात्रा भले

ही ए.सी. में करूँ, गन्तव्य पर उतरता साधारण सेकंड क्लास से हूँ, ताकि लेने आए लोगों की भावनाएँ आहत न हों और उच्चवर्गीय लोगों का प्रोग्राम रहे तो स्टेशन से ऑटो करके एयरपोर्ट जाता हूँ और मेजबान को गाड़ी लेकर एयरपोर्ट पर बुलाता हूँ।"

उनकी बातों से बड़ा रस झर रहा था। एक व्यवधान नहीं आया होता तो हमारा वार्तालाप का क्रम और चलता। हुआ यूँ कि उनके मकान के नल कनेक्शन का मीटर अपनी स्थापना के दिन से ही बन्द पड़ा था। पता नहीं उसमें अचानक क्या खराबी आ गई थी कि वह दो-एक दिन से चलने लगा था। उनके आदेशानुसार उनके पी. एस. ने प्लम्बर को फोन कर रखा था कि आकर मीटर को ठीक करके पूर्ववत कर दे, ताकि पानी ही आए, बिल न आए। गेट पर दो-तीन लोगों की आवाजें आईं कि सर जी, गेट खोलिए नल वाले आए हैं। वे हड़बड़ाकर गेट की तरफ लपके। वस्तुतः उन्होंने सुन लिया था कि सर जी, गेट खोलिए चैनल वाले आए हैं।

विधायक से हुई कड़ी पूछताछ

पावर के मामले में विपक्षी विधायक इन्वर्टर होता है तो सत्ताधारी विधायक आकाशीय बिजली। वह सत्ताधारी विधायक थे।

विधायक जी ने विरोधी विचारों वाले एक आम से आदमी को सरेआम पीट डाला। और यह भी कहा कि मेरे हाथ में बन्दूक होती तो उसे गोली भी मार देता।

पिटने वाले ने थाने में शिकायत की। उसके साथ पुलिस ने ऐसा व्यवहार किया, मानो वह पिटकर नहीं, विधायक जी को पीटकर आया हो और कह रहा हो कि उसके हाथ में बन्दूक होती तो वह उन्हें गोली भी मार देता।

जहाँ न पहुँचे मीडिया, वहाँ पहुँचे सोशल मीडिया। विधायक जी की दबंगई प्रसाद की तरह बँट गई। अत: अपने अमूल्य समय में से आध-पौन घंटा निकालकर विधायक जी को पुलिस थाने जाना पड़ा।

थाना प्रभारी, "जै रामजी की साहब। मोस्ट वेलकम।"

विधायक जी, "और सुनाओ, सब खैरियत? कानून-व्यवस्था दुरुस्त?"

थाना प्रभारी, "कानून आप बना ही देते हैं और व्यवस्था हम देख ही रहे हैं। आने में कोई दिक्कत तो नहीं हुई आपको?"

विधायक जी, "जानी-पहचानी जगह आने में क्या दिक्कत होती? राजनीति में आने से पहले तो महीने में दस रातें यहीं के लॉकअप में कटती थीं।"

थाना प्रभारी, "सच है साहब। टीवी चैनलों पर सन्त-महात्मा झूठ थोड़े

ही कह रहे हैं कि बिना त्याग के कुछ नहीं मिलता। लो, लड्डू खाओ आप तो। आपके शुभागमन की खबर सुनी तो स्वदेशी मिष्ठान भंडार वाला दे गया। हर व्यक्ति जानता है कि कड़वा बोला हुआ और मीठा खाया हुआ जिन्दगीभर याद रहता है।"

दोनों हँसे।

विधायक जी, "स्वदेशी मिष्ठान भंडार वाले ने कौनसा अहसान कर दिया लड्डू भिजवाकर? श्मशानघाट की भूमि पर अतिक्रमण कर बनाई हुई यह दुकान मैंने ही टूटने से बचाई थी उसकी।"

दोनों मीठा जरूर खाते हैं, किन्तु चाय फीकी ही पीते हैं। थाना प्रभारी ने अपने मोबाइल फोन से थाने की दीवार से सटी थड़ी वाले को दो फीकी चाय लाने के लिए और तुरन्त लाने के लिए हड़काया।

थाना प्रभारी, "और सुनाओ सर। दिनचर्या क्या रहती है?"

विधायक जी, "रोज नींद खुलने पर ही उठता हूँ। सत्ताधारी विधायक होने के बावजूद नित्यकर्मों से भी निवृत होना पड़ता है। अखबारों में समाचार वगैरह तो पढ़ता नहीं हूँ। बस, तीये की बैठकों और उठावनों की विज्ञप्तियाँ जरूर देखनी पड़ती हैं, ताकि लोगों के यहाँ मरे-करे में जा सकूँ। इससे जीवित मतदाताओं को लगता है कि मैं उनके लिए दिन-रात विकास के कामों में लगा हूँ।"

थाना प्रभारी, "हाँ, जनप्रतिनिधि होने के ये दंड तो भुगतने पड़ते ही हैं। इससे खाना, पीना, सोना तो बड़ा डिस्टर्ब रहता होगा?"

विधायक जी, "खाना और पीना तो यहाँ-वहाँ हो जाता है। हाँ, सदन नहीं चल रहा हो तो नींद अवश्य घर पर ही निकालनी पड़ती है। आप अपनी सुनाओ। नौकरी-चाकरी, बाल-बच्चे?"

थाना प्रभारी, "नौकरी-चाकरी तो आप जैसी बाड़ के सहारे दूब हरी है। दो बेटे हैं। बड़ा पिछले साल पटवारी बन गया। छोटे का हाल ही में एमबीबीएस में सैलेक्शन हुआ है। दैवयोग से दोनों के परीक्षा केन्द्र मेरे ही थाना क्षेत्र में आ गए थे, सो दोनों ने फर्स्ट अटेम्प्ट में ही मोर्चा मार लिया।"

विधायक जी की नजर दीवार घड़ी पर पड़ी तो थाना प्रभारी ने अपने

मोबाइल फोन से चाय वाले को पुनः हड़काया कि फीकी चाय बनाने में भी इतना समय लगता है क्या?

चाय आ गई। दोनों ने चाय पी।

विधायक जी, "अँगूठियाँ खूब पहन रखी हैं इंचार्ज साहब?"

थाना प्रभारी, "अँगूठियाँ क्या, आँधी के आम समझो। सप्ताहभर पहले ठगी और जालसाजी में एक ज्योतिषी धराया था। थाने से कोर्ट ले जाते समय उसने मेरा भी हाथ देख डाला। जमानत के अगले ही दिन थाने आकर वही ये अँगूठियाँ दे गया था।"

विधायक जी, "अँगूठियों से कुछ फायदा-वायदा भी होता है या यूँ ही ठाँस रखी हैं?"

थाना प्रभारी, "आपसे मुलाकात हो गई यह क्या कम फायदा है? एक बात है हुकुम, ज्योतिषी आदमी तो चमत्कारी लगा। टीवी-टावी पर आ जाता तो अब तक अरबों कमाकर करोड़ों को बता चुका होता कि उनकी कृपा कहाँ अटकी पड़ी है?"

विधायक जी हँसते हुए उठे।

थाना प्रभारी, "निवेदन है साहब...। ऐसे मार-पीट के झमेलों में आप खुद मत उलझा करो।"

विधायक जी थाना प्रभारी की सलाह सुन हँसे और पैदल ही जाने लगे।

थाना प्रभारी, "अपनी कार से मैं खुद आपको घर छोड़ आता सर, लेकिन मजबूरी है। जब से साले मोबाइलों में कैमरे आए हैं, अपनों की छोटी-मोटी सेवाएँ भी प्रत्यक्ष नहीं कर सकते।"

न सिर्फ खबरिया चैनलों पर तुरन्त ब्रेकिंग न्यूज चली, बल्कि अगले दिन तमाम अखबारों में खबर थी—पुलिस थाने में हुई विधायक से कड़ी पूछताछ।

हम आपके थे कब

एक धाँसू फिल्मी कहानी का सारांश प्रस्तुत है। कहानी का एंड इतना झन्नाटेदार है कि फिल्म शुरू होते से ही दर्शक पूछने लगेंगे कि हे भगवान! इसका एंड कब होगा?

हिन्दी सिनेमा की उज्ज्वल लीक को पीटते हुए, कहानी 'नारी बचाओ' से प्रारम्भ होकर 'नारी से बचाओ' पर खत्म होती है। अर्थात प्यार से प्रारम्भ होती है और शादी होते ही खत्म।

जहाँ तक हिन्दी फिल्म और कहानी का सम्बन्ध है, बॉक्स ऑफिस सुपर हिट हिन्दी फिल्म बिना कहानी के ही बन जाती है। हिन्दी फिल्मों में कहानी होती भी है तो उतनी सी ही, जितनी सी राजनीति में शर्म। कहानी को लेकर हिन्दी फिल्मों की स्थिति सरकारी नल वाली होती है कि ढाई-तीन घंटे तक पानी की एक बूँद नहीं टपकती और हवा की सूँ-सूँ से मीटर अनवरत घूमता रहता है।

चटखारेदार भोजन में इस्तेमाल किए जाने वाले मसालों की भाँति मेरी कहानी में प्यार-धोखा, उछल-कूद, मार-धाड़, नाच-गान सब हैं। एक्शन और कॉमेडी तो इस हद तक हैं कि नायक-नायिका एक्शन करेंगे तो दर्शकों को हँसी आएगी और कॉमेडी करेंगे तो रोना।

कथासार है कि प्रेम कहानी में एक लड़का होता है, एक लड़की होती है। कभी दोनों हँसते हैं, कभी दोनों रोते हैं। यानी शादी से पहले जहाँ दोनों

हँसते हैं, वहीं शादी के बाद दोनों रोते हैं।

गाँव की राजकीय माध्यमिक पाठशाला। को-एजुकेशन की वजह से पढ़ाई छोड़ चुके लड़के भी दिन भर पाठशाला जाते रहते हैं। अध्यापकगण स्कूल उतने ही पहुँचते हैं जितनी केन्द्र से चली हुई विकास राशि ग्राम पंचायत तक पहुँचती है। पाठशाला का वातावरण इल्म के नाम पर फिल्म वाला होता है।

सुदर्शन और माया पाठशाला की तीसरी कक्षा के विद्यार्थी हैं। सुदर्शन माया से तीन साल बड़ा है। इसका कारण सुदर्शन का कोई फेल-वेल होना नहीं था, बल्कि पाठशाला में प्रवेश ही माया से तीन साल बाद लेना था। दरअसल सुदर्शन के पिता को निर्णय लेने में तीन साल लग गए कि एक तो सुदर्शन बेटा है, ऊपर से सुदर्शन और है। अतः पढ़ाया-लिखाया जाए कि नहीं। एक शाम टीवी पर हिन्दी फिल्म देख लेने से उसे बोध हुआ कि पैसा और प्रसिद्धि अपढ़ के बजाय कुपढ़ को अधिकाधिक मिलते हैं और अधिकाधिक फलते हैं। उसने सुदर्शन को पाठशाला में डाल दिया। उधर माया का पिता 'बेटी बचाओ, बेटी पढ़ाओ' वाली सरकारी नारेबाजी से भाँप गया कि जल्द ही धरती सुदर्शनों के भार से डोलने वाली है, सो माया को पढ़ाया जाना अत्यावश्यक है।

एक दोपहर अघट घटी। पाठशाला में मध्यान्तर हुआ। प्रार्थना-स्थल पर बने चबूतरे पर बैठकर ज्योंही माया अपना टिफिन खोलने लगी, उसे एक आवारा कुत्ते ने घेर लिया। सुदर्शन रोज अपना लंच चलती कक्षा में ही निपटा लिया करता है। वह चबूतरे को पीठ दे, जरा दूर कंचे खेल रहा था। वह कुत्ते की कूँ-कूँ से समझ गया कि माया संकट में फँस चुकी है। उसने पीठ दिए-दिए ही अपने दाएँ पाँव से निकालकर कुत्ते के मुँह पर शब्द-बेधी जूता दे मारा। कुत्ता बिलबिलाते हुए चल हो गया और माया खिलखिलाते हुए अचल।

सुदर्शन के अचूक लक्ष्य सन्धान और अवर्णनीय अदा पर माया ऐसी रीझी कि उसने अपने सारे पराँठे सुदर्शन को खिला दिए और स्वयं भूखी रही। यह सोचकर कि पराँठे कुत्ता भी तो खाता। यों दो थर्डक्लास में पढ़ने वालों ने फर्स्टक्लास लव स्टोरी को जन्म दिया।

उक्त होनी-अनहोनी के बाद भी मध्यान्तर समाप्त होने में पाँचेक मिनट

का समय शेष था। जिसे दोनों ने एक समूह गान गाकर किल किया। गाने में सुदर्शन ने प्रतिज्ञा की कि मैं तेरे लिए आजीवन कुत्तों से भिड़ता रहूँगा और उसी सुर में माया ने संकल्प लिया कि मैं तेरे लिए आमरण अनशन करती रहूँगी।

दोनों के परिजन मीडिया-सोशल मीडिया में विज्ञापन देख-देखकर ठान ही चुके थे कि बच्चों को स्मार्ट बनाने के लिए अविलम्ब स्मार्टफोन दिलाना जरूरी है।

स्मार्टफोनों से लैस सुदर्शन और माया का प्रेम पाँचवीं कक्षा तक आते-आते 'आग के पोखर में डूब के रहना है' तक पहुँच गया। सुदर्शन तो दो ही साल में इस सीमा तक सुध-बुध खो बैठा कि हिन्दी के अध्यापक द्वारा लिखाए गए छुट्टी के प्रार्थनापत्र में माया की कॉपी से नकल मारते हुए उसने न सिर्फ उसकी हैंडराइटिंग की हू-ब-हू नकल की, बल्कि प्रार्थनापत्र के अन्त में 'आपकी आज्ञाकारी शिष्या, माया' तक लिख बैठा।

नौवीं कक्षा तक किसी भी विद्यार्थी को फेल न किए जाने के सरकारी नियम का लाभ उठाते हुए, दोनों ने पाँचवीं कक्षा पास कर ली। पाँचवीं कक्षा पास कर लेने और छठी कक्षा में प्रवेश लेने के मध्य डेढ़ माह का ग्रीष्मावकाश पड़ा। दोनों ने एक डुएट गाया। जो था तो पाँच ही मिनट का, पर पूरे डेढ़ माह चला। गाना गाते हुए सुदर्शन और माया, सरकार से प्रार्थना करते हैं कि वह डेढ़ माह लम्बी गर्मी की छुट्टियाँ सर्दी के मौसम में भी किया करे। उन्होंने गाने द्वारा यह लाभप्रद रहस्य और उजागर किया कि गर्मी की डेढ़ माह लम्बी छुट्टियाँ सर्दी के मौसम में भी किए जाने से सर्दी में भी गर्मी पड़ेगी, जिससे डियोडरेंट, परफ्यूम, टेलकम पाउडर आदि की बिक्री बढ़ेगी। फलतः फिल्म-निर्माता और राष्ट्र-निर्माता दोनों का संयुक्त कल्याण होगा।

सुदर्शन को माया से ही सच्चा प्यार होने का एक अतिरिक्त कारण यह भी था कि वह जहाँ निम्न मध्यवर्गीय परिवार से था, वहीं माया उस समय खाते-पीते घर से थी। खाते-पीते घर से इस मायने में कि माया के पिता ने अपनी पैतृक कृषिभूमि हाल ही में बेची थी। परिणामस्वरूप उसका परिवार न सिर्फ अच्छा खा रहा था, बल्कि उसका पिता दिन-रात पी भी रहा था।

माया के पिता से कृषिभूमि खरीदने वाला एक भारतीय मूल का विदेशी

कारोबारी था। जिसका दावा था कि उसके पुरखों की नालें इसी गाँव में गड़ी हैं। वह स्वदेश तो सपने में भी नहीं लौटना चाहता है, लेकिन विदेश में रहकर 'हाय स्वदेश-हाय स्वदेश' की कैसेट बजाते रहने से समस्त गाँववासी उसे भावुकता से प्रवासी बन्धु पुकारते हैं।

वन्देमातरम कहें कि धन्धेमातरम, उस प्रवासी बन्धु के मन में एक दिन अचानक अपने पुरखों के गाँव को तमस से ज्योतिर्मय करने का विचार आया। इस कड़ी में उसने विदेश में बैठे-बैठे ही दो काम किए। पहला, उसने स्वदेशी मंत्रियों-अफसरों को जब-तब डॉलर पहुँचा-पहुँचाकर मातृभूमि का कर्ज उतारना शुरू किया। दूसरा, गाँव वालों को मीठे उलाहनों से चेताया कि हिन्दी तो निकट भविष्य में सिर्फ मजदूरों और मजबूरों की ही भाषा रहने वाली है। टेक्नोलॉजी दुनिया को तेजी से बदल रही है। धर्म, अर्थ, काम, मोक्ष की प्राप्ति के लिए मुख में अंग्रेजी और मस्तिष्क में अंग्रेजीयत कम्पलसरी है। उसने अपने स्वदेशी एजेंट की मिलीभगत से माया के पिता से खेती की जमीन ऑनलाइन खरीदी और उस पर इंग्लिश मीडियम का भव्य पब्लिक स्कूल तान कर मेक इन इंडिया कर दिया। इनाम स्वरूप अपने उस स्वदेशी एजेंट को ही पब्लिक स्कूल का निदेशक बना दिया।

सपनों और भय से ग्रस्त सब परिजनों ने अपने-अपने बच्चे तुरन्त सरकारी पाठशाला से निकालकर प्रवासी बन्धु के उस इंग्लिश मीडियम वाले पब्लिक स्कूल में भर्ती करा दिए।

आनन्ददायक बात यह रही कि सरकारी पाठशाला के अध्यापकों ने ही आधे वेतन में ठेके पर उस पब्लिक स्कूल में उन्हीं विद्यार्थियों को पढ़ाना शुरू कर दिया। इससे तिहरा लाभ हुआ। बच्चों को अंग्रेजी शिक्षा मिलने लगी, पब्लिक स्कूल के मालिक को आधे खर्च में अध्यापक मिल गए और अध्यापकों की कमाई ड्योढ़ी हो गई। वे ही विद्यार्थी और वे ही अध्यापक, लेकिन परिवेश और मानसिकता बदलते ही ऐसा जादू हुआ कि चन्दन लेपते रहने से भी जो गधे अबतक घोड़े नहीं हो पाए थे, वे टाई बाँधते ही हो गए।

सरकारी पाठशाला यथार्थ में बन्द हो चुकने के बावजूद कागजों में खुली रखी गई, ताकि अध्यापकों-कर्मचारियों के वेतन-भत्ते भी सुचारु रहें और

सरकार के माथे पर यह कलंक भी नहीं लगे कि उसकी लापरवाही से सरकारी प्रतिष्ठान धड़ाधड़ बन्द होते जा रहे हैं।

सुदर्शन और माया के परिजनों ने दोनों को पब्लिक स्कूल की छठी कक्षा में प्रवेश दिला ही दिया था। दोनों का प्यार और पढ़ाई संग-संग चलते रहे। दोनों के पास स्मार्टफोन थे ही। जिस प्रकार रीतिकालीन नायक-नायिकाएँ भरे मौन में नैनन ही सों बातें कर लिया करते थे, उसी प्रकार सुदर्शन और माया परस्पर मिसकॉल मार-मारकर खचाखच भरी कक्षा में बातें करते रहते थे। इससे दोनों में वार्तालाप भी चलता रहा और दोनों को बिल की समस्या भी नहीं आई। विरहावस्था में दोनों के अपने-अपने स्मार्टफोन में डली हुई इंटरनेटयुक्त सिम ने खुल जा सिम-सिम कर ही रखा था।

एक रात दोनों अपने-अपने घर में गहरी नींद में सोए हुए थे। दोनों को एक साथ स्वप्न आया। स्वप्न में माया ने सुदर्शन के सामने प्रस्ताव रखा कि मिसकॉल, चैटिंग और गानों के थ्रीव्हीलर से लटककर प्यार को कितनी दूर तक घसीटेंगे? हमें डांस भी करना चाहिए। डांस करने से अपन मुफ्त में घूम-फिरकर असंख्य पर्यटन स्थल भी देख सकेंगे और तरह-तरह के फैशन डिजायन वाले कपड़े भी अदल-बदलकर पहन सकेंगे।

स्कीम अच्छी थी, किन्तु दोनों ही के पास असीमित कपड़े नहीं थे। हम सब जानते ही हैं कि हिन्दी फिल्म के एक छोटे से गाने में ही कई दर्जन कपड़े लगते हैं। दोनों नजदीकी शहर जाकर धोबियों-दर्जियों की दुकानों में चोरी करने की सोचते हैं। इससे उनकी जरूरत भी पूरी हो जाएगी और धोबियों-दर्जियों का भी एक पाई का नुकसान नहीं होगा। कहावत है ना—'धोबी-दर्जी के घुस गए चोर / लुट गए भाई और ही और'। लेकिन दोनों ने यह सोचकर आइडिया ड्रॉप कर लिया कि वास्तविकता हो अथवा फिल्म, पुलिस भले ही देर से आती है, पर आती है।

सुदर्शन और माया इंग्लिश मीडियम पब्लिक स्कूल से घरों को लौटते तो दोनों की अंग्रेजी धज देखकर उनके मां-बाप बड़े पुलकित होते। वे आश्वस्त होते कि अंग्रेजी पढ़-बोलकर हमारे होनहार एक दिन बड़े ओहदेदार बनेंगे। साम, दंड, भेद से इतने दाम कूटेंगे कि हमारी सात पीढ़ियाँ तर जाएँगी।

प्रेम कहानी अचानक झटका खा गई जब दसवीं कक्षा में बोर्ड एग्जाम होने की वजह से सुदर्शन और माया समान अंकों से फेल भये। पब्लिक स्कूल मैनेजमेंट देवदूत बनकर आया। उसने सुदर्शन और माया के परमार्थिक पक्ष के बहाने अपना आर्थिक पक्ष साधते हुए दोनों के परिजनों को ढाँढ़स बँधाया कि होनी को आजतक कौन टाल पाया है? सबर से काम लो और दोनों को फिर से अवसर दो।

एक साल तक दोनों फिर पढ़ने गए। दोनों ने फिर परीक्षा दी। और दोनों फिर समान अंकों से फेल हुए।

माया की माता ने अपने पति से यह रहस्य बाँटकर माया की पढ़ाई छुड़वा दी कि कन्या के लिए योग्य वर शास्त्रीय तरीकों से नहीं, अर्थशास्त्रीय तरीकों से मिलता है। माया ने तो दसवीं की किताबें दो बार पढ़ी हैं, जबकि अँगूठा छाप कन्या का बाप भी गांधी छाप फेंके तो योग्य वर फेरे खाने घोड़ी पर चढ़कर नहीं, खुद घोड़ी बनकर आता है।

माया के पढ़ाई छोड़ देने से सुदर्शन के सामने बोर्ड परीक्षा से भी कड़ी परीक्षा आ खड़ी हुई कि अब वह किसके लिए पढ़ने जाएगा?

स्थिति बड़ी पेचीदा हो गई। यों तो हर क्षण दोनों फेसबुक के माध्यम से जुड़े रहते थे, लेकिन कमबख्त फेस की भरपाई फेसबुक थोड़े ही कर सकती थी। रोजाना दोनों मिलें, पर मिलें कहाँ? घरों में नल लगने से पनघट नष्ट हो चुके थे। गाँव में मेला साल में सिर्फ एक बार लगता था। इंग्लिश मीडियम वाली पढ़ाई-लिखाई की वजह से खेत-खलिहान बोर करते थे। गाँव में पाँच-सात पेड़ जरूर थे, पर उनके तने पतले थे। न तो तब कोई नदी थी और न ही निकट भविष्य में कोई नई नदी बनने की सम्भावना थी। 'मैं तुझसे मिलने आई मन्दिर जाने के बहाने' गाती हुई माया मन्दिर भी नहीं जा सकती थी, क्योंकि गाँव के इकलौते मन्दिर का पुजारी सुदर्शन का पिता ही था और सुदर्शन ने जूता-प्रक्षेपण कला अपने पिता ही से सीखी थी।

चैटिंग से निर्णय किया कि दोनों जब-तब सरकारी पाठशाला के भूतहा हो चुके भवन में मिल लिया करेंगे।

दसवीं कक्षा में दूसरी बार फेल होने के समय माया की उम्र सत्रह वर्ष

थी और सुदर्शन की बीस वर्ष। दोनों शादी कर नहीं सकते थे, क्योंकि शादी की वैधानिक उम्र के लिए दोनों को ही अभी एक साल का समुद्र लाँघना था। तय रहा कि सुदर्शन फेल होने के लिए एक साल और मनोयोग से पढ़ेगा तथा माया घर रहकर साल भर उसके लिए व्रत-उपवास रखेगी, ताकि वह अच्छे से अच्छे अंकों से फेल हो सके।

प्यार में जिम्मेदारी और पढ़ाई में गैरजिम्मेदारी से दोनों को न शर्म का अभ्यास था और न श्रम का। माया ने तो जैसे-तैसे माँ के दबाव में या कहें 'अगले घर जाना है' की सीख के दबाव में खुद को घरेलू कामों में खपा लिया, लेकिन सुदर्शन को फेल होने के लक्ष्य से पढ़ने जाना भारी लगने लगा। सुदर्शन की दशा उस घोड़े जैसी हो गई जिसे सवारियाँ लदे ताँगे में उलटा जोत दिया गया हो।

आखिर विरह काल को स्मार्टफोनों की कटारों से भी कोई कब तक काटे? एक दिन सुदर्शन ने पिता से कह ही दिया कि माया से मेरा विवाह नहीं हुआ तो मैं आत्महत्या कर लूँगा। पिता ने पुत्र को आश्वस्त किया कि बेटा जो हो जाए, तेरा विवाह माया ही से कराऊँगा, ताकि तुझे अलग से आत्महत्या नहीं करनी पड़े।

पिता से मनोनुकूल वचन सुनकर सुदर्शन ने फेल होने के प्रयासों में जी-जान लगा दी। भटकना, सोना और पढ़ना ही पड़े तो दिखावे के लिए पाठ्यपुस्तकों में आँखें गड़ाए रखना। हाँ, भारी बस्ता ढोते हुए टाइम टू टाइम स्कूल जरूर जाना, ताकि माया को यह न लगे कि वह फेल होने से जी चुरा रहा है।

अन्तिम प्रश्नपत्र की परीक्षा समाप्त होते ही सुदर्शन और माया सरकारी पाठशाला के भूतहा भवन में मिले। सरकारी पाठशाला में पनपे प्यार और गुजारे गए समय को याद कर, दोनों फ्लैशबैक में चले गए।

वहाँ दोनों ने एक गीत गाया। गीत जितना कारुणिक था, संगीत उससे अधिक दर्द भरा था। बेचारे गीतकार, संगीतकार को मुफ्त में काम करना पड़े तो ऐसा होना स्वभाविक है।

गाना खत्म करते ही अतीत की स्मृतियों को और घना करने के उद्देश्य

से सुदर्शन ने जेब से बंडल-माचिस निकालकर बीड़ी सुलगा ली। माया दीवार पर नुकीले पत्थर से पान के पत्ते में आरपार तीर का चित्र बनाकर पत्ते पर तीर के बाएँ अपना और दाएँ सुदर्शन का अंग्रेजी में नाम-पता मय फोन नम्बर गोदने में लग गई।

अन्ततः दुःख की रजनी बीती और सुख का नवल प्रभात हुआ। माया की प्रार्थना और सुदर्शन के प्रयत्न फले। वह घड़ी आई जिसकी दोनों को एक सदी बराबर एक साल से प्रतीक्षा थी। सुदर्शन परीक्षा में शानदार अंकों से असफल होने में सफल रहा। मनौती पूरी होते ही सुदर्शन और माया चौरासी कोस की बस यात्रा करके शहर के सिनेमाघर पहुँचे। माया के दुपट्टे से दोनों ने अपने कुर्तों का गठजोड़ किया। सिनेमाघर की सात परिक्रमाएँ लगाईं। डूबकर फिल्म देखी। देर रात घर लौटे और देर सुबह तक पिटे।

शुभ मुहूर्त देखकर सुदर्शन के पिता ने बेटे की तीनों सालों की परीक्षाओं की अंकतालिकाएँ लीं और माया के पिता के पास सुदर्शन के लिए माया का हाथ माँगने गया।

माया की माँ ने दूर की सोचते हुए अपने पति से आग्रह किया कि हमें माया का विवाह हर हाल में सुदर्शन के संग ही करना चाहिए, ताकि दो की बजाय एक ही घर डूबे। माया का पिता जीवन में शिक्षा का महत्त्व जानता था। उसने साफ मना कर दिया कि मैं अपनी लाडली का विवाह उससे कम पढ़े-लिखे लड़के से कतई नहीं करूँगा।

सुदर्शन के पिता ने सुदर्शन के तीनों सालों के प्राप्तांकों के योग और माया के दो सालों के प्राप्तांकों के योग के अन्तर से माया के पिता को समझाने की कोशिश की कि देख लीजिए सुदर्शन माया से अधिक पढ़ा-लिखा भी है। परन्तु माया के पिता ने यह तर्क देकर रिश्ता ठुकरा दिया कि माया ही सुदर्शन से अधिक मेधावी है, क्योंकि सुदर्शन जहाँ दसवीं में तीन बार फेल हो चुका है, वहाँ माया सिर्फ दो ही बार फेल हुई है। सुखी जीवन के लिए रिश्ता सदैव बराबरी ही का होना चाहिए।

एक-दूसरे के लिए मरता क्या न करता। सुदर्शन और माया ने भागकर मुम्बई जाने और परिणयसूत्र में बन्धने की ठानी। उन्होंने अपने-अपने घर वालों

के नाम खुले पत्र लिखे कि हम दोनों कल प्रातः सवा सात बजे भागकर मुम्बई जाएँगे तथा शादी करेंगे। और आपको बताएँगे भी नहीं कि हम भागकर कब, कहाँ जाएँगे और क्या करेंगे?

दोनों को भागकर मुम्बई जाने और शादी करने से किसी ने नहीं रोका। यह सोचकर कि जिसका अन्तिम समय आ जाता है, उसे कौन रोक पाया है?

सुदर्शन और माया अपने बर्थ के सर्टिफिकेट और अर्थ की पेटी लेकर घर से भागे। दोनों पास के रेलवे स्टेशन से ट्रेन में बैठकर मुम्बई जा पहुँचे। गोधूलि वेला हो चुकी थी। प्लेटफॉर्म पर उतरते ही माया ने अपने पर्स से माँ की चुराई हुई सोने की अँगूठी निकालकर सुदर्शन को पहनाई। सुदर्शन ने भी माँ की ड्रेसिंग टेबल से उठाई हुई सिन्दूर की डिबिया जेब से निकालकर खोली और माया की माँग भरी। हालाँकि, पाँच-सात मिनट इस सोच-विचार में भी नष्ट हुए कि माया सोने की अँगूठी पहनाए, तब सुदर्शन उसकी माँग में सिन्दूर भरे या सुदर्शन माँग में सिन्दूर भरे, तब माया उसे सोने की अँगूठी पहनाए। जैसा कि होता है, सुदर्शन हँसा और माया को झुकना पड़ा।

अर्थ की पेटी हाथ में हो तो मुम्बई में मकान मिलने में कभी समस्या नहीं आती। दोनों ने चट शादी करके पट मकान किराये पर ले लिया।

पति बनते ही अगली सुबह सुदर्शन ने माया को आदेश दिया कि चूँकि विवाहित स्त्री को घर की देहरी नहीं लाँघनी चाहिए, अतः तुम चूल्हा-चौका सँभालो और मैं फिल्मों में हीरो का रोल करूँगा।

सुदर्शन को फिल्मों में हीरो का रोल तो नहीं मिला, किन्तु विभिन्न धारावाहिकों में पिता की भूमिकाएँ निभाते हुए वह नौ माह बाद दो जुड़वाँ बेटों का पिता बन गया। अपनी शादी से पहले की और शादी के बाद की दशा को दरसाने के भाव से माता-पिता ने बेटों के नाम क्रमशः सक्षम और अक्षम रखे।

गृहस्थी की कुनैन ने असर किया तो प्यार का मलेरिया उतर गया। खाने वाले मुख चार और कमाने वाले हाथ दो। धारावाहिकों में पिता की भूमिकाएँ करना और घर में पिता की भूमिकाएँ निभाना, दो अलग बातें होती हैं। गृहस्थी की गाड़ी को अर्थ का ईंधन नहीं मिला तो इंजन ने एयर ले ली।

घर से भागने का अनुभव सुदर्शन को फिर काम आया। एक दिन वह

पत्नी और दोनों बेटों को काम पर जाने की कहकर घर से गया और लौटकर घर नहीं आया। पूँजी के नाम पर उसके पास मात्र कलाई घड़ी बची थी। उसने कलाई घड़ी बेचकर गेरुआ लुंगी-कुर्ता, नकली रुद्राक्ष की माला, खड़ाऊ और कमंडल खरीदे। वह कलाई घड़ी निवेश कर, साधु बन गया, लेकिन ऐहतियात बरतते हुए उसने संन्यास की सम्पूर्ण एसेसिरीज सेकंड हैंड खरीदी, ताकि लोग उसे एकदम नया साधु न समझ लें।

उसने सुदर्शन में से 'सु' उपसर्ग हटाकर 'गिरी' प्रत्यय जोड़ा और अपना नाम दर्शनगिरी कर लिया।

साधु बन जाने के बाद सम्पूर्ण जिम्मेदारियाँ समाज की हो ही जाती हैं, सो वह मुफ्त आहार-विहार करते हुए हरिद्वार पहुँच गया।

दर्शनगिरी को जब भी पुत्रों सक्षम-अक्षम तथा पत्नी माया की याद आती, वह प्रवचन दे-देकर लोगों को आगाह करने लगता कि आदमी सक्षम हो अथवा अक्षम, कदापि माया के चक्करों में नहीं फँसना चाहिए।